Ella Carey

La casa in riva al lago

Newton Compton editori

Capitolo uno

San Francisco, 2010

Tutto fu deciso nell'Italian Café di Chestnut Street. Più tardi Anna si sarebbe chiesta se fosse stata realmente lei a scegliere. Tutto intorno al tavolo vicino la vetrina era diventato un vortice incomprensibile. Di una sola cosa Anna era certa: il cambiamento stava arrivando, in fretta.

Aveva la mente piena di domande inespresse, una più pressante delle altre. Perché oggi? Perché stamattina?

Anna si era alzata alla solita ora, aveva indossato il solito completo nero che usava per lavorare e una delle sciarpe preferite di sua madre, aveva annaffiato il giardino, tagliato le foglie secche dalle rose e perfino pagato un paio di bollette prima di andare alla porta. Non era successo assolutamente nulla di insolito.

Sul marciapiede davanti alla vetrina c'era chi passeggiava avanti e indietro portando cestini pieni di nuovi acquisti. Il traffico del sabato mattina aveva creato un ingorgo in strada. Anna riusciva solo a fissare Max, il suo nonno novantaquattrenne, senza avere idea di cosa rispondergli.

Se qualcuno le avesse preannunciato la rivelazione che suo nonno le aveva appena fatto, lei lo avrebbe preso per pazzo. Max era l'uomo più saggio e affettuoso che avesse mai conosciuto in ventinove anni di vita. Era legatissima a lui, lo era sempre stata.

Aveva cercato molte volte di indurlo a parlare del passato, e altrettante volte lui aveva declinato. Anna aveva imparato a evitare l'argomento, ma non aveva idea di cosa gli fosse successo di cui non si dovesse mai e poi mai parlare.

Un giorno l'aveva trovato nel suo appartamento, intento a guardare vecchie foto della sua infanzia. Stava per bruciarle tutte. Prima di allora Anna non aveva mai nemmeno saputo che suo nonno aveva quelle foto.

Poi Max aveva alzato gli occhi e le aveva chiesto della sua giornata, come sempre. Cambiava argomento. Non voleva parlare di sé e soprattutto della sua infanzia, della sua giovinezza in quella che un tempo era la Germania orientale. Anna sapeva solo che la sua famiglia era stata costretta a fuggire all'epoca dell'invasione sovietica, che Max non era mai tornato e che non voleva parlarne, mai più. Quel passato non raccontato tormentava da sempre l'immaginazione di Anna e allo stesso tempo la disgustava: lo trovava troppo disturbante, quindi l'aveva accantonato per rispetto e amore di suo nonno.

Quella mattina, appena aveva visto Max arrivare sul marciapiede, Anna si era allontanata dal bancone di cristallo che correva lungo tutta la parete del locale. Si era fatta largo tra i clienti in coda per ordinare i suoi trentaquattro tipi di sandwich, il suo prosciutto di Parma e la sua selezione di formaggi italiani, Rocca Reggiano, Parmigiano, pecorino Locatelli e Dry Jack. Grazie a quei prodotti si era costruita una reputazione a Pacific Heights e in tutta San Francisco. Anna superò anche la seconda coda davanti al bancone del pane artigianale e della pasticceria.

Si era creata una clientela fedele che frequentava assiduamente il locale, attirata dalla miscela di caffè magico che aveva perfezionato. Il suo Italian Café era pieno di quell'aroma magico, del profumo di spezie, aglio e vino rosso.

Spesso i clienti le dicevano che nel suo locale, chiudendo gli occhi, si sentivano quasi a Roma.

Anna aveva sistemato un cartellino nero *Riservato* sul tavolo di suo nonno un'ora prima dell'appuntamento. Se non gli avesse tenuto il posto, qualcuno si sarebbe seduto lì a leggere il giornale del sabato e non si sarebbe mosso per ore.

Quando Anna gli tenne aperta la porta per farlo entrare, tutti i tavoli erano pieni. I cassieri erano oberati di lavoro e il bar era pieno di allegre chiacchiere da weekend. Anna fece strada a suo nonno tra la ressa, posandogli una mano sul braccio sottile. Poi lo fece accomodare e si assicurò che la sua sedia fosse nella posizione migliore, prima di andare a preparargli il caffè.

Cass, la socia di Anna, le si avvicinò. «Ti spiace se mi unisco a voi? Oggi ho proprio bisogno di un po' di terapia Max».

«Be'», Anna si tolse il grembiule nero e sorrise alla sua socia. «Forse quello di cui hai bisogno è un uomo degli anni '30. È un'idea, no? Puoi sempre tornare indietro nel tempo».

«Magari», sospirò Cass. I riccioli le sfuggivano di continuo da un abbozzo di chignon. Quel giorno erano rossi. Tempo una settimana, sarebbero stati viola. In qualunque momento, Cass sperava di incontrare l'uomo della sua vita.

Ogni settimana, Anna ringraziava il cielo che non le fosse ancora capitato.

Prese uno dei biscotti preferiti di Max, quelli morbidi alle mandorle, dal barattolo di vetro e lo mise sul piattino. Si sentiva gli occhi di Cass addosso. Un uomo bellissimo era appena entrato nel locale. Aveva l'aria di uno che passava le sue giornate in palestra, e la maglietta bianca sottolineava dei bicipiti davvero notevoli.

«Scordatelo», borbottò Anna lanciando un'occhiataccia all'amica.

«Questa storia sta diventando ridicola, Anna», sibilò Cass. «Sei anni sono un sacco di tempo».

«Guarda me». Anna sorrise alla donna davanti alla cassa.

Dieci minuti dopo Anna baciava suo nonno sulla guancia, si sedeva con lui e Cass, si appoggiava allo schienale e allungava le gambe stanche sotto il tavolo. Controllò le ballerine nere che indossava tutti i giorni. Erano lucide: ottimo. Sistemò la gonna aderente, che portava insieme alla camicetta nera sotto il grembiule dello stesso colore, perché si era sollevata leggermente. I lunghi capelli scuri erano raccolti in una coda che faceva risaltare gli occhi a mandorla castani.

«Ti ho portato una cosa». Max spinse verso di lei un articolo di giornale.

Cass si chinò per leggere sopra la spalla di Anna. «Un appartamento parigino della Belle Époque abbandonato da settant'anni? Intrigante! Dev'essere pieno di fantasmi».

Anna aggrottò la fronte osservando le fotografie. Uno sbiadito peluche di Topolino si reggeva a stento accanto a uno struzzo di pezza con la patetica schiena rigida coperta da uno scialle fantasia. Poi c'era la foto di un salotto con la carta da parati strappata e un'altra di un antico tavolo da toilette pieno di bottigliette rotte che un tempo avevano contenuto chissà quale profumo.

Ma Anna non riusciva a staccare gli occhi dall'ultima foto. Era il quadro di una donna con i capelli scuri scomposti e il viso girato di lato. Era bella ed elegante, con un pizzico di erotismo scandaloso. Il vestito era stato dipinto con pennellate leggere e la faceva sembrare eterea, lontana dal mondo materiale.

«Quell'appartamento...», cominciò Max, interrompendosi. «Una volta era bellissimo». La sua voce dal lieve accento europeo sembrava provenire da una Hollywood d'altri tempi. Conferiva gravità a qualsiasi cosa dicesse.

Di sicuro voleva dire che l'appartamento *doveva essere stato bellissimo.* Anna sorrise, assumendo l'espressione che negli ultimi tempi riservava al nonno. Vederlo invecchiare le provocava sempre una fitta di tristezza.

«Vedi, è per cose come questa che voglio andare a Parigi», disse Cass. «Qui non c'è niente del genere. Se riuscissi a portare Anna con me, magari le troverei un uomo. È proprio quello di cui ha bisogno. Non pensa anche lei, Max?»

«Sarebbe una magnifica vacanza», concordò Max. «Se solo Anna consentisse a se stessa di dimenticare il passato».

Per poco Anna non si strozzò col caffè. «Scusate se ci sono anch'io!». Ma stava ridendo.

Tuttavia Max sembrava pensieroso.

Anna poteva solo aspettare che proseguisse.

«Anna, tesoro, è da parecchio che non ti chiedo di fare una cosa per me...».

«In realtà non me l'hai *mai* chiesto...».

«Fammi finire», disse lui, abbassando la voce. Era facile immaginarselo come doveva essere stato un tempo: giovane, alla moda, coi capelli biondi pettinati indietro per mettere in mostra i brillanti occhi azzurri. La nonna di Anna aveva la foto del loro matrimonio in una cornice sulla cassettiera. Spesso da bambina Anna l'aveva presa, girata e rigirata tra le mani.

Cass scrutò il vecchio. «Cosa c'è, Max?»

«Anna, tu non sei mai stata a Berlino», disse.

«No». Sentì una stretta allo stomaco.

Max si chinò per prendere un foglio dalla valigetta di cuoio posata a terra. Perfino Cass rimase zitta mentre il vecchio dispiegava sul tavolo quella che chiaramente era una vecchia mappa, muovendo le dita nodose con cautela. Anna impilò da una parte le tazze vuote e i piattini. A stento notò quando uno dei suoi dipendenti portò via tutto.

Sulla carta ingiallita c'era la pianta di un edificio. Anna

osservò le file di stanze separate da linee di inchiostro color seppia. Sullo sfondo c'era lo schizzo sbiadito di quello che chiaramente doveva essere l'edificio rappresentato sulla piantina. Le torrette eleganti e le graziose porte finestre rivelavano la bellezza della struttura al di là dei prosaici progetti.

Anna guardò Max.

«Schloss Siegel», spiegò il vecchio incontrando i suoi occhi.

«Cavoli». Cass si avvicinò alla vecchia pianta lisciandola con le punte delle dita. «L'hai trovata da un antiquario?»

«Non proprio».

Anna tacque.

Max inclinò il capo e spinse il foglio verso di lei, invitandola a osservare meglio. Anna studiò il disegno: al pianto terra c'era un enorme ingresso di rappresentanza. Una porta a doppio battente si apriva su quella che veniva definita "stanza della musica", la quale, a sua volta, conduceva a una terrazza che sovrastava un parco con tanto di laghetto privato.

Le altre stanze intorno all'ingresso erano etichettate con la stessa grafia: stanza da fumo, sala del biliardo, biblioteca, salottino delle signore, stanze degli ospiti, sala da pranzo piccola e grande, uffici, stanze dei valletti, spazi per la servitù, perfino una stanza dell'argenteria. Al secondo piano il palazzo ospitava grandi camere da letto sopra al salone e corridoi che conducevano a stanzette più piccole "per le cameriere".

«Ho lasciato qualcosa in questo posto», mormorò Max.

Anna alzò gli occhi verso i suoi.

«Qualcosa di prezioso», continuò lui.

«Come?», bisbigliò Anna.

«Hai capito bene, tesoro. È stato… in un'altra vita».

Max era sempre stato trasparente sulla sua vita negli Stati Uniti: era arrivato a San Francisco negli anni '50, aveva preso una laurea in economia e lavorando sodo era riuscito ad aprire una sua società di investimenti. Aveva sposato la nonna americana di Anna, Jean, portando avanti quello che sembrava un matrimonio tollerabile. Era quello che Anna aveva visto crescendo, ed era l'ultima cosa che voleva per sé.

«Anna». Il nonno sembrava cortese come sempre, ma la sua voce aveva un accento severo.

Anna cercò di alzarsi. Spinse indietro la sedia, poi la rimise a posto. La sua vita era liscia come l'olio ultimamente. Il sentimento di sconcerto che si era fatto strada dentro di lei divenne più intenso.

«È anche la tua famiglia, Anna».

Lei fece un respiro profondo.

«Due ore a nordest di Berlino. Nell'antico Brandeburgo, la Prussia. Foreste, laghi». Il vecchio fece una pausa. «La mia bellissima casa di un tempo».

Anna tornò a guardare la mappa, scorrendola velocemente con gli occhi. Ventisei stanze al primo piano, ventiquattro al secondo, un'altra scala portava al piano di sotto dove la freccia segnava le cucine e la lavanderia. Non c'erano cantine, ma in compenso c'erano dei solai. In totale quattro piani. Di fronte alle difficoltà, il cervello di Anna si ritirava nei numeri. La logica non deludeva mai e soprattutto era sempre, sempre al suo fianco.

«Voglio che torni laggiù, Anna, e che ritrovi quello che ho lasciato».

Voleva che andasse lì? In quella casa sul lago, quello… Schloss, l'aveva chiamato?

«Povera me». Cass si appoggiò allo schienale e si produsse in uno dei suoi caratteristici fischi. «Te l'avevo detto che mi serviva una terapia Max. Te l'ho detto, vero? È così romantico». Si chinò verso il vecchio. «Cosa vuole che faccia? Ce lo dica! È proprio quello di cui Anna ha bisogno, sa. Lei è un uomo intelligente».

Anna scosse il capo. «Scusami, ma non ti seguo. Vuoi che vada in Germania? Per riprendere qualcosa che hai lasciato lì… quando?»

«Nel 1940. In giugno. Andavo piuttosto di fretta».

Anna ricadde sulla sedia.

«Le cose più belle della vita sono folli, sai, tesoro. Istintive», mormorò il vecchio. «Non lo capisci ancora, ma col tempo lo capirai. È questa la vera magia. Ed è proprio quello che manca nella tua vita, mia cara».

«Scusami?». Anna non sapeva cosa dire. Max non aveva mai parlato così, con un tono tanto ansioso.

«Assolutamente vero!». Cass picchiò il pugno sul tavolo. «Bravo, Max! È proprio così».

Anna scosse la testa. «Un attimo. Mi stai dicendo che sei cresciuto in un castello nell'ex Germania Est, e che ora vuoi che parta da sola per cercare qualcosa che hai lasciato là settant'anni fa? Ho capito bene?».

Max sostenne il suo sguardo.

Era una conferma sufficiente.

«Ma in quel castello saranno passate generazioni di persone. Forse i sovietici l'hanno usato come base operativa o come ospedale. Forse ci abita un'altra famiglia. Nonno, devi capire anche tu che non è possibile che quello che hai lasciato sia ancora lì. Non voglio vederti deluso, non adesso. Non posso farlo». Guardò la mappa un'ultima volta.

Scese il silenzio.

«È estremamente probabile che sia ancora lì», rispose alla fine il vecchio.

«Dai, Anna!». Cass si alzò in piedi. «Non puoi non andare!»

«Come faccio a partire per Berlino così, da un momento

all'altro?». Guardo il nonno. «E poi non mi piace l'idea di lasciarti solo. Da dove arriva quest'idea assurda? Dall'appartamento abbandonato a Parigi? Perché di sicuro è una storia insensata. Non puoi pensare che... le tue cose siano ancora lì, intatte, dopo tutti questi anni».

Max appoggiò gli avambracci al tavolo.

Anna sospirò. «Ho delle domande, nonno, moltissime domande. Primo, cos'è che dovrei ritrovare? Secondo, non potremmo semplicemente contattare i proprietari e chiedere di spedircelo? Di sicuro esiste una strada più semplice. E terzo, dobbiamo parlarne. Per favore».

«Potresti stare via per mesi, qui andrà tutto bene» disse Cass. «Posso pensare a tutto io. Questo posto va come un treno svizzero».

«Quindi è una cospirazione».

«No, non è vero», dissero gli altri due in coro.

Anna avrebbe voluto seguire con le dita ogni dettaglio e ogni contorno delle stanze di quella piantina. Cercava di immaginare la casa come doveva essere stata. Un palazzo? Chi ci viveva oggi? Com'era stata l'infanzia di suo nonno? Aveva sempre voluto chiederglielo, ma dovevano parlare seriamente. Non le servivano quei vaghi accenni. Max voleva che andasse a prendere qualcosa? Bene, doveva dirle che cosa. E perché proprio adesso?

«Ne parleremo in un altro momento», gli disse gentilmente. Doveva tornare a lavorare. Era infastidita e nello stesso tempo voleva sapere ogni cosa.

Il vecchio rispose con fermezza. «So che sei interessata ad andare, Anna. E se c'è una cosa che ho imparato nella mia lunga vita è che bisogna fidarsi dell'istinto. Credimi, l'ho imparato con le cattive. E non ha senso fuggire dalle opportunità, non se desideri il contrario con ogni cellula del tuo corpo. Non permettere che la paura ti impedisca di essere felice».

Anna lo fissò di nuovo. Di che diavolo stava parlando? Quello non era suo nonno! Riuscì solo a scuotere la testa.

Dal bancone arrivarono delle voci infastidite: un cliente difficile stava esasperando la cassiera. Anna si alzò.

«Più tardi», disse al nonno. Poi si chinò a dargli un bacio sulla guancia.

* * *

Quella sera, quando Anna lo raggiunse a casa sua, Max era sulla sua poltrona preferita. Si era imposta di pensare al lavoro per tutto il pomeriggio, ma i suoi pensieri erano stati in subbuglio per ore.

Anna voleva conoscere il segreto sul passato di suo nonno. Lo desiderava da anni. Ma come poteva far fronte nella pratica a quella richiesta? Una cosa nascosta nella sua casa d'infanzia? Ma cosa aveva in mente Max?

Aveva fatto qualche ricerca veloce in rete, nelle pause del pomeriggio indaffarato al caffè. Era stato facile trovare vecchie foto del castello, risalenti ai tempi in cui la famiglia di Max lo abitava ancora. Aveva fatto fatica a staccarsi dalle immagini dello splendido palazzo per tornare al lavoro. Le foto in bianco e nero erano rimaste impresse a lungo nella sua memoria anche dopo che aveva spento il computer.

Quelle immagini erano più che suggestive. Erano stupefacenti: la coinvolgevano e la facevano sentire ancora più attratta verso il mistero dell'infanzia di suo nonno. Nonostante i dettagli opulenti, le torrette e le file di abbaini, lo Schloss sembrava più una casa accogliente che un castello.

L'unica informazione che aveva trovato era che Schloss Siegel era stato di proprietà della famiglia Albrecht fino all'occupazione sovietica. Niente di più. Neanche un dettaglio. Era ancora abitato? Anna aveva cercato tra gli hotel della zona. Nulla. Poteva essere un museo? No, non lo era.

Diede al nonno un bacio sulla testa, poi andò nel salottino per aprire la borsa di carta in cui gli aveva portato la cena. Prese una teglia di lasagne, un'insalata e una fetta della speciale torta di mele al caramello che gli avrebbe scaldato come dessert. Teneva d'occhio il nonno, mentre si affaccendava per preparare la cena nella moderna cucina. Il vecchio aveva ancora la mappa e l'articolo sull'appartamento di Parigi aperti sul piccolo tavolo da caffè di cristallo.

«Un'altra giornata impegnativa», disse Anna, capendo che non era il momento giusto per sfiancarlo con le domande. Sistemò le lasagne su uno dei nuovi piatti bianchi di Max e gliele portò. Si sedette di fronte a lui, sul divano che il vecchio aveva comprato qualche anno prima quando si era trasferito in quell'elegante appartamentino. Max si circondava sempre di arredamenti modernissimi. Buttava periodicamente tutte le cose vecchie: mobili, vestiti, libri… Vendeva perfino i quadri abbastanza spesso perché, come diceva sempre, Anna non avrebbe dovuto ereditare tutto quel ciarpame dopo la sua morte. Ecco perché vederlo con le foto della sua infanzia era stato tanto sconvolgente per Anna.

«Ottimo, tesoro», disse il vecchio iniziando a mangiare. «Tenersi impegnati fa bene».

Solo dopo aver finito, e dopo essersi pulito nel tovagliolo le dita – eleganti, quasi aristocratiche pensò all'improvviso Anna – alzò gli occhi su di lei.

«Sei felice, Anna?».

Che razza di domanda era?

«Non cambierei niente della mia vita», gli rispose.

«Non voglio che tu lo faccia, tesoro. Non devi rinunciare all'amore».

«Oh, basta, per favore. Seriamente». Anna fece per prendere il piatto, ma lui la trattenne per la manica.

«Siediti, mia cara. Voglio parlarti».

Voleva parlare? Il Max che conosceva non le avrebbe mai detto niente del genere.

«Di che cosa?». Anna cercò di restare cortese.

Max rifletté un momento. «Ho dei rimpianti». Strinse le labbra. «Legati a quell'appartamento di Parigi».

L'appartamento di Parigi.

«Sai, rivedere quelle foto dopo tanti anni…». Indicò quelle immagini da casa infestata. «Rivederle mi ha fatto ricordare tutto quanto. Sembra che sia successo solo, non lo so, il mese scorso, quasi. Rivedo tutto com'era. Non so. Credo che il rimpianto sia la cosa peggiore della vita. Quello che ci siamo persi, quello che non abbiamo fatto… è il dolore più acuto di tutti. Perché non sapremo mai cos'avrebbe potuto succedere. Le scelte che non abbiamo fatto. Come sarebbero state diverse le nostre vite se… avessimo preso strade diverse. Non possiamo saperlo se non le percorriamo, se non agiamo».

«Hai davvero dei rimpianti così dolorosi?».

Il vecchio allungò una mano tremante verso la mappa.

Anna lo aiutò ad aprire il foglio sbiadito.

«Questa», la mano dalle vene bluastre si fermò in un punto al secondo piano del castello, «era la mia stanza».

Le dita accarezzarono la stanza sulla destra rispetto alle due sopra la stanza della musica. Era leggermente più piccola delle due centrali, ma comunque più grande rispetto a quelle che spettavano alla servitù. La stanza successiva era la "nursery", in corsivo ordinato. Quella dopo apparteneva alla "governante".

«Devi cercare sotto il parquet della mia vecchia stanza», disse Max, aveva un tono pratico, come se le avesse chiesto semplicemente di andare nell'altra stanza a prendergli il giornale.

«Sotto il parquet?»

«Esatto».

Se non le fosse sembrato così convinto, Anna avrebbe pensato che si stesse sentendo male. Sulle guance del nonno erano comparse due chiazze rosse e all'improvviso le sembrava molto più animato di quello che era stato negli ultimi anni.

«Devi dirmi di più. Ti prego».

Il vecchio si sporse verso di lei e posò le mani sulle sue. «Anna» mormorò.

Lei non si mosse. «Per favore». Ormai stava sussurrando. Voleva sapere cosa c'entrava quella storia con l'appartamento di Parigi. Voleva sapere cos'aveva lasciato Max in quella stanza. E soprattutto voleva sapere qual era il rimpianto che lo tormentava da sempre.

Ma ormai lo sguardo del nonno era lontano. Max non era più con lei, non era lì. Era da un'altra parte. Mentre lo osservava Anna capì una cosa. Forse lui non aveva mai parlato del passato, ma il passato non lo aveva mai lasciato andare.

Parigi, 1934

Marthe, la nonna di Isabelle de Florian, era seduta nel suo punto preferito vicino alla finestra quando Isabelle rientrò nell'appartamento di Rue Blanche.

Marthe aveva fatto portare nel suo salottino personale la disdicevole *chaise-longue*. Seduta su quell'elegante, anche se sconveniente, pezzo di arredamento, teneva traccia di tutto quello che succedeva sulla strada. Il nono *arrondissement* era cambiato moltissimo negli ultimi tempi, ma Isabelle sapeva che sua nonna, a più di settant'anni, si divertiva ancora a guardare il teatro dall'altra parte della strada. Quel giorno Marthe sembrava bisognosa di attenzioni.

«Sfortunatamente non ho tempo di parlare, oggi». Isabelle posò le due borse dei grandi magazzini Printemps ai piedi della nonna.

«Che peccato. Hai preso qualcosa di grazioso?»

«Solo un paio di sciarpe».

Scese il silenzio. Isabelle sentiva lo sguardo attento della nonna su di sé. Marthe voleva sapere cos'era successo nel pomeriggio, ma lei era ancora troppo triste per parlarne.

Andò al piano e suonò qualche nota prima di perdersi nella musica come le succedeva sempre. Lasciò che le note di Satie la confortassero, che la portassero in un altro mondo lontanissimo da Parigi. Aveva diciannove anni. Non avrebbe dovuto essere un'età eccitante?

Isabelle finì il brano e riposò le dita sulla tastiera per qualche cruciale secondo prima di girarsi sullo sgabello e affrontare Marthe. E la realtà.

«Non è andata bene, allora. O non bene come pensavi, il che è più meno la stessa cosa», disse Marthe osservando la nipote.

Isabelle si alzò. Il vestito da pomeriggio a fiori stretto in vita – che aveva indossato con tante aspettative solo poche ore prima – ora le sembrava brutto e inutile.

«Oh, no, è andata bene». Mentire era più semplice. Non era colpa di nessuno. Di nessuno a parte della società, pensava Isabelle. Ma in realtà non era andata affatto bene.

Il fatto che Madame Fatouche, madre dell'ultimo corteggiatore di Isabelle, avesse scelto la sala da tè di Printemps le era sembrato un buon segno. Arredata in stile modernista con tappeti dai disegni geometrici e mobili tubolari all'ultima moda, non era affatto un posto all'antica.

Le era sembrato ragionevole sperare che Madame Fatouche sarebbe stata moderna nella mentalità come lo era nella scelta dei locali. Che avrebbe accettato una ragazza che purtroppo era la nipote della famosa cortigiana Marthe de Florian.

Erano gli anni '30, per l'amor del cielo. C'era stata una guerra e i diritti di nascita erano stati spazzati via dalle rivoluzioni, come in Russia. Isabelle era così sicura...

Madame aveva scelto un tavolo davanti all'ingresso della sala da tè, in modo da osservare comodamente Isabelle che entrava di corsa, in ritardo, dopo che si era lasciata distrarre da alcuni bellissimi nastri.

A prima vista, Pierre Fatouche stava chiacchierando con entusiasmo, anche se un po' troppo velocemente. Isabelle non voleva pensare che il suo innamorato fosse nervoso. Di certo non aveva nessuna ragione per esserlo.

La madre invece sembrava ignorarlo. Guardava dritta Isabelle.

«Ah, eccola!». Pierre si alzò, si fece avanti e baciò Isabelle sulla guancia. Lei avvertì lo sguardo di apprezzamento nei suo occhi chiari, mentre soppesava il suo vestito aderente accendendo una sigaretta.

La stoffa era trasparente? Il vestito era inadatto? No, per niente. Era abbastanza moderno. Moderno e alla moda, perfetto per Printemps. E dopo tutto il vestito della signora non era così diverso. La pochette di serpente di Madame era già posata sul tavolino. Isabelle si ritrovò a invidiare la sicurezza schiacciante di quella donna.

La signora le porse la mano e rivelò i denti candidi per un secondo, prima di richiudere le labbra dal rossetto impeccabile e appoggiare la mano sul tavolo.

«*Maman*...», iniziò Pierre.

«Negli anni '90 mia madre vide sua nonna in uno spettacolo a Pigalle. Il suo nome d'arte era Marthe de Florian. Usava lo stesso nome anche per l'esercizio della... sua seconda attività, è vero?». Madame parlava lentamente, ignorando il figlio.

Isabelle si costrinse a sorridere.

Il pomeriggio era finito prima di iniziare.

Marthe ascoltò in silenzio mentre la nipote raccontava, toccando qualche tasto del piano forte.

«Fai silenzio, per favore, mia cara», disse Marthe. «Sto pensando».

«Non c'è nulla da fare. Non è colpa di nessuno».

«Sei certa che quello che vuoi dalla vita sia un uomo, Isabelle? Perché ti assicuro che non è affatto quella la risposta a tutto».

Isabelle fece una pausa. «Cosa c'è di sbagliato nel volere l'amore? Sai, non sono mai riuscita a capirti, *grand-mère*…». La ragazza tacque. Sua nonna in effetti non aveva mai avuto molta scelta.

Marthe si alzò dalla *chaise-longue* e la nipote andò ad aiutarla. Ammirava il portamento della nonna, il fascino elusivo dei suoi occhi scuri che avevano stregato moltissimi uomini. Marthe aveva una collezione di gioielli che poteva fare invidia a una duchessa. Il suo appartamento era pieno di arredi esotici, mobili e opere d'arte che lasciavano a bocca aperta chiunque entrasse nel suo salotto.

Un tempo, la nonna di Isabelle era stata la prima donna di Parigi. Dovunque andasse tutti la seguivano.

Eppure, come per le altre poche cortigiane di successo, l'esistenza di Marthe non poteva essere riconosciuta apertamente. Non negli ambienti rispettabili. Non nella società che contava.

Quindi qual era il posto della nipote?

Isabelle sospirò. Ascoltare la nonna non le avrebbe fatto male. «A cosa pensavi?»

«Il problema non sei tu, è Parigi». Marthe andò al piccolo scrittoio di noce che trent'anni prima uno o l'altro dei suoi clienti – o benefattori, come li chiamava lei – le aveva regalato. Sfogliò qualche carta, poi le porse un *dépliant*.

«Il lago di Ginevra?»

«Per tutta l'estate».

«Solo tu e io?»

«Solo tu e io».

Isabelle osservò la fotografia: un hotel fiabesco affacciato sulle acque più limpide che avesse mai visto. La grande terrazza era bordata di rose e buganvillee, piena di tavolini illuminati da candele e persone eleganti che ballavano abbracciate.

Addio a Madame Fatouche e alle sue maniere odiose.

«Perché no?», rispose Isabelle.

Marthe la strinse tra le braccia.

Capitolo due

Le colline erano coperte di vigneti. Le gocce di rugiada scintillavano vivaci sulle foglie verdi sotto il sole pomeridiano. Isabelle si appoggiò al parapetto di ferro battuto del balcone della sua sontuosa stanza d'albergo. Dopo un momento di sogno a occhi aperti, rivolse la sua attenzione alle imbarcazioni che galleggiavano sul lago e alle montagne lontane.

Dalle bellezze naturali, poi, il suo sguardo si spostò sulla scena che si stava svolgendo proprio sotto la sua finestra. Gruppetti di persone eleganti sedevano in terrazza godendosi il tè con dei pasticcini, una cioccolata svizzera, oppure caffè o champagne. I cappelli chiari degli uomini nascondevano i loro visi mentre chiacchieravano con donne elegantissime, pigramente avvolte in abiti color crema.

«Scendi e divertiti», la incitò Marthe, affacciandosi a sua volta dopo aver controllato che le valige in camera sua fossero state debitamente disfatte. «Dopo tanto viaggiare ho bisogno di riposare un po'! Abbiamo tutta l'estate davanti. Confido che tutto questo riposo non sarà troppo estenuante per me».

Isabelle guardò la nonna. «Non hai mai fatto una vera vacanza, *grand-mère*. La tua vita non prevedeva villeggiature, giusto?»

«Assolutamente no». Marthe si accomodò su una sedia

di vimini. «Ma forse cambierò abitudini. Ora ho la scusa perfetta. Te».

«Non voglio farti sentire costretta a lasciare Parigi per me». Isabelle prese il cappellino, lo sistemò sui riccioli scuri e sorrise. «Tuttavia, mi è bastato un giorno per capire che Parigi è solo una goccia nel vasto oceano del mondo. Una perla, certo. Ma non l'intera ostrica».

«Basta sofismi. Vai ed esplora!». Marthe le fece segno di uscire.

«Tornerò presto».

«Torna quando vuoi. Temo di non essere la compagnia più entusiasmante per una ragazza come te».

Isabelle baciò la nonna. «Nessuno potrebbe mai accusarti di essere tediosa, *grand-mère*».

«Nessuno l'ha mai fatto».

Isabelle scese lo scalone dell'hotel fino al salone. Sopra i tavoli di vimini elegantemente disposti sul pavimento a scacchi bianchi e neri volteggiavano le pale di legno dei ventilatori da soffitto. Le piccole palme in vaso davano all'ambiente un'aria da serra. Isabelle andò verso le porte finestre che davano sulla terrazza.

Qui si fermò, esitante. Tutti sembravano così a loro agio. I giovanotti fumavano occhieggiando le ragazze tra le palpebre socchiuse. All'improvviso il familiare senso di sicurezza la colpì. Era un'intrusa e lo sarebbe sempre stata, non apparteneva a quel mondo sofisticato. Ma se quello non era il suo posto, allora quale avrebbe dovuto essere?

Isabelle adorava la nonna. Marthe l'aveva cresciuta quando la famiglia di sua madre l'aveva disconosciuta, subito dopo che suo padre Henri, il figlio di Marthe, era morto. Ma il nome della nonna la precedeva dovunque andasse. Isabelle avrebbe vissuto per sempre nella sua ombra? Era impossibile immaginare un futuro diverso.

Isabelle uscì in terrazza e camminò fino al basso muretto di pietra che si affacciava sull'acqua. Vicino al muretto correva una serie di panche di legno. La ragazza si sedette, anche solo per sottrarsi agli sguardi degli altri ospiti. Tuttavia a pochi passi da lei c'era già un'altra ragazza, sola.

La ragazza sembrava avere qualche anno in più dei suoi diciannove e aveva capelli di un biondo sorprendente. Con sorpresa di Isabelle, la sua compagna di solitudine guardava dritta verso di lei. Non c'era traccia di timidezza nei suoi modi, ma nemmeno di particolare calore. Isabelle tentò un sorriso.

«Che magnifico pomeriggio», disse in inglese.

«Davvero splendido». L'accento non era francese, ma il suo inglese sembrava molto solido e fluente.

«Resta qui tutta l'estate?»

«Sì».

Isabelle posò le mani in grembo. «Io… spero di riuscire ad ambientarmi».

«È venuta con la famiglia?»

«Solo con mia nonna. Mi chiamo Isabelle. Isabelle de Florian».

La ragazza bionda si alzò. Era molto alta. Il vestito raffinato di seta color ostrica, a vita alta, il suo aspetto, i capelli e gli occhi azzurri sotto il sole erano quasi accecanti. «Sono venuta qui per cercare un po' di solitudine. La prego di scusarmi».

Isabelle si sentì avvampare.

Poi però, dopo un momento di esitazione, la bionda le porse la mano guantata. «Nadja Albrecht».

«È un piacere, Nadja».

«Sono certa che ci rivedremo in albergo». Nadja aveva ancora un certo tono di superiorità. «Le auguro un sereno soggiorno». Sottolineò la parola *sereno*.

«Grazie», mormorò Isabelle, mentre Nadja tornava verso l'albergo, altera. Di sicuro la ragazza non si lasciava intimidire facilmente, ma non voleva nemmeno tentare di farsi degli amici?

Isabelle decise di non raccontare l'episodio alla nonna.

Qualche ora più tardi, Isabelle si preparò per la cena con una cura particolare. Truccarsi e pettinarsi erano una distrazione e anche un tonico per lo spirito. Da sola riusciva a riflettere meglio, poteva affrontare i problemi senza dover fingere. Non era costretta a recitare. Essere lontana da Parigi era un sollievo, e forse si sentiva speranzosa come non le capitava da anni. Tuttavia era ancora piuttosto nervosa. Se avesse dovuto contare le famiglie dei pretendenti che l'avevano respinta, avrebbe deciso di rassegnarsi a diventare una governante. Che alternative aveva? Le sarebbe piaciuto fare qualcosa di buono con la sua vita, ma le sembrava di non avere nessun controllo su di essa.

* * *

Alle otto in punto Isabelle scese con Marthe e il *maître* verso i tavoli della terrazza, scintillanti di cristalli e posate d'argento. Le candele danzavano nella brezza tiepida, riempiendo il ristorante di luci brillanti. Coppie e gruppi di amici chiacchieravano in tono basso e intimo. Il cameriere si fermò accanto a un tavolo per due, prese lo scialle di Marthe e spostò le sedie.

Isabelle si lisciò il vestito di seta.

«Sei splendida, mia cara», sorrise la nonna.

«Be', grazie», disse Isabelle. Poi però si sentì mancare: la ragazza tedesca e un gruppo di eterei giovani biondi si sedettero al tavolo accanto.

Anche Nadja era vestita di seta, ma rosa chiaro. I capelli chiarissimi erano raccolti sulla nuca. Isabelle sentiva il profumo delicato della ragazza fin dalla sua sedia.

Un gruppo jazz iniziò a suonare.

Nadja doveva averla vista, Isabelle ne era sicura, ma non l'aveva salutata. Lei non voleva fissarla. Tuttavia era difficile non lanciare qualche occhiata al suo tavolo di tanto in tanto.

«Che posto incantevole», commentò Marthe.

«Già».

Un giovanotto si sedette accanto a Nadja. I capelli biondi erano pettinati indietro, mettendo in risalto gli occhi chiari. Poi c'erano altri due ragazzi che sembravano avere al massimo sedici anni e una ragazza dai capelli rossi vestita di verde intenso.

Appena gli ospiti iniziarono a ballare sul terrazzo, Isabelle prese la palla al balzo. «Sarai stanca, *grand-mère*. Torniamo di sopra?»

«Assolutamente no». Marthe iniziò a muovere le spalle a ritmo di jazz. «Non siamo due vecchie zitelle, io e te».

Il gruppo del tavolo vicino si alzò. Isabelle tirò un sospiro di sollievo quando li vide dirigersi alla pista da ballo. Essere così vicina a loro l'aveva fatta sentire in imbarazzo.

«Voglio restare a guardare il ballo», insistette Marthe.

Isabelle prese il tovagliolo e lo posò sul piatto. «Io sono stanca...».

«Zitella, Isabelle?»

«Non ho voglia di ballare».

«Come pensi di conoscere qualcuno, allora?».

Isabelle non rispose.

«Non ho fatto tutta questa strada per guardarti fare tappezzeria. Sei piena di contraddizioni. Cosa c'è che non va?»

«Non c'è niente che non va. Magari ho solo voglia di passare l'estate arricchendo le mie letture. Potremmo visitare insieme i paesi vicini. Potrei trovarmi dei passatempi». Come aveva potuto credere che la geografia avrebbe fatto qualche differenza nel modo in cui venivano percepite? Isabelle sarebbe stata una reietta in qualunque luogo. E la nonna aveva ragione. Era piena di contraddizioni. Sapeva cosa voleva, ma non poteva averlo. Quindi perché non aggirare il problema e trovarsi qualcos'altro da fare?

«Passatempi?», Marthe spinse indietro la sedia con tanta forza che due camerieri si materializzarono al suo fianco. «Tutto bene, non mi serve nulla», disse allontanandoli.

Isabelle distolse gli occhi. Sua nonna sembrava determinata a dare spettacolo.

«Se nessuno ti invita a ballare, non ballare», disse, con una voce che sembrava carta vetrata sul legno. «Ma se qualcuno ti invita, per l'amor del cielo, vai a divertirti. Non devi chiuderti in convento solo perché a Parigi non è andata come volevi».

«Resterò un po' a guardare», cedette Isabelle. «Ma solo per farti piacere».

«Onestamente, Isabelle, io non riesco a capirti affatto».

Quando arrivarono in fondo al ristorante la maggior parte delle coppie stava già ballando. Un cameriere le accompagnò a un tavolo vicino alla pista da ballo e le presentò a due donne anziane. Marthe iniziò una tediosa conversazione in inglese sulla servitù moderna con le sue coetanee, e ben presto Isabelle ebbe voglia di fare due passi.

Il muretto dove si era seduta quel pomeriggio ora era punteggiato di lampade e la luna tagliava sulla superficie nera del lago una striscia lucente, che si allargava man mano che si avvicinava all'hotel.

Isabelle accarezzò il muretto, avvertendo sotto le dita e poi nella mano il calore che le pietre avevano assorbito durante tutto il giorno.

«Non ho potuto fare a meno di notarla. Viaggia sola con sua nonna?», chiese in francese una voce – maschile – alle sue spalle.

Isabelle si girò in modo deliberatamente lento. Sapeva di chi si trattava.

«Nadja mi ha detto che vi siete presentate». Aveva uno sguardo vivace. «Si è comportata in modo scortese?»

«Niente affatto».

«Non ho potuto nemmeno fare a meno di notare che è venuta qui da sola. Al mio tavolo tutti hanno qualcuno con cui parlare. Mademoiselle de Florian, è esatto?».

Aveva una voce profonda e gentile.

«Isabelle».

«Io sono Max Albrecht», si presentò il giovanotto. «Sono il fortunato – o forse no – fratello di Nadja».

Isabelle tese la mano e lui la tenne tra le sue per un momento.

«Qui tutte le notti sono come questa, sa? Magiche». Guardò il lago. «Le proporrei una passeggiata ma di certo sua nonna…».

«Mi getterebbe tra le sue braccia», concluse Isabelle al suo posto.

«E lei non vuole essere gettata».

Isabelle sentì il bisogno di spiegarsi meglio. «Credo che voglia solo vedermi divertire. Ma il divertimento è sempre effimero. Mi ha stancata». Per qualche motivo Isabelle voleva metterlo alla prova, anche se Max sembrava sincero. Amichevole. La ragazza si morse il labbro.

«Magari ogni tanto potrebbe provare a seguire il suo consiglio?», propose lui con voce vellutata. Le sembrava molto vicino, anche se teneva una distanza rispettosa.

«Non vedo perché dovrei».

Lui inclinò la testa e la guardò. «Le faccio una proposta. Domani è libera?»

«Domani?»

«Andremo a fare una gita, una festa in barca sul lago. Niente di formale. Nadja, la sua amica Sascha, e i miei fratelli gemelli Didi e Jo… e io».

«E loro gradirebbero la presenza di un'estranea?»

«Be', lei non è più un'estranea, no?».

Isabelle lanciò un'occhiata alla nonna. Marthe sembrava impegnata in una accesa conversazione con le altre due donne. La ragazza si voltò di nuovo. «Bene», disse. «Di certo mia nonna ne sarebbe deliziata».

«Splendido. Lo prenderò come un sì. Ci troviamo al molo alle dieci e mezza».

Isabelle sorrise e per un secondo i loro sguardi si incrociarono. Difficile dire quale fosse la tentazione più grande: continuare a guardarlo negli occhi, oppure fuggire via.

San Francisco 2010

Anna trascinò la valigia fino alla porta in fondo al salotto, osservando più attentamente del solito la casa in cui viveva. I morbidi cuscini del divano color tortora erano sistemati proprio come piaceva a lei e i suoi libri preferiti erano sul tavolino del salotto. Se solo avesse avuto più tempo per leggere... La sera prima aveva lucidato le piastrelle bianche e nere del bagno, pulito lo specchio e spolverato la camera da letto bianca, con gli scaffali e la porta finestra che si apriva su un giardinetto di rose e buganvillee.

Anna aprì la porta proprio mentre Cass parcheggiava in fondo ai pochi gradini di casa sua. Max era sul sedile del passeggero. Agitando la mano come avrebbe potuto fare la regina d'Inghilterra. Cass suonò il clacson.

«Oh, andiamo». Anna aprì lo sportello del furgoncino del locale e lasciò la valigia in mezzo ai contenitori in cui di solito trasportavano il pane fresco. La mente di Anna la costrinse a chiedersi cosa stesse succedendo nel suo bar. Troppo presto per le consegne pomeridiane del pane, ma quelle mattutine ormai dovevano essere state completate. Perché stava abbandonando tutto? Perché aveva accettato? Eppure, non aveva potuto fare altro che accontentare il suo amato nonno.

Anna chiuse lo sportello, ma con la mente continuava ad accanirsi sullo stesso pensiero come una gallina che becca testarda in un cortile.

Aveva fatto ulteriori ricerche, ma i proprietari dello Schloss Siegel non comparivano sull'elenco telefonico. Da Google Maps aveva scoperto solo che lo Schloss si trovava al confine di un paesino, anch'esso di nome Siegel.

«Ti senti pronta, tesoro?», chiese Max, spostando la sua esile figura sul sedile centrale per lasciare spazio alla nipote.

Pronta? La sola idea le faceva venire la nausea. Tuttavia posò una mano su quella di Max. «Mi conosci», disse, mentendo. «Io sono nata pronta».

Sperava solo che la voce non la tradisse.

* * *

Almeno conosceva la destinazione: Germania. Da Berlino c'era un treno diretto a nord-est che fermava a Siegel. Un'ora e venti di tragitto. Non troppo.

«Eccellente», approvò Max. Incrociò le braccia per nascondere un lieve tremore.

Lungo la strada verso l'aeroporto Anna guardò fuori dal finestrino. Il sole scintillava sulla baia. A Siegel qualcuno si sarebbe ancora ricordato di suo nonno?

Una volta a bordo sul volo Los Angeles-Berlino, si rese conto di non riuscire a mantenere la concentrazione. Cercò di distrarsi con i numerosi passatempi proposti durante il volo, ma ogni volta che cercava di seguire un film, la sua immaginazione si perdeva e tornava sempre alle immagini da fiaba dello Schloss.

Atterrata a Berlino prese il treno che l'avrebbe portata a destinazione e arrivata alla piccola stazione di Siegel, Anna si accorse di essere esausta. Scese dal treno e osservò la banchina deserta. La vecchia stazione, che un tempo doveva essere stata bella, ora era era rovinata da polverose finestre montate in acciaio. Eppure si respirava il sentore di qualcosa di antico e bellissimo che cozzava contro lo squallore post-sovietico. Già solo trovarsi lì faceva sentire Anna parte della storia. Non poté fare a meno di immaginare tutti gli altri treni che si erano fermati in quella stazione. Su quanti di essi avevano viaggiato suo nonno e la sua famiglia?

Prima di partire, Anna aveva studiato il percorso e sapeva che una camminata di pochi minuti l'avrebbe portata fino alla piazza principale del paese. Si incamminò guardando attentamente davanti a sé e ignorando il borbottio che proveniva dal suo stomaco.

Era stata l'unica a scendere dal treno. La valigia faceva un rumore fastidioso mentre la trascinava verso la piazza. Superò un gruppo di case dall'aspetto derelitto. Ciuffi d'erba crescevano nelle crepe delle vecchie facciate. Poi vide un negozietto, con l'insegna che cigolava nella brezza, sopra la porta chiusa. Non c'era un'anima. Niente macchine, niente traffico, nemmeno una panetteria. Nessun benzinaio, nessuna casa con una parvenza di vita. Dov'erano finiti tutti quanti?

Anna decise di proseguire, anche se la tentazione di fermarsi a curiosare era fortissima. Si alzò il vento e il silenzio inquietante del tardo pomeriggio lasciò il posto a strani, inspiegabili cigolii e scricchiolii. Era l'inizio della primavera, ma laggiù non c'era traccia di rinascita. Era come se il passato fosse rimasto aggrappato alle pietre, pur senza alcuna ragione per restare. Cosa stava succedendo? Con la mano libera, Anna allacciò i bottoni della giacca nera e percorse la curva che la portava alla piazza: il cuore, presumibilmente, di quello che un tempo era il villaggio di suo nonno.

Si fermò davanti alla chiesa. Stranamente l'edificio aveva un nuovo tetto di terracotta ed era stato imbiancato da poco. Era una chiesa graziosa, con un campanile rotondo e appuntito, dominato dal galletto segnavento d'oro. Lì vicino c'era un piccolo supermercato illuminato. Anna continuò a camminare e si fermò davanti a un vecchio edificio subito dopo il supermercato.

All'improvviso la stanchezza la sopraffece. Perse l'equilibrio e per poco la valigia non le cadde sul lastricato. Era arrivata. Ce l'aveva fatta. Era stata in viaggio per ventiquattro ore per arrivare laggiù, in un posto dove non era mai stata prima e che aveva sentito nominare per la prima volta solo pochi giorni prima. Il villaggio le sembrava estraneo e nello stesso tempo stranamente familiare. Nel cortile del palazzo di pietra di fronte a lei c'erano dei tavoli di legno con lunghe panche. L'insegna appena dipinta le fece capire di essere arrivata nel posto giusto: l'Hotel Goldener Hahn. Anna si sforzò di fare qualche altro passo e spinse il battente di legno.

Si ritrovò nel ristorante, pieno di altri lunghi tavoli e sedie di legno che sembravano sbucate fuori da una filastrocca per bambini. Era piombata in una Germania diversa: tradizionale, piena di storie, magie e personaggi fantastici da libro di fiabe. Quante volte era stato lì suo nonno? Era stato quello il posto dove aveva bevuto la sua prima birra?

«Posso aiutarla?», chiese una ragazza in tedesco. Ovviamente indossava un costume tradizionale. I capelli castano chiaro erano raccolti in una crocchia.

La ragazza la accompagnò al piano di sopra per mostrarle la stanza. Mentre salivano incrociarono una coppia di mezza età. Indossavano abiti moderni e avevano una cartina: perfettamente normali e appartenenti al secolo giusto. Anna sentì la tensione delle spalle alleggerirsi un po'.

La sua stanza era deliziosa: c'era un piccolo soggiorno

e poi, collegata con una scaletta di legno, una camera da letto. Un bagno con un moderno lavandino completava il quadro. Dalla finestra si vedeva la piazza del villaggio.

Anna aprì la valigia, appese i vestiti nell'armadio, fece una doccia e si stese sul letto. Aveva bisogno di un sonnellino per mettere la parola fine a quel viaggio interminabile. Nello stesso tempo, però, aveva voglia di alzarsi subito. Indagare. Esplorare. Ma la cena sarebbe stata solo dopo quattro ore. Senza un po' di riposo, Anna sarebbe crollata.

Dopo quindici minuti si rese conto che il tentativo era vano. Non riusciva a spegnere i pensieri. Da quanto tempo il villaggio era in quelle condizioni? Ormai le sembrava un po' anche casa sua.

Rimase sdraiata per qualche altro minuto. Le era bastato attraversare un paio di strade del paese, vedere la piazza mezza vuota. Il passato e il presente si erano fusi all'improvviso come le due metà di una tazzina rotta.

Per tutta la vita aveva creduto di non avere un passato. Ma in realtà lo aveva: all'improvviso suo nonno glielo aveva svelato. Ed eccola lì. Il desiderio di vedere lo Schloss era incontrollabile. Voleva andarci subito, vedere i fantasmi della sua famiglia, la famiglia che avrebbe dovuto avere ma aveva perso. Era un sentimento strettamente legato al suo amore per Max e alla stanchezza desolante del paese. Anna si alzò. Doveva andare al castello. Non poteva più aspettare.

* * *

Al bancone della reception c'era una donna di mezza età, con un filo di perle su un maglione nero di cachemire. I capelli erano biondi e ordinati.

Anna si presentò in inglese, sperando che la donna capisse. «Volevo chiederle se è possibile visitare Schloss Siegel. Prima di partire ho tentato di contattare i proprietari, ma…».

«Non ha avuto risposta». La donna iniziò a sfogliare le pagine del registro. Parlava un inglese perfetto ma aveva un accento duro.

«Esatto».

«Non c'è da sorprendersi».

Anna fece una breve pausa. «Crede che sia possibile parlare coi proprietari? Devo assolutamente vederli. A causa di una parentela… passata».

La donna la guardò alzando le perfette sopracciglia nere a forma di luna crescente.

Anna decise di insistere. «Ho un legame con la famiglia che viveva lì prima…».

«Prima che arrivassero i russi». La donna arrotò le R.

«Già».

«Gli Albrecht».

«Proprio loro».

La donna incrociò le braccia. «Vicino all'albergo ci sono delle splendide passeggiate che di certo le piaceranno. Posso darle una mappa con le attrazioni locali».

Anna scelse le parole con cura. «Mi scusi ma devo davvero vedere lo Schloss. Sono venuta da San Francisco solo per questo».

La donna distolse gli occhi. Scelse alcuni dépliant patinati e una mappa dallo stand alle sue spalle, prese la penna e con gesti teatrali iniziò a disegnare grandi cerchi rossi intorno alle attrazioni turistiche segnate sulla mappa. Senza parlare le porse il tutto, poi tornò a digitare sul suo computer.

«Grazie», mormorò lentamente Anna, con cautela.

La donna non alzò gli occhi.

* * *

Due minuti dopo, Anna si ritrovò di nuovo nella piazza del villaggio. Sapeva in che direzione si trovava il castello: aveva studiato la mappa online tante di quelle volte che poteva orientarsi perfettamente senza aiuto. L'unica cosa da fare era mettere un piede avanti all'altro e cercare il castello da sola, anche se non aveva idea di cosa aspettarsi. Le era capitato parecchie volte di ritrovarsi in situazioni simili. Davvero tante.

Girò a sinistra e superò la chiesa, senza cedere alla tentazione di controllare se la porta fosse chiusa. I suoi antenati avevano pregato lì dentro. Forse i suoi trisavoli si erano sposati in quella chiesa? No, doveva restare concentrata.

La via dietro la chiesa portava direttamente allo Schloss Siegel. Quante volte, crescendo, Max l'aveva percorsa?

Anna scosse la testa e osservò i dintorni. Oltrepassò diverse case dall'aria funzionale con tetti a punta e finestre minuscole, che dovevano essere state costruite dopo la caduta del Muro di Berlino. Da uno dei camini usciva un filo di fumo e da lontano si sentiva il rumore di qualcuno che spaccava la legna.

Anna proseguì. Dopo qualche minuto la strada stretta si aprì sulla campagna. Gli alberi ai lati erano carichi di gemme, ma non ancora fioriti del tutto. In effetti era solo marzo. Tutto si fece silenzioso, tranne i passi di Anna sul sentiero.

La strada svoltava, e Anna la seguì fino a un gruppo di vecchi edifici di servizio sulla destra, forse stalle. Il suo cuore fece un balzo. Si stava avvicinando al castello.

Gli edifici erano separati dalla strada da un vecchio recinto di filo spinato ed erano ricoperti di erba e muschio. Le finestre dei piani superiori erano chiuse da assi grigie inchiodate a X. Un cartello giallo era attaccato a una delle finestre. Anna non leggeva il tedesco, ma il messaggio sembrava chiaro. Si strinse le braccia intorno al corpo e proseguì fino ai cancelli dello Schloss Siegel.

Capitolo tre

Lago di Ginevra, 1934

Marthe faceva correre tutta la servitù avanti e indietro a suo piacimento. Un gruppo di giovanotti stava accompagnando la ex *demi-mondaine* al tavolo migliore in riva al lago. Se qualcuno avesse chiesto a Isabelle perché quel fenomeno si verificava sempre quando viaggiava con sua nonna, lei avrebbe risposto che in parte dipendeva dal carisma naturale di Marthe e in parte dal fatto che la nonna aveva ancora degli ottimi argomenti di persuasione.

Era la mattinata perfetta per uscire in barca, l'aria era tersa e c'era un bel concerto di cicale, intervallato ogni tanto dal cinguettio degli uccelli. Sui tavoli del terrazzo c'erano già le tovaglie bianche di lino della colazione. Si sentiva profumo di caffè.

Isabelle si era alzata dopo un sonno delizioso. La sera prima, dopo essere tornata in camera, aveva continuato a pensare a Max. Anche se aveva parlato con lui solo per pochi minuti, si era sentita allo stesso tempo eccitata e a suo agio.

Quella mattina si era vestita con più cura del solito. L'abito bianco da giorno era perfetto per una gita estiva sul lago. Aveva puntato il cappellino di paglia con l'inclinazione perfetta, in modo da valorizzare al meglio i riccioli scuri e setosi.

Marthe tiranneggiava i servizievoli camerieri che le volteggiavano intorno durante la colazione, cambiando idea in continuazione e pretendendo un assortimento di pasticcini che avrebbe fatto invidia al Ritz di Parigi. Isabelle si accomodò sul cuscino della sedia di vimini con la tovaglia sulle ginocchia. La prospettiva della splendida giornate che la aspettava era ancora più invitante.

Il gruppo di Max non era ancora sceso a fare colazione. Niente di insolito: Marthe era una donna mattiniera e, anche se Isabelle spesso avrebbe voluto dormire fino a tardi, la nonna insisteva perché non diventasse una lavativa.

«Ieri sera ho conosciuto un altro ospite», disse Isabelle.

«Ti ho vista parlare con un giovanotto». Marthc tagliò un croissant, lo imburrò e bevve un sorso di caffè.

«Credevo che fossi troppo impegnata a conversare con quelle vecchie signore per notarlo», rispose Isabelle ridendo.

«Io vedo tutto», obiettò Marthe. «E quello che non vedo, lo deduco da sola».

Isabelle posò il coltello sul piattino di porcellana. «La... sua famiglia mi ha invitata a fare una gita sul lago, oggi. In barca».

«Sì, sospettavo che una gita sul lago implicasse una barca», rispose Marthe. «Spero che tu non debba nuotare. Ma ti ho vista parlare solo con un giovanotto, non con tutta la famiglia».

«Viaggia con la famiglia».

«Che non conosciamo».

Isabelle espirò. «Pensavo non ti piacesse vedermi qui a prendere polvere», obiettò a bassa voce. Marthe era una donna contraddittoria. Cambiava idea ogni volta che le faceva comodo, a seconda delle circostanze. Il minuto prima voleva uscire, quello dopo preferiva restare a casa a leggere. Le sue stranezze – o i suoi capricci – erano di pubblico dominio.

«Non intendevo incoraggiarti a sgattaiolare via per tutto il giorno con il primo gruppo di sconosciuti che incontri. Non puoi pranzare con loro domani, invece? Così potrei osservarli con la mia lorgnette».

«E sparlare di loro con le due donne di ieri sera? O scrutarli in continuazione?»

«Una donna anziana deve pur passare il tempo», obiettò Marthe. «E quale passatempo migliore delle stupidaggini dei giovani?»

«Allora farai meglio a procurarti un telescopio per oggi», borbottò Isabelle. «Dalla spiaggia sembrerai ridicola a sufficienza».

«Non sono sicura che sia giusto accettare l'invito di questo giovanotto così facilmente. Ci sono delle regole, sai».

Isabelle alzò un sopracciglio, ma se ne pentì istantaneamente. Sua nonna era l'amore della sua vita. l'aveva accolta dopo la morte di suo padre, quando la famiglia della madre l'aveva respinta, definendo la nipotina come la mocciosa del figlio di una cortigiana. Se l'avessero tenuta con loro avrebbero macchiato la loro perfetta reputazione borghese. Marthe se n'era infischiata dei loro calcoli meschini e aveva fatto come sempre: li aveva scavalcati ed era andata avanti.

«Non capisco il problema», obiettò Isabelle.

«A Parigi sarei stata più tranquilla. Tutti conoscono tutti. Ti chiedo solo di prendere un po' più confidenza con queste persone prima di passare una giornata con loro. Se dovessi rimanere sola con quel giovanotto? Senza *chaperon*?».

L'ansia di Marthe era comprensibile. Quando aveva l'età di Isabelle viveva in povertà e lavorava come sarta nelle stanzette soffocanti delle fabbriche di vestiti parigine. A vent'anni aveva già avuto due figli da due uomini diversi. Viveva in una squallida stanza affittata e si guadagnava da vivere attaccando bottoni, costretta a lasciare i bambini alla padrona di casa, una donna acida che probabilmente non li curava affatto. Per fortuna, la sua vita era cambiata completamente grazie a un solo, provvidenziale incontro.

«Non so cosa succederebbe in quel caso. Assolutamente niente, credo», rispose Isabelle. Qualcosa la distrasse. Si girò, felice di poter interrompere la conversazione con la nonna.

Sulla terrazza era appena comparsa una giovane donna. Si avviò verso il tavolo vicino al loro con passo tanto leggero che sembrava levitare. Tre camerieri la raggiunsero immediatamente.

Marthe aveva una rivale.

«Un miraggio», commentò la nonna, prendendo la lorgnette.

«Incredibile. Una giovane donna da sola, ancora viva», commentò seccamente Isabelle.

«Vedo».

La ragazza ordinò una spremuta ai camerieri.

«Americana», commentò Marthe.

«Nonna, se intendi passare l'estate a preoccuparti degli stranieri, meglio tornare subito a Parigi».

«Parigi è piena di parigini», rispose la nonna. «Un tedio insopportabile».

Isabelle tornò a guardare la bionda del tavolo accanto. Alta, elegante senza sforzo, con un vestito rosa chiaro che faceva risaltare magnificamente la sua carnagione. Era bellissima, senza dubbio, anche se era americana.

«Ehilà, buongiorno! L'ho vista ieri sera!», la ragazza si rivolse in inglese a Isabelle, a voce molto alta. «Parlava con quel divino tedesco, Max Albrecht. Lo conosce? Che famiglia, aristocrazia tedesca. Possiedono mezza Prussia o qualcosa del genere. Lo sapeva?».

Marthe posò la tazzina con cura e alzò gli occhi sulla ragazza.

«Virginia Brooke», si presentò lei, rivolta alla nonna.

«Mi scusi, non mi sono presentata prima di parlare. Ma di questi tempi ormai...». Non sembrava affatto dispiaciuta.

«Splendido», rispose Marthe, sfoggiando l'inglese che aveva studiato quando era la cortigiana più raffinata di Parigi. «Saremo liete di parlare con lei. A quest'ora del mattino è una diversione interessante».

Isabelle si sentì quasi sollevata. Marthe non l'avrebbe messa in imbarazzo. «Sono Isabelle de Florian» disse, «e questa è mia nonna, Madame de Florian». Era meraviglioso potersi presentare senza temere una reazione disgustata, un irrigidimento delle spalle, un cenno secco del capo e poi un addio.

Chiaramente Virginia Brooke non aveva idea di chi fossero. «Piacere di conoscervi». Fece una pausa. «Penso che saremo ottime amiche».

Marthe strapazzò il tovagliolo, agitata. Isabelle si morse il labbro per non ridacchiare.

Virginia non se ne accorse, oppure decise di ignorarla. «Non ho potuto fare a meno di sentirvi. Mentre ero qui seduta ho avuto modo di ascoltare la vostra deliziosa conversazione in francese. Ho sentito che le piacerebbe uscire in barca con Max e la famiglia. Sarà assolutamente al sicuro, sa».

«Davvero?», chiese Marthe.

Isabelle strinse le labbra.

«Sì. Se preferisce, Madame de Florian, posso accompagnare io Isabelle come *chaperon*».

«Capisco», rispose Marthe, inorridita.

Ma Virginia resse tranquillamente il suo sguardo.

«Viaggia da sola, Miss Brooke?», chiese Marthe.

«Oh, sì. Ma ho incontrato un sacco di gente simpatica, sa?», rispose lei. «Vengo da Boston. Sto scappando per un po'».

Marthe sembrò riflettere sulla proposta.

Isabelle tacque. Non vedeva l'ora di andare in barca con gli Albrecht, ma anche Virginia la incuriosiva. Scappava? Da cosa?

«I tedeschi hanno invitato anche lei, Miss Brooke?», chiese la nonna, rivolgendo a Virginia una delle sue migliori occhiate.

«Oh, cielo, che cosa importa? Basta avvertirli che voglio venire anch'io. E chiamatemi Virginia, per favore».

Marthe posò il tovagliolo. «Molto bene. Una volta che li avrà "avvertiti", ci mandi un messaggio e rifletteremo sulla sua proposta».

«Oh, guardate! Eccoli là!». Virginia indicò il gruppo con la tazza di caffè.

Max indossava un completo chiaro, quasi dello stesso colore del vestito di Isabelle. Incontrò gli occhi di Isabelle appena lei lo guardò. La ragazza abbassò subito lo sguardo sul piatto, ma non riuscì a reprimere un sorriso.

«Ci penso io». Virginia si alzò e andò dritta verso il gruppo dei tedeschi, baciò Nadja sulla guancia e iniziò a chiacchierare.

Max guardò di nuovo Isabelle alzando le sopracciglia. Lei sorrise. Due minuti dopo Virginia la raggiunse.

«Tutto a posto», annunciò. «Ci troviamo al molo alle dieci e mezza. La barca arriverà alle undici meno un quarto e ci porterà a fare un picnic in riva al lago. Poi andremo a visitare qualche paesino. L'hotel ci preparerà il pranzo e andremo tutti insieme. Siamo d'accordo». Virginia si sedette e salutò Marthe con la tazzina del caffè.

«Capisco», borbottò la nonna. «Bene, allora». Osservò gli Albrecht, che ora ridevano. Uno dei gemelli doveva aver fatto qualche battuta.

Marthe inclinò la testa. «Immagino che ormai impedirti di andare sembrerebbe crudele».

«Si divertirà un sacco», sorrise Virginia.

Marthe si alzò e la nipote la seguì. Mentre Isabelle se ne

andava, Virginia le strizzò l'occhio. Ormai c'era della complicità tra di loro. Isabelle dovette fare uno sforzo per non girarsi di nuovo. Era strano sentirsi tanto vicina a qualcuno che nemmeno conosceva, tra l'altro una straniera. Eppure quella ragazza sicura di sé le piaceva. Forse non aveva bisogno di sapere perché.

* * *

«Una barca perfetta». Max si avvicinò a Isabelle, mentre osservavano l'imbarcazione dal molo, due ore più tardi. Lo scafo era dipinto di bianco con una fila di boccaporti e una singola cabina di legno. La vernice era nuova e lucidissima. L'equipaggio in divisa aveva una passerella per salire e Virginia era già a metà del percorso.

«Bellissima», sorrise Isabelle. Percepiva fisicamente la presenza di Max alle sue spalle. «Crede che alzeranno le vele?». Si girò verso di lui.

«Lo spero», rispose Max con la sua bella voce profonda. «Posso offrirle il braccio?». Allungò la mano per aiutarla a salire dal molo alla passerella di legno.

«Assolutamente», rispose Isabelle con un sorriso, posando le dita sul suo braccio.

Siegel, 2010

Sul cancello di ferro battuto del castello rimanevano tra la ruggine tracce di vernice nera. Lo strato ruvido e rossiccio non riusciva a nascondere le elaborate volute decorative che un tempo dovevano essere state brillanti. Anna accarezzò il ferro con le dita. Il problema più pressante non era la ruggine bensì l'enorme lucchetto che chiudeva il cancello.

Al di là, la strada era fiancheggiata a sinistra da un bosco e a destra dai rimasugli di un prato ridotto a qualche ciuffo d'erba che ondeggiava nella brezza silenziosa. Non si vedeva altro.

Anna si strinse le braccia intorno al petto.

Il cancello era troppo alto per scavalcarlo. Forse c'era un'entrata da un'altra parte.

Anna decise di esplorare ancora un po' e girò a sinistra per costeggiare il grosso muro di pietra accanto al cancello. Il muro era più alto di lei e sormontato dal filo spinato. Tra il muro e la strada c'era una striscia d'erba abbastanza larga da poter camminarc. Pur di trovare un ingresso, Anna era disposta anche a fare il giro dell'intera proprietà. Proseguì per parecchi minuti, sbirciando le cime degli alberi oltre le vecchie pietre. Tese l'orecchio, ma dall'altra parte del muro non arrivavano suoni.

Respirò a fondo per allontanare l'inquietudine. Stava già per fare buio e l'atmosfera diventava sempre più cupa e desolata. Eppure Anna ne era sempre più attratta. Si sentiva… come... a casa?

Dopo qualche decina di metri girò a destra, sempre costeggiando la barriera impenetrabile finché non vide un altro cancello. Non era elaborato come l'altro, anzi sembrava appartenere a una semplice fattoria.

A sinistra c'erano altri edifici di servizio e poco oltre una casa piccola e cadente con le finestre inchiodate e l'erba che cresceva tra i mattoni. Anche se quelle costruzioni non comparivano sulla piantina di Max, dovevano appartenere alla tenuta. Erano lavanderie? Oppure ci viveva il custode?

Anna raggiunse il semplice cancello e allungò la testa per vedere dall'altra parte. C'erano altri alberi, un prato e poi… Anna trattenne il fiato.

Eccolo.

Finalmente vedeva l'ala laterale del castello, ancora splendida nonostante gli anni, i disastri delle guerre, della politica, delle occupazioni e dei passaggi di proprietà. L'immagine dell'antico Schloss, immobile come un vecchio relitto, fece battere forte il cuore di Anna. Il muro era sfregiato da buchi di proiettile come un viso butterato dal vaiolo.

Le finestre erano inchiodate, la facciata coperta di erba e rampicanti. Nel parco giacevano carcasse metalliche irriconoscibili, forse cimeli sovietici o vecchi attrezzi agricoli ancora più antichi.

Il cancello non solo era chiuso, ma anche avvolto nel filo spinato perché nessuno potesse scavalcarlo.

Max avrebbe odiato la vista di casa sua ridotta in quel modo, pensò Anna. Sarebbe stato come vedere la sua infanzia, tutta la sua vita, lasciata lì a marcire.

Cosa doveva fare adesso?

Continuò a studiare la parte del castello che riusciva a vedere. Immaginò per un attimo suo nonno da bambino mentre correva su quel prato, diretto verso il lago che si estendeva dietro l'edificio. Poi lo vide da ragazzo mentre passeggiava pensoso sulle rive. Magari con un libro in mano, durante una solitaria uscita in barca. Le sembrava di essere già stata lì, di aver conosciuto suo nonno allora. Non aveva mai pensato molto al passato, ma quella casa e ciò che aveva sopportato le facevano girare la testa.

La sua famiglia, la famiglia di Max, aveva perso tutto. Come doveva essere stato lasciare la loro casa, il luogo in cui si erano accumulati secoli di storia e ricordi?

E nello stesso tempo, si meritavano di possedere tutto questo, prima di perderlo per sempre?

Anna scosse la testa e tornò sui suoi passi. L'unica cosa di cui era certa era che non avrebbe trovato risposte restando lì in piedi senza fare nulla. Il castello e il parco erano impenetrabili. Doveva trovare un altro modo per entrare.

Sarebbe stato un miracolo ritrovare intatto ciò che Max

aveva nascosto sotto il pavimento nel 1940, dopo anni di lotte politiche, sparatorie e saccheggi. Senza contare i proprietari successivi, che forse avevano ripulito il castello di tutto ciò che aveva un valore, lasciando il resto a marcire.

Ma doveva sapere. Si costrinse a tornare in paese.

Ripercorrendo la strada verso il villaggio, iniziò a elaborare un piano. Doveva esserci un qualche ufficio pubblico in cui poteva recarsi, se non lì, nel paese vicino. Qualcuno doveva sapere chi erano i padroni di Schloss Siegel e lei doveva solo mettersi in contatto con quelle persone.

Fece un giro della piazza, ma a parte il supermercato e la chiesa, c'erano solo casc private dall'aria trascurata. Imboccò la prima strada a disposizione e trovò solo altre abitazioni.

Cercò di immaginare come doveva essere stato un tempo il villaggio, pieno di bambini, voci e risate, famiglie e negozi, rumore. I vestiti tradizionali dei dipendenti dell'albergo rendevano tutto ancora più tragico, in un certo senso. Sembrava che quel villaggio, nascosto nella foresta, rinchiuso in un recente passato, fosse stato del tutto dimenticato un tempo e poi rimasto tale.

Tutto era finito.

Ma perché doveva essere così?

Anna tornò indietro e imboccò la strada successiva. Dopo un po' fece dietrofront. Aveva visto lo spettro di un ufficio postale e nient'altro. Ormai le nuvole erano grigio scuro, camminava da almeno un'ora. Erano quasi le sei e nel villaggio non c'era segno di vita a parte l'hotel e il supermercato, che era ancora aperto. Ma per chi?

Anna entrò. Aveva fame e le bruciavano gli occhi per la stanchezza. Di nuovo sentì un capogiro, come se il pavimento si fosse messo a roteare sotto i suoi piedi.

C'era una donna anziana seduta alla cassa. Si alzò appena vide entrare Anna e si finse indaffarata a sistemare le stecche di sigarette dietro di lei. Anna la osservò con la coda dell'occhio, mentre spostava un paio di pacchetti controvoglia.

Anna osservò il negozio. Sembrava rimasto immutato da anni. La merce, quasi tutta in scatola, era esposta in tre corridoi, mentre nel frigo in fondo c'era una scarna selezione di frutta e verdura.

Anna pensò che sarebbe stato saggio comprare qualcosa prima di attaccare discorso con la proprietaria. Girò affascinata tra i biscotti tedeschi, i vasetti di crauti, le confezioni di wurstel tra i surgelati, interessata ai colori e ai possibili nuovi ingredienti. Si costrinse a tornare al presente.

Scelse dei biscotti al cioccolato. Ne aveva bisogno. Rifletté qualche secondo su cosa dire alla donna alla cassa, poi la raggiunse.

«*Guten Tag*», azzardò, con quello che probabilmente era il peggior accento tedesco che la donna avesse mai sentito.

«Salve», rispose lei, allungando la mano per prendere i biscotti, senza sorridere.

Anna non intendeva arrendersi. «Mi chiedevo… potrebbe dirmi dove trovare il sindaco del paese?».

La donna scrutò i biscotti e digitò dei numeri sulla cassa, mortalmente lenta. Anna si morse il labbro e pagò il suo piccolo acquisto.

La donna la squadrò dall'alto in basso, poi dal basso in alto, con grande attenzione. «Sono io il sindaco di Siegel. Se ha delle domande, deve parlare con me».

Capitolo quattro

Lago di Ginevra, 1934

Sfrecciare sull'acqua sapeva di libertà, stile, eccitazione, tutto mescolato insieme. Guardando il lago blu e il sole brillante, con Max appoggiato alle paratie accanto a lei, Isabelle si sentiva speranzosa, felice ed elettrizzata come quando era bambina.

Anche se quella giornata alla fine si fosse rivelata un errore, avrebbe ricordato quelle sensazioni per mesi e mesi. Era dotata di molta immaginazione, ma sperava di non averne bisogno. Nel profondo Isabelle sperava di sentirsi così, di vivere così, per sempre.

Mentre navigavano, Max le indicava i villaggi pittoreschi, spiegandole dove si poteva comprare il miglior cioccolato svizzero, dove si tenevano i mercati più colorati, dove si trovavano i locali e i ristoranti più alla moda, perfino dove trovare le boutique più eleganti.

Isabelle trattenne il fiato di fronte ai lussuosi moli privati, ai giardini curati che circondavano ville dotate di torrette e timpani, gli yacht ormeggiati. Tuttavia, Max le disse che il lago aveva anche un lato selvaggio. Montagne impenetrabili con le cime coperte da nevi perenni sorgevano dietro le foreste e le spiagge deserte di ciottoli.

«Questa è St. Prex», annunciò Max, mentre la barca rallentava per attraccare.

Didi e Jo strillavano con le voci eccitate tipiche dei ragazzini. Virginia si era tolta il cappello e rivolgeva il viso verso la brezza. Nadja era seduta su una delle panche di legno e chiacchierava con l'amica Sascha.

La barca attraccò al molo davanti al paesino. Max chiese a Isabelle: «Vorrebbe fare una passeggiata con me? Mi piacerebbe mostrarle il villaggio, se per lei va bene».

«Con piacere», rispose Isabelle sorridendo.

«Faccio una passeggiata con Isabelle», annunciò Max agli altri, mentre i marinai gettavano le gomene. Dietro la costa rocciosa c'era un grazioso parco, poi dei vicoli stretti si inoltravano in quello che sembrava un villaggio medievale svizzero.

«Come volete», rise Virginia. «A meno che non ti serva uno *chaperon*, tesoro», aggiunse maliziosa l'americana.

Isabelle arrossì, ma scosse la testa.

L'equipaggio aiutò le ragazze a scendere dalla barca. Didi e Jo saltarono giù subito dopo, scapicollandosi sulla riva.

«Torneremo per pranzo», annunciò Max scendendo per ultimo.

Isabelle provò una fitta di delusione. Non voleva tornare per pranzo, voleva passare la giornata sola con Max. Ma ovviamente era un'idea ridicola. Salutò Virginia.

Virginia agitò la mano. «Io sarò nel parco con Sascha e Nadja, e spettegoleremo tutto il tempo».

I modi freddi di Nadja non sembravano scoraggiarla. Isabelle si chiese se la sua amica americana si lasciasse mai turbare da qualcosa.

Max le porse il braccio. «Andiamo?».

Isabelle infilò il braccio sotto il suo. Facendolo, si rese conto di provare qualcosa che non aveva mai provato prima.

Nei vicoli lastricati di St. Prex era facilissimo perdersi. Molte delle case appuntite erano coperte di rampicanti e avevano i davanzali pieni di fiori coloratissimi. Dopo una mezz'ora di passeggiata parlando del più e del meno, Max le propose di entrare in un caffè per bere qualcosa di fresco. Tuttavia sembrava esitante. La guardava aspettando una sua risposta.

Cosa temeva? Pensava che sarebbe stata imbarazzata all'idea di sedere da sola in un locale sconosciuto con un uomo sconosciuto in un paese straniero? In realtà Isabelle non era affatto imbarazzata. Anzi, si sentiva più a suo agio laggiù che a Parigi.

«Dunque», disse Max spostando la sua sedia nella veranda di un elegante caffè. I suoi occhi blu avevano delle sottili rughe agli angoli. «Ora conosce la mia famiglia».

Isabelle esitò. Avrebbe voluto chiedere dei suoi genitori, ma temeva fosse un argomento spinoso. La guerra... suo padre.

Tuttavia Max sembrò leggerle nel pensiero. «I miei genitori hanno... ospiti per l'estate. Più o meno. Mio padre non voleva lasciare soli gli uomini che alloggiano da noi per tutto agosto. Vengono dai campi di addestramento di Berlino».

«Oh», mormorò Isabelle. Campi di addestramento? L'idea le metteva i brividi. «Dev'essere interessante... ospitare persone del genere».

Max ridacchiò. «Molto diplomatica. I miei genitori hanno le loro... opinioni politiche. Anche a Parigi c'è molto fermento. Ma sono certo che anche lei ne è già al corrente».

Isabelle si irrigidì. Tutti a Parigi ricordavano i disordini provocati da comunisti e fascisti all'inizio dell'anno, tuttavia non riusciva a immaginare come si potesse vivere in un paese in cui i partiti avversari erano stati banditi e le proteste proibite. Hitler aveva ottenuto il potere assoluto. A giugno Isabelle aveva letto delle spedizioni punitive delle SS, che avevano schiacciato l'opposizione interna del partito. Non sapeva cosa dire.

Scese il silenzio.

«I miei genitori vorrebbero che prendessi la tessera del partito», continuò Max. «Ma se Hitler è stato capace di ordinare alle SS di uccidere uomini che erano stati al suo fianco fin dall'inizio, come potrei tesserarmi? O lasciare che ragazzi come i miei fratelli facciano lo stesso? La gente dice che è stato necessario, che per andare avanti bisogna fare dei sacrifici. Tutti sono d'accordo sul fatto che la Germania abbia bisogno di un futuro nuovo e in effetti l'unico futuro che abbiamo al momento è con Hitler. Io non so cosa sia la cosa giusta, Isabelle, ma so che i miei vogliono che mi unisca al partito nazionalsocialista».

I bambini giocavano a rincorrersi nella piazzetta davanti al caffè. I colori, i fiori sui davanzali, le cameriere dai grembiuli a scacchi che servivano brocche di limonata... niente di tutto ciò sembrava far parte del mondo che Hitler voleva creare.

«Io sono il figlio maggiore», continuò Max. «Quello che faccio viene preso a modello dai miei fratelli, dai ragazzi del paese... Non so cosa fare». Si chinò in avanti, appoggiando una mano abbronzata sul tavolo.

Isabelle voleva coprirla con la sua. Istintivamente stava per farlo, ma qualcosa la fermò. Lo aveva appena conosciuto, in realtà non sapeva neanche chi fosse. Tuttavia sentiva di avere di fronte l'uomo più interessante che avesse mai conosciuto, e inoltre un brav'uomo, un uomo che rifletteva sul mondo intorno a lui. Prima di esprimere la sua opinione, Isabelle voleva conoscerlo meglio.

Siegel, 2010

Sotto lo sguardo del sindaco, Anna si sentiva stranamente a disagio. Di solito non era una che si intimidiva facilmente. Al bar aveva a che fare col pubblico tutto il giorno.

Doveva raccontare al sindaco tutta la storia o limitarsi a chiedere di accedere al castello per delle buone ragioni? Se non avesse rivelato nulla, però, la donna sarebbe diventata ancora più sospettosa. Se invece avesse rivelato troppo, il sindaco avrebbe trovato probabilmente la storia molto ridicola. Ritrovare un cimelio abbandonato nello Schloss nel 1940? L'avrebbe presa per pazza. Ogni volta che Anna aveva chiesto al nonno cosa dovesse cercare, lui aveva deviato la domanda. Le aveva risposto che erano cose di cui gli faceva male parlare. Tuttavia, con Anna in Germania, le aveva detto, sarebbe stato tutto più semplice. Gliel'avrebbe rivelato al telefono, non dal vivo.

Anna affrontò il sindaco. «Mi chiamo Anna Young», iniziò. «Mio nonno è Max Albrecht».

La donna rimase immobile. «Perché è venuta qui?»

«La famiglia di mio nonno…».

«Sappiamo chi sono gli Albrecht», la interruppe la donna.

«Ma certo. Bene. Mio nonno Max mi ha chiesto di venire qui e di entrare nello Schloss al posto suo. Ha novantaquattro anni, capisce».

«Io sono Agatha Engel».

Anna le tese la mano, la donna la strinse ma non sorrise. «Cosa vuole suo nonno?»

«È una lunga storia. Lui vorrebbe che…». Anna pensò che non sarebbe stato saggio rivelare che poteva esserci qualcosa di prezioso nascosto nel pavimento del castello. Se qualcuno nel villaggio avesse avuto la chiave, avrebbe potuto entrare e rubare il cimelio di Max.

Anna ricominciò. «Mio nonno è anziano. Vorrebbe che fotografassi la sua casa natale per le future generazioni della nostra famiglia. Sono certa che capirà».

Dopo quello che sembrò un secolo, Frau Engel posò le grandi mani sul bancone. «Non ho la chiave, Miss Young. Torni in America e dimentichi lo Schloss. Anche suo nonno dovrebbe dimenticare il passato. Non posso aiutarla. Nessuno qui sarà interessato al suo desiderio di fotografie».

Anna prese i biscotti. La donna aveva incrociato le braccia. Anna annuì. Non c'era altro da fare, almeno per il momento. Ringraziò Frau Engel e uscì.

Fuori era sceso il gelo e il silenzio della sera avvolgeva il villaggio. L'atmosfera sembrava ferma nel tempo, come se il villaggio fosse rimasto bloccato nel passato. Dal camino dell'hotel usciva un filo di fumo.

Anna era davvero tentata di tornare a San Francisco. Sicuramente era un posto più allegro di Siegel. Ma non poteva farlo, almeno non ancora, per due ragioni.

Primo, perché non si sarebbe mai perdonata per non aver tentato davvero di entrare nello Schloss, e secondo, perché ormai era rimasta stregata da quel castello. Dopo aver camminato lungo il perimetro, dopo aver avuto un assaggio del passato di Max, del luogo di cui non parlava mai, non poteva andarsene senza cercare ancora. O non avrebbe più avuto il coraggio di guardare suo nonno negli occhi.

Anna tornò in albergo. Stavolta fu accolta da una scena differente nel ristorante. Il fuoco era acceso nel grande camino in fondo all'accogliente stanzone. Sulla sinistra c'erano tre persone sedute al bar, la coppia di mezza età che parlava in inglese e un uomo da solo, forse uno del posto. Aveva appoggiato il cappello di tweed sul bancone.

Si sentiva della musica. Schubert. Lieder. Un pezzo melodioso che Max ascoltava spesso. Ma ripensare a suo nonno non le era d'aiuto. Anna andò al bar e si sedette su uno dei tre sgabelli liberi. Per qualche ragione che non riusciva a spiegare, si sentiva nervosa. Non era da lei, sempre così affidabile e capace. Aveva fatto tutto da sola per anni, aveva iniziato un'attività sua, si era occupata di Max, era padrona della sua vita, quindi perché era tanto tesa? Fissò il muro davanti a sé. E ora cosa mai poteva fare?

L'uomo vicino a lei la salutò con un cenno del capo, e la donna le sorrise.

«Salve», disse in inglese. Aveva un amichevole accento britannico.

«Sono Anna», rispose lei, sorridendo a sua volta. «Piacere di conoscervi».

«Flora Miles», si presentò la donna. «Lui è mio marito Doug. Esploriamo la zona per un paio di settimane. Affascinante, vero?»

«Già, affascinante».

La barista le chiese cosa volesse. Anna ordinò un Riesling tedesco. Non se la sentiva di provarc la birra.

«Siamo arrivato oggi da Berlino e domani andremo in Polonia». Flora doveva aver voglia di chiacchierare.

«Davvero?»

«Sì. Decidiamo giorno per giorno, non vogliamo stressarci».

«Un bel modo di viaggiare», approvò Anna.

«L'hotel è delizioso, non trova? Anche lei sta facendo il giro dell'Europa da sola?»

«No», Anna rise. «Sono qui per motivi… personali».

L'altro uomo al bancone si girò. Anna si accorse che la stava guardando, ma non si voltò.

«La mia famiglia è originaria di qui», spiegò, a voce abbastanza alta perché l'uomo la sentisse. Sperava solo che capisse bene l'inglese. «Erano i proprietari del castello vicino al villaggio. Non so se l'avete visto».

«Gli Albrecht?», disse l'uomo all'improvviso, in inglese. «Non sono mai tornati».

«Mai?», chiese Anna. Voleva dire che erano stati costretti ad andarsene?

La coppia inglese restò in silenzio e Anna gliene fu incredibilmente grata.

«Negli anni '90 il governo propose alle famiglie di riacquistare le loro proprietà, ma gli Albrecht non erano interessati. Non tornarono mai a Siegel, così il castello fu venduto».

Non erano interessati?

«Sa chi sono i proprietari attuali?», chiese Anna rigirando lo stelo del bicchiere tra le dita.

«Qualche azienda». L'uomo alzò le spalle. «Una volta hanno mandato un avvocato per dare uno sguardo alla proprietà».

«Conosce per caso questo avvocato?». Anna cercò di sembrare disinteressata.

L'uomo riappoggiò con cautela il boccale di birra sul bancone. «So solo che l'avvocato si è accordato col sindaco. Nient'altro».

«Grazie», disse Anna. «Mi è stato di grande aiuto».

* * *

Frau Engel stava girando il cartello rosso da APERTO a CHIUSO, quando Anna la raggiunse di corsa. Anna conosceva bene l'importanza di quei cartelli e sapeva quanto fosse fastidioso chi cercava di entrare quando stava chiudendo, tuttavia… doveva farlo per Max. Sfoggiò il sorriso più gentile che poté e salutò la donna anziana.

«Sì?». Frau Engel non si girò a guardare Anna.

«Ho parlato con un uomo del posto», disse lei. «Mi ha detto che lei ha incontrato l'avvocato che rappresenta i proprietari dello Schloss. Immagino che questo avvocato abbia la chiave. Capisco quello che pensa del passato, davvero, lo capisco, ma…».

La donna si girò bruscamente. «Cosa crede di capire, Miss Young?»

«La prego, mi creda, non lo sto facendo per me. È per mio nonno, è anziano, capisce? I suoi ricordi di questo posto sono così forti che…». Anna decise di cambiare tattica. «Senta, voglio solo fare un favore a mio nonno. Vuole che entri e veda casa sua. Solo questo».

Frau Engel espirò.

«In pratica mi ha costretta a venire. È troppo vecchio per affrontare il viaggio. La prego, Frau Engel».

«Pensa che un avvocato di Berlino abbia voglia di perdere tempo con i capricci di un vecchio che vuole qualche foto della sua casa di un tempo? Non vede che la sua richiesta è ridicola? Vuole infastidire gente che lavora?».

Anna restò sulla soglia. Quando Frau Engel tacque, sulla piazza calò di nuovo il silenzio.

«Sto chiudendo, Miss Young».

«Sono venuta fin qui da San Francisco. La prego di riconsiderare la mia richiesta».

«Ha fatto una pazzia a venire».

«Molte delle cose migliori della vita sono proprio questo», sbottò Anna. «Pazzie». E ora citava suo nonno! Scosse la testa di fronte alla sue stesse parole.

«La saluto», concluse il sindaco con un cenno del capo. Poi abbassò la saracinesca.

* * *

Una volta tornata in camera, Anna si rese conto che le serviva un nuovo piano. L'ultima cosa che voleva era far preoccupare suo nonno, ma doveva fargli sapere che non si era arresa. Siegel era in rovina da anni. Questo lo sapevano tutti ed erano disposti ad ammetterlo.

Ma qualcun altro doveva sapere di più.

Solo una persona aveva la chiave per il vecchio palazzo: l'avvocato di Berlino. Anna doveva contattarlo in qualche modo, ma prima voleva parlare con Max. Per convincere un rigido avvocato di Berlino a lasciarla entrare nel castello, le serviva sapere con esattezza cosa doveva cercare. Prese il telefono dal comodino e si sedette sul divano a quadretti con le gambe raccolte sotto il corpo.

«Nonno», disse.

«Anna!». Max sembrava molto lontano, ma felicissimo di sentire la sua voce.

Per qualche minuto Anna parlò col nonno della sua salute, del volo e dell'atterraggio, prima di passare alle domande che la tormentavano. Condivise con suo nonno le poche informazioni che aveva raccolto.

«Nonno, tu avevi idea... Sai in che condizioni è ridotto il paese?».

Il silenzio che seguì fu più assordante di una fanfara nell'auricolare.

«Non ho notizie da quasi vent'anni», mormorò lui alla fine. «Ho contattato un vecchio amico, un vicino, negli anni '90... mi aveva avvisato che la situazione non era buona».

«Sono decenni che nessuno investe nella proprietà o nel villaggio, temo. L'hotel funziona e la chiesa è ben tenuta, ma la cosa finisce qui. Non so come dirtelo. Lo Schloss è...».

«Capisco», la interruppe il vecchio.

Anna avrebbe voluto essere con lui per poterlo abbracciare. «L'unica persona che ha la chiave è un avvocato di Berlino che rappresenta i proprietari. Non ho idea di chi siano questi proprietari, probabilmente si tratta di una società. L'avvocato vorrà una buona ragione per lasciarmi entrare nella tenuta. Puoi suggerirmi qualche argomento più valido per convincerlo?».

Anna fece una pausa poi proseguì. «Anche se dovessi riuscire a entrare, non saprei cosa guardare, nonno».

«Quando invecchi tutto diventa più difficile... e nello stesso tempo più facile». Max sospirò. «In realtà ti rendi conto di di quanto tutto avrebbe potuto essere più semplice. Semplice e liscio come l'olio, se solo avessi preso la decisione giusta quando ancora potevi. Al momento tutto sembra più difficile di quello che è in realtà, Anna. Vorrei averlo saputo quand'ero giovane».

Anna si appoggiò allo schienale del divano.

«Ma è meglio lasciare il passato ai sogni, Anna. Io ti chiedo solo di portarmene quello che resta».

Anna cercò di restare calma. «Sei in grado di dirmi cosa devo cercare?»

«Anna, ti prego...».

«Il problema, nonno, è che tutto questo suona sciocco e sentimentale. Dovrò parlare con un avvocato, adesso, e di solito sono tutto tranne che sentimentali».

«Anna».

Era la cosa più simile a un litigio che avessero mai avuto. Anna si sentiva strana e a disagio, eppure non riusciva più a trattenere l'irritazione.

Il passato di Max in un certo senso era anche suo, aveva il diritto di conoscere i suoi antenati. Chi erano i fratelli e le sorelle di Max? Di sicuro non era figlio unico. Cos'era che voleva tenerle nascosto? La parola fiducia, in lei e nella loro relazione, continuava a venirle in mente, ma stavano parlando della guerra. Anna cercava, per quanto possibile, di mettersi nei suoi panni. Lui non le aveva mai mentito, ma nello stesso tempo non le aveva detto nulla per anni.

«Stai pensando troppo». La voce di Max interruppe il suo ragionamento. «Ti conosco bene, mia cara».

«Anche se non ci sono ancora entrata, quel castello mi perseguita. Non partirò finché non avrò trovato quello che vuoi, ma tu mi devi aiutare. Devo convincere un avvocato, per l'amor del cielo, e mi serve una ragione legittima per entrare in una proprietà privata. Finora non sono neanche riuscita a convincere una negoziante a farmi superare il filo spinato».

«Anna, tesoro, va bene».

«Va bene?»

«Sì», ripeté lui. «Va bene».

Anna appoggiò la testa su un cuscino. Il jet lag, la fame e il cambiamento d'aria l'avevano stremata. Doveva scendere a cenare al più presto o sarebbe svenuta.

Ci fu un lungo silenzio sulla linea, ma quando finalmente suo nonno parlò, le sembrò di essere nella stanza accanto. «Riguarda l'appartamento di Parigi», mormorò. «Conoscevo una ragazza che abitava lì, quand'ero giovane».

«Non era la casa di una cortigiana?»

«Sì, e conoscevo anche lei. Ma era sua nipote che… che amavo».

«Ah».

Max tacque.

«Aspetta, ma non è stata la nipote ad abbandonare l'appartamento per settant'anni senza mai tornare?».

Ancora silenzio.

«E tu avevi una storia con lei?». Anna si alzò e girò in tondo nella stanza.

«Non era una storia, mia cara, era amore vero. Quando è vero, lo sai».

Anna sentì un tuffo al cuore. Andò alla finestra. Fuori era buio e nella piazza si erano accesi un paio di lampioni.

«Un amore a Parigi?»

«Iniziò tutto sul lago di Ginevra. L'ho capito il primo momento che ho parlato con lei. Si chiamava Isabelle de Florian».

«Ginevra?»

«Eravamo lì in villeggiatura», spiegò il nonno.

«Oh!».

«Perché sembri così sorpresa?»

«Ma cosa accadde? Perché… finì?».

Max si fece di nuovo reticente. «Erano successe molte cose. Troppe cose».

Anna aveva i capogiri. Forse poteva raccontare all'avvocato dell'appartamento a Parigi, della relazione, del bisogno di Max di ritrovare qualcosa. E se avesse trovato una copia dell'articolo sull'appartamento abbandonato per mostrarla all'avvocato?

Ma aveva ancora molte domande? «Quali cose, nonno? Cos'hai fatto? Perché hai dei rimpianti?». Stava quasi strillando, ormai.

«Quello che ho nascosto sotto il parquet di camera mia era un anello di fidanzamento».

Poi Max tacque e tossì.

Sembrava esausto. Per tutta la vita aveva respinto quei ricordi che lo legavano a un passato che doveva cancellare.

Ma Anna era ancora dubbiosa. Che relazione aveva avuto con sua nonna Jean? Non le erano mai sembrati molto felici. Tiravano avanti e basta, apparentemente. Max non parlava mai della moglie americana. La nonna di Anna era una donna pratica e il nonno aveva sempre preferito la compagnia della nipote alla sua. Anna si era sempre sentita dispiaciuta per lui e ora scopriva che aveva amato follemente una donna che sembrava ansiosa quanto lui di fuggire dal passato, tanto che nessuno l'aveva mai sentita nominare...

Istintivamente, Anna si colpì la fronte col palmo della mano. Max sembrava avere altro da dire. Indovinelli, enigmi incomprensibili.

«Del passato ci restano solo ricordi, Anna, e possiamo soltanto tirarli fuori ogni tanto. Spolverarli e rigirarli tra le dita finché non siamo costretti a tornare al presente. E quando ci torniamo, dobbiamo cercare di vivere meglio che possiamo, di nuovo».

«Che filosofo che sei», disse Anna, strozzandosi con le parole.

«Bisogna esserlo. A presto, mia cara».

A presto? Anna voleva urlare tutte le domande che ancora non avevano trovato risposte. Ma non poteva spingere oltre, non ancora. Suo nonno era… vulnerabile, anche se per molti versi sembrava incrollabile nelle sue convinzioni.

Anna decise di fermarsi per il momento. «Troverò il nome dell'avvocato, nonno. Non importa quanto dovrò faticare, ti giuro che farò il massimo per riportarti quell'anello».

Lo salutò e riattaccò. Poi crollò sul letto dell'albergo.

* * *

Quando Anna scese, pochi minuti più tardi, trovò Frau Engel che cenava nel ristorante dell'albergo. Era seduta con la stessa donna che aveva visto alla reception poche ore prima e con un uomo di mezza età che Anna non conosceva. Lui indossava una camicia rosa chiaro, pantaloni color crema e scarpe di cuoio scuro. Frau Engel si era cambiata e portava un tailleur aderente blu scuro, con una spilla sul bavero della giacca. Le due donne videro Anna e si affrettarono a distogliere lo sguardo.

Anna si sentì ancora più sgradita lì che nel negozio. Tuttavia doveva parlare con il terzetto e in fretta. Poteva sfruttare la loro presenza per saperne di più.

Una cameriera si fece avanti e la accompagnò al tavolo. I due inglesi che aveva conosciuto nel pomeriggio erano seduti in un angolo, ma non alzarono gli occhi quando Anna entrò. Molti dei tavoli lunghi erano occupati e anche al bar c'era un gruppetto di avventori.

Se il sindaco si fosse rifiutato di rivelarle il nome dell'avvocato che gestiva la proprietà, Anna avrebbe parlato con tutti i clienti del bar, sperando che fossero del posto. Non era nel suo stile perseguitare così degli sconosciuti, ma cosa importava ormai? Era a migliaia di chilometri da casa e doveva essere piena di risorse. Se ancora non avesse ottenuto niente, avrebbe cercato gli uffici del comune. Il sindaco doveva avere un vero municipio da qualche parte. Non poteva amministrare il paese dal negozio, no?

Anna prese il menu che la cameriera le porgeva, senza ascoltare la ragazza mentre elencava i piatti speciali. Anna ordinò dei *buletten*, polpette tipiche, e un bicchiere di vino per farsi coraggio.

Quando la cameriera se ne andò, Anna spinse indietro la sedia e si alzò. Doveva agire subito, finché il sindaco e i suoi amici erano ancora lì.

«*Guten Abend*», disse fermandosi al loro tavolo.

Le due donna la guardarono come se le avesse insultate. L'uomo fece un cenno, ma Frau Engel rimase pietrificata a fissarla con gli occhi socchiusi.

«Mi dispiace interrompere», disse Anna. «Non vi ruberò molto tempo».

«Per favore, ci lasci godere la cena», disse gelida Frau Engel.

Anna tenne duro. «Non le ho raccontato tutta la storia. Vede, mio nonno ha dei grossi rimpianti».

Qualcosa nell'atteggiamento della donna cambiò. L'uomo con la camicia rosa posò il boccale di birra e studiò Anna.

In ogni caso non era il caso di raccontare troppi dettagli. Aveva avuto un'idea. «Gli Albrecht, la mia famiglia, sono stati parte integrante del villaggio per secoli, credo. Chiedo solo il nome di quell'avvocato. Niente di più».

Frau Engel ricominciò a mangiare, ma l'uomo al tavolo le rivolse la parola. «È colpa di suo nonno, Max Albrecht, se il paese è in questo stato. Se non fosse stato per me e mia moglie, qui, se non avessimo riscattato e restaurato l'albergo, ora Siegel non esisterebbe più. Sarebbe una città fantasma. Ci scuserà se non siamo sensibili alla sua richiesta».

«Di cosa parla?», sbottò Anna. «Come può attribuire la colpa della rovina di una città a una sola persona, mio nonno? Non lo conosce neanche!». Aveva un nodo alla gola e si costrinse a respirare. Doveva restare padrona di se stessa.

Ci fu una pausa, mentre la donna rifletteva.

«L'avvocato si chiama Wil Jager», disse alla fine. «Lavora per uno studio di Berlino, Lang Meisner. Non so se potrà aiutarla».

In quel momento, la cena di Anna fu servita. Moriva di fame. Si girò per tornare al tavolo, trattenendo la voglia di baciare su entrambe le guance la donna che aveva parlato.

«Grazie», disse. «Lo apprezzo molto». Voleva chiedere di più, ma la conversazione era decisamente finita.

Appena si sedette, Anna prese il telefono e aggiunse il nome dello studio e dell'avvocato alla lista che aveva creato per il viaggio. Ma i suoi pensieri ormai viaggiavano da soli.

Sembrava terribilmente ingiusto attribuire alla famiglia di Max, e a lui in particolare, la rovina di Siegel. Gli Albrecht erano stati cacciati dalla loro casa. Non avevano avuto altra scelta. Anna odiava che suo nonno fosse il bersaglio di risentimento e amarezza, proprio lui, l'uomo che amava di più al mondo. L'unico uomo al mondo che amasse.

Cenò con calma metodica. Le polpette erano deliziose, e per puntiglio, per non far pensare alla gente al tavolo di averla scoraggiata, ordinò anche una mousse al limone per dessert.

Ora doveva parlare con l'avvocato. Forse avrebbe trovato il modo per convincerlo a lasciarle prendere l'anello di Max nello Schloss. Ma aveva anche un'altra missione adesso: riscattare la fama di Max nel villaggio. Anche se non lo aveva deciso razionalmente, era chiaro che si trattava di una delle ragioni principali che l'avevano convinta a restare.

Anna raccolse le ultime briciole di dolce. Fece aggiungere la cena al conto della sua stanza e si alzò. Per prima cosa, la mattina dopo, avrebbe chiamato lo studio dell'avvocato e avrebbe preso un appuntamento per incontrarlo a Berlino.

Capitolo cinque

Anna telefonò a Berlino tenendo il telefono con una mano e facendo la valigia con l'altra. Poteva avere un appuntamento quel pomeriggio. Wil Jager, contrariamente al solito, aveva cancellato un impegno. Poteva essere l'unica occasione prima che passassero settimane.

Per tutta la notte Anna si rigirò nel letto. Il jet lag combinato con l'irritazione la tenne sveglia, costringendola a farsi sempre le stesse domande. Cos'era successo a Max settant'anni prima? Perché aveva voltato le spalle al passato e perché la gente del posto lo accusava della decadenza del villaggio? E poi c'era la storia con Isabelle de Florian. Come mai era diventata il rimpianto più grande della sua vita?

Quando scese alla reception, la ragazza di turno era quella che la sera prima serviva al ristorante.

Il rumore delle ruote del suo trolley sul marciapiede fu l'unico suono a rompere il silenzio nella piazza. Ormai le sembrava di essere legata a quel luogo: la connessione era indefinibile, ma forte. La chiesa sovrastava benevola la scena come doveva aver fatto per secoli, era facile immaginare la gente del villaggio nel passato, che si incontrava a chiacchierare sul sagrato. E la famiglia di Anna aveva fatto parte di tutto ciò. Avevano conosciuto tutti, probabilmente, facendo parte di una comunità unita. Invece Anna non aveva mai conosciuto loro. Dato che non aveva mai avuto una vera famiglia, a parte Max, – sua madre era morta quando lei aveva dodici anni e il padre se n'era andato – l'allontanamento di suo nonno dal passato le sembrava ancora più incomprensibile. Ma anche lui, come le aveva fatto capire, doveva aver perso molto di quello a cui teneva.

Anna si fermò al confine della piazza, appena prima di svoltare per andare in stazione. Il rumore del trolley si interruppe di colpo come il cigolio di un treno al capolinea. Il sole splendeva sui vecchi edifici mostrandone la decadenza e l'età, ma anche la bellezza.

Qualcuno doveva farli risorgere.

* * *

Qualche ora più tardi Anna lasciò l'hotel di Berlino, situato qualche isolato oltre il confine della vecchia parte est, proprio dietro la Porta di Brandeburgo. La strada era piena di ristoranti e negozi di lusso. Le belle vetrine erano chiari simboli di prosperità e successo, e i marciapiedi lastricati di fresco erano pieni di gente intenta a fare shopping, impiegati e turisti armati di macchine fotografiche.

Di sicuro la vecchia Berlino Est era scomparsa, ma in un certo senso se ne percepiva ancora la presenza sotto la patina di lusso. Il passato penetrava nelle ossa di Anna, proprio come le era successo a Siegel. Si inoltrò nella parte orientale e percorse una strada stretta superando due isolati vuoti che di sicuro un tempo erano stati edifici.

Lo studio dell'avvocato era in una via più grande, piena di bei palazzi nuovissimi. Anna si fermò di fronte a un ufficio ultramoderno di vetro e acciaio.

Le porte scorrevoli si aprirono per lasciarla entrare in un atrio arioso. Anna avvertì immediatamente un senso di calma. Quel posto trasudava lusso e successo.

Aveva provato mentalmente molti approcci differenti

per aprire il colloquio e alla fine ne aveva scelto uno, anche se non aveva idea di come avrebbe reagito l'avvocato.

L'ascensore la portò al quattordicesimo piano, nel lucidissimo ingresso dello studio con pavimenti di marmo e finestre che andavano dal pavimento al soffitto, incorniciando il paesaggio urbano.

Anna fece un respiro profondo e si diresse verso la donna elegante seduta dietro l'enorme tavolo della reception. La donna cercò il suo nome nel computer, annuì e le chiese di sedersi in sala d'attesa.

«Desidera un caffè?», chiese un'altra impiegata avvicinandosi ad Anna.

«Oh, grazie», rispose. Non voleva pensare a quanto le sarebbe costata quella visita.

Dieci minuti dopo, Anna stava cercando di decifrare un giornale finanziario in tedesco quando una voce maschile pronunciò il suo nome. Alzò gli occhi e posò il giornale.

«Anna Young». L'uomo che aveva di fronte pronunciò il suo nome abbastanza gentilmente. «Sono Wil Jager». Le si avvicinò tendendo la mano e lei la strinse. La prima cosa che la colpì fu che aveva gli occhi verde mare. Con la sua carnagione avrebbero dovuto essere scuri, quindi il verde era sorprendente e nello stesso tempo ipnotico. Anna analizzò i suoi pensieri. Cosa stava facendo? Non era andata in Germania per scrutare uomini tedeschi, soprattutto uno a cui doveva fare solo una domanda. Una domanda che lui avrebbe trovato giustamente insensata.

Distolse lo sguardo. Lui si era accorto di quello che stava pensando? Le fece segno di seguirlo. Per fortuna parlava l'inglese.

«E quindi è venuta fin qui dagli Stati Uniti?», chiese.

«Sì, sono arrivata ieri in Germania e stamattina da Siegel».

Wil Jager si fermò all'imboccatura di uno dei corridoi

dietro la reception. Le voltava la schiena e, prima di girarsi, si passò una mano sulla mascella. «Siegel?»

«Già».

«Ah».

«Sì», continuò Anna. «Sono qui proprio per questo». Dopo tutte le strategie che aveva elaborato per l'intera mattinata, decise che l'approccio diretto sarebbe stato la scelta migliore.

Wil riprese a camminare. Arrivò in fondo a un ampio corridoio e le tenne aperta una porta. Anna fu tentata di fermarsi a guardare la vista dalla grande vetrata in fondo al corridoio, ma non voleva sembrare troppo impressionata dall'ufficio di Wil. Inoltre era ben consapevole di non dover sprecare neanche un minuto del suo costoso tempo da legale.

«Entri», la invitò lui, improvvisamente cauto.

Anche il suo studio era dotato di enormi vetrate. Sui tetti della città svettavano moltissime gru e il panorama sul cantiere del palazzo reale e della vecchia città imperiale era sorprendente. Anna si costrinse a girarsi verso Wil.

Lui era proprio alle sue spalle e per poco Anna non gli finì addosso. «Mi scusi», disse. «La vista…».

«Lo so», rispose lui. Aveva la fronte aggrottata e la guardò per un momento, prima di scuotere la testa e invitarla a sedersi.

«Come posso aiutarla?», le chiese.

«Le sembrerà un po' strano».

«Prego, continui».

«Va bene». Anna si spostò sulla poltrona di pelle.

Un angolo della bocca di Wil si curvò leggermente. Sembrava essersi ripreso dalla sorpresa per la menzione di Siegel.

Anna lo prese come un incoraggiamento. «Un tempo Schloss Siegel apparteneva alla famiglia di mio nonno. Max Albrecht».

Wil si appoggiò allo schienale. Gli occhi verdi si strinsero e il sorriso scomparve. «Davvero», disse a bassa voce.

Anna continuò. «Ho sentito dire che i nuovi proprietari sono suoi clienti».

Scese il silenzio.

«Bene». Anna si schiarì la voce. Perché doveva essere tanto difficile? Perché di fronte al nome di suo nonno tutti diventavano reticenti? Doveva insistere. «Vede, mio nonno mi ha chiesto di venire fin qui perché ha lasciato qualcosa allo Schloss. Nel 1940 in effetti. Ovviamente è passato moltissimo tempo». Sembrava veramente folle. «E ora lo rivuole indietro. Ne ha bisogno... Il prima possibile».

«1940?»

«Esatto».

Wil sollevò le sopracciglia scure.

«Mi chiedevo se i proprietari potessero lasciarmi entrare per riprendere ciò che gli appartiene. Sarebbe solo per pochi minuti».

Lui scosse la testa quasi divertito. Poi però tornò serio. «I proprietari non la faranno mai entrare. E io li consiglierei di non farlo».

Anna se lo aspettava. «Mio nonno ha novantaquattro anni e per lui tutto ciò è molto importante. Speravo che lei potesse aiutarmi. Mio nonno non rivuole indietro il castello, il passato è passato. Ma questo potrebbe essere il suo ultimo desiderio».

L'avvocato scosse la testa. «Mi sta dicendo che è venuta fin dall'America solo per questo motivo?».

Anna sostenne il suo sguardo. «Mio nonno rivuole... quell'oggetto».

«E questo ormai l'abbiamo capito. Ma sono sicuro al cento per cento che il mio cliente non accetterebbe. Mi dispiace, non posso aiutarla».

«Potrei entrare accompagnata...».

Wil rise.

Anna lo trovò estremamente irritante ma aspettò una risposta.

«Non sarebbe sicuro. Il palazzo è abbandonato e pericolante». Lui si chinò in avanti appoggiandosi alla scrivania. Guardava Anna come se avesse dovuto sfidarla in un'aula di tribunale.

«Quindi come faccio… ad accontentare mio nonno?», chiese lei con voce piatta.

«Temo che non ci sia nulla da fare».

Anna trattenne una risata secca. «Può almeno darmi il nome del proprietario? Vorrei parlarci di persona, per favore». Forse sarebbe stato più ragionevole del suo avvocato. O almeno lo sperava. Anna non aveva intenzione di infastidire nessuno, voleva solo esaudire il desiderio di un uomo anziano.

«Non posso rivelare i nomi dei clienti, signorina Young».

«Anna. Lei è l'unico legale che tutela gli interessi del cliente?». Forse il titolare dello studio l'avrebbe aiutata. Anche se Wil Jager era comunque un associato.

«Sono io che seguo questo cliente, Anna». Wil guardò l'orologio.

«Ma l'oggetto che si trova nello Schloss appartiene a mio nonno. Questo non lo può negare».

Lui non si mosse. «Gli apparteneva una volta. Ora non più».

«Ma anche se l'ha lasciato lì non vuol dire che…». Anna si fermò. Non voleva sembrare troppo disperata. Era importante dare un'impressione di sicurezza se voleva essere presa minimamente sul serio.

Gli occhi dell'avvocato si accesero. «Che cosa aveva in mente suo nonno?»

«Non mi ha mai chiesto nulla prima d'ora…». Si interruppe di nuovo. Non voleva rivelare troppo. L'uomo che aveva davanti era un esperto nell'analizzare le persone: le avrebbe estorto tutti i dettagli poi avrebbe creato un fascicolo, nel caso in cui suo nonno avesse deciso di scrivergli per insistere ulteriormente.

Doveva essere molto cauta con le parole. Si passò una mano sulla fronte.

Ne aveva abbastanza di quelle complicazioni e di certo non le aveva chieste lei, ma voleva bene a suo nonno e non poteva tornare senza aver portato a termine il compito.

Wil si alzò e le tese la mano. «Mi dispiace, ma è impossibile. Di certo se ne rende conto anche lei».

Anna fece per alzarsi a sua volta quando le suonò il telefono. Sullo schermo comparve il numero di Cass. Avrebbe lasciato che rispondesse la segreteria, ma a San Francisco era davvero molto presto. Anna a volte andava in negozio all'alba per aiutare i fornai, ma Cass…

Anna si concentrò. «Non può almeno chiamare i proprietari e chiedere il loro parere? Dopo tutto spetta a loro decidere. Se sapessero che a entrare sarà un membro della famiglia, capirebbero la ragione».

Il telefono squillò di nuovo. Anna guardò il display per un secondo, col dito sulla tastiera.

«La stanno cercando», osservò Wil.

Lei scosse la testa.

«La prego, risponda pure».

«Solo un secondo».

Anna prese la chiamata e si avvicinò alla finestra.

«Anna…», iniziò Cass.

* * *

Due minuti dopo crollò sulla poltrona di fronte alla scrivania di Wil Jager. Il suo corpo era avvolto da una coltre di ottundimento. La sua mente si agitava senza trovare risposte. Max era sempre stato sanissimo... perché era successo proprio mentre lei era via? Si sentiva furiosa, con se stessa e con lui. Perché l'aveva mandata via? E perché lei era caduta nel folle tranello di suo nonno, senza pensare alle conseguenze di lasciare solo un uomo così anziano?

All'improvviso si ritrovò a ingoiare le lacrime. Non riusciva crederci. Non piangeva da anni, anzi era fiera della sua capacità di tenere a bada le emozioni. Cosa avrebbe pensato l'avvocato? Si coprì gli occhi con le mani e respirò a fondo.

Appena Cass le aveva detto che suo nonno era in ospedale, Anna aveva pensato a un ictus o un infarto. Poi aveva saputo che Max era crollato in cucina, mentre si preparava la cena. A quell'ora lei passava sempre a vedere come stava. Perché non aveva cercato qualcuno per sostituirla mentre era via? Come aveva fatto a credere che un uomo di novantaquattro anni potesse cavarsela da solo mentre lei era all'estero? Ovviamente gli aveva riempito il freezer con provviste pronte per un mese e aveva programmato consegne di frutta e verdura fresca, ma comunque... Wil Jager aveva ragione. Quel progetto era folle e assurdo. E per di più Max stava molto male ed era solo.

«Si sente bene?».

Anna si accorse che Wil si era sporto sulla scrivania, verso di lei. Sentiva la sua voce, ma la stanza era diventata fluida e nebbiosa, le sembrava di essere sott'acqua.

«Mi scusi», balbettò.

«Resti seduta un attimo. Non si muova». Lui uscì.

Anna si afflosciò sulla poltrona. Le girava la testa. Quali conseguenze poteva avere una frattura alla spalla a novantaquattro anni? Cass le aveva detto che i medici non sapevano ancora se operarlo o meno. Stavano valutando la situazione, gli avevano dato degli antidolorifici e stavano per fare una lastra. Quali sarebbero stati i rischi di un'operazione?

Wil ritornò con un bicchiere d'acqua: «Cerchi di rilassarsi. Respiri».

«Grazie, sto bene». Bevve un sorso, ma la stanza non cessava di girare.

«In cucina hanno pensato che questo potrebbe aiutarla...». Adesso sembrava leggermente imbarazzato. Le porse un asciugamano caldo.

«Oh, grazie...». Anna si coprì il viso con l'asciugamano. Aveva un profumo familiare, acqua di colonia. Max la comprava sempre per la nonna.

Anna si sforzò di non pensarci e guardò l'uomo di fronte a lei. Doveva calmarsi. Il suo più grande desiderio era sempre stato condurre una vita ordinata, ma ormai tutto le sembrava vorticare fuori controllo. La Germania l'aveva prostrata. Doveva riprendersi al più presto.

«Mio nonno ha avuto un incidente. È in ospedale. Dovrei essere con lui». Si posò l'asciugamano sulle ginocchia.

«Mi dispiace».

Anna sentì che lui la stava guardando. «È grave?», le chiese.

«Ha una spalla rotta. Forse dovranno operarlo, ma a novantaquattro anni...».

Wil fece una pausa, poi riprese a parlare a bassa voce. «Le ho portato anche questi. La aiuteranno a stare meglio».

Anna alzò gli occhi. Wil aveva in mano una scatola bianca. Tolse il coperchio, mostrandole una manciata di bellissimi cioccolatini. «Li produce una nostra cliente. Si è trasferita da poco a Berlino e ci rifornisce costantemente. Sono piuttosto buoni. Ne prenda uno...».

Anna obbedì e, nonostante tutto, riuscì anche a sorridere. «Grazie», mormorò. Stranamente era incuriosita dal cioccolato tedesco e si sentì grata alla Germania come non era mai stata prima. Forse iniziava a sentirsi a casa nella sua antica patria… anche se confusa e senza speranza di riuscire a portare a termine la sua missione. Mangiò il cioccolatino, assaporandone la morbidezza sulla lingua.

«Questo appuntamento mi costerà una fortuna», disse con una risatina.

«I cioccolatini sono gratis. Anche gli svenimenti». Gli occhi di Wil ridevano.

Anna però era determinata a continuare. «So che la sua richiesta è una follia, ma non c'è modo di accontentare mio nonno? Alla sua età…».

Wil prese una penna col tappo d'oro e la fece girare tra le dita così veloce da sembrare una trottola.

«Così mi fa girare la testa», rise Anna.

«Mi scusi. Mi aiuta a concentrarmi».

Quindi ci stava pensando. Anna tacque.

«Può sempre introdursi illegalmente nell'edificio con una torcia», concluse lui alla fine.

«Certo. Ho sempre sognato di farmi arrestare in un paese straniero». Anna iniziava a sentirsi un po' più se stessa. «Sicuramente riuscirei a trafiggermi da sola sul filo spinato».

Wil aggrottò la fronte. «Cos'è che suo nonno vuole tanto riavere? Non credo che i miei clienti la faranno entrare in ogni caso, ma sono curioso».

Anna gli porse i cioccolatini, ma lui non ne prese. Anna rifletté. Se voleva il suo aiuto, forse doveva spiegargli come stavano le cose. Doveva esserci un qualche tipo di segreto professionale, no? Gli avvocati dovrebbero sempre stare zitti. Soprattutto, in questo caso, con i proprietari dell'edificio.

«Anna». La voce di Wil interruppe le sue riflessioni.

«Stavo pensando».

«A me può dirlo», continuò lui. «Non lo rivelerò a nessuno, neanche ai proprietari. Tutto ciò che viene detto in questa stanza è confidenziale. Sempre. Non direi mai nulla che lei non voglia si sappia in giro».

«Va bene, allora», cedette Anna. «Mio nonno vuole che gli riporti un anello di fidanzamento che non ha mai potuto regalare. Nel 1940, ha detto lui. Mi ha rivelato che è il rimpianto più grande della sua vita, quindi ora lo rivuole. Ecco tutto».

«Mi sta prendendo in giro».

Lei scosse il capo.

L'avvocato tornò a sedersi dietro la scrivania. «E va bene. Lei sa dove dovrebbe averlo lasciato?»

«In camera sua. Ho la fotocopia della pianta del castello e so qual era la sua stanza. Se mi lasciasse entrare, la troverei immediatamente».

Lui la guardò e lei distolse gli occhi. Non sapeva perché, ma si sentiva obbligata a farlo ogni volta che i loro occhi si incontravano. Forse lo shock dell'incidente di Max la rendeva vulnerabile. Doveva essere quello.

«E immagino che il nascondiglio sia introvabile».

«Mio nonno lo sperava».

«Mmhh».

Anna si morse il labbro. Aveva ancora un delizioso sapore di cioccolato. «Esiste la possibilità che lei cambi idea e mi lasci entrare?».

Lui inclinò la testa. «Io sono entrato nello Schloss. Una volta sola».

«Me l'ha detto il sindaco».

Wil restò in silenzio.

«Com'era?»

«Incredibile», disse lui rimettendo la penna dorata nel portapenne. «Bellissimo. Intatto, soprattutto. Anche se è… nelle condizioni attuali».

«Immagini come dev'essere stato abbandonarlo».

«Già, lo immagino». Wil scrisse qualcosa al computer.

«Vorrei vedere l'interno, anello o meno», insistette Anna. «Vede, fino a settimana scorsa non sapevo nemmeno della sua esistenza».

Wil alzò gli occhi. «Suo nonno non le aveva mai parlato di Siegel, Anna?».

Lei scosse la testa.

L'avvocato si appoggiò allo schienale e la guardò con attenzione. «La sua famiglia aveva i possedimenti terrieri più grandi della vecchia Prussia. Possedevano collezioni d'arte inestimabili e avevano finanziato guerre, come le campagne europee di Napoleone. Erano banchieri. Dopo l'occupazione sovietica alcuni quadri della sua famiglia sono finiti nei maggiori musei del mondo. Suo nonno ha vissuto nella magnificenza più assoluta fino...».

Anna fece un respiro profondo. «Allora capisco perché non ha mai voluto parlare! Una tale perdita...».

Lui non replicò.

«Ha ancora la chiave?», insistette Anna.

Wil tornò a concentrarsi sul computer. «Devo controllare i miei prossimi appuntamenti».

Anna rimase zitta. Non sembrava il momento migliore per metterlo alle strette.

«Senta, Anna, non riesco a credere di dire una cosa del genere, e onestamente non so perché lo sto facendo, ma potrei rimandare i miei appuntamenti di domani e portarla a Siegel in mattinata. Potrei farla entrare. E se riuscisse a trovare l'anello, i proprietari non verrebbero neanche a sapere che siamo stati lì. Ma deve capire che la cosa non può essere divulgata. Io non faccio mai cose del genere. È solo che...».

«Bene», lo interruppe lei. «Sarebbe... buono». Buono? Per fortuna Wil non era di madrelingua inglese!

Però lo parlava bene. «Buono?». Sorrise, divertito.

«Mi dica solo quando. E sarebbe fantastico», aggiunse in fretta. «Grazie».

Lui continuò. «Domani alle 9? Per lei va bene trovarci qui?»

«Benissimo». Anna si alzò. Di colpo si sentiva molto meglio. Le notizie avrebbero rallegrato un po' il suo povero nonno. Poteva solo sperare che ritrovare l'anello perso da tempo l'avrebbe aiutato a ritrovare la forza per guarire.

Lago di Ginevra, 1934

Se prima di arrivare sul lago di Ginevra qualcuno avesse detto a Isabelle che si sarebbe sentita come si sentiva ora, lei lo avrebbe preso per pazzo.

Ma in quel momento, seduta su un prato che digradava verso una spiaggetta riparata, con l'acqua che brillava in quel modo magico, possibile solo nel tardo pomeriggio e probabilmente solo in Svizzera, Isabelle si rese conto che non poteva farci niente. Perché doveva opporsi alla perfezione? Perché mai aveva smesso di sperare che esistesse?

La sua neonata amicizia con Virginia Brooke si stava evolvendo in un legame che non aveva mai sperimentato con le sue amiche di Parigi. Virginia la capiva davvero, era divertente e aperta, sempre spontanea. Aveva rivelato chiaramente di non avere intenzione di vivere la vita che la sua famiglia aveva pianificato per lei. Quindi, appena diventata maggiorenne, aveva deciso di viaggiare, spendendo fino all'ultimo centesimo l'eredità di suo nonno.

Virginia incoraggiava anche Isabelle a essere se stessa. Ormai passavano quasi tutte le giornate insieme, anche se in un gruppo più grande composto dalla famiglia di Max e da altri ragazzi dell'hotel che si univano alle loro gite.

Ma era Virginia che riusciva sempre a farla ridere. Come Max, anche lei sembrava percepire sempre quando Isabelle era cupa o triste, quando ripiombava negli stessi pensieri che la tormentavano sempre a Parigi. Che futuro l'aspettava? Sarebbe mai stata davvero accettata: lei, la nipote di una famosissima *demi-mondaine* di Parigi? La nipote di una prostituta?

Ma di tutto ciò, a Virginia non sembrava importare nulla. Quando finalmente una sera le aveva rivelato la verità sul passato di Marthe, Virginia l'aveva guardata, aveva allargato le mani ed era scoppiata a ridere. Poi si era scusata e le aveva detto che si era aspettata qualche rivelazione ben più spaventosa.

Da allora, Isabelle si sentì incredibilmente a suo agio con lei. Potevano parlare liberamente di politica, moda, uomini, Parigi, arte, futuro... e dei sentimenti che cominciava a provare per Max.

Ma sulla sua testa pendeva ancora una domanda come un masso sull'orlo di un precipizio: cosa sarebbe successo quando Max avrebbe saputo di sua nonna?

Lui proveniva da una famiglia aristocratica. Di certo i suoi non avrebbero accolto a braccia aperte la nipote di una cortigiana.

Presto Max sarebbe ripartito, Isabelle sarebbe rientrata a Parigi e tutta la magia sarebbe finita.

L'unica consolazione era sapere che Virginia sarebbe tornata a Parigi con lei. La sua amica americana era incredibilmente eccitata all'idea di passare l'autunno nella città più romantica del mondo.

L'idea di lasciare Max però le rovinava l'appetito e minacciava di guastare gli ultimi giorni con lui. In qual momento Max era sdraiato vicino a lei sulla tovaglia da picnic che l'albergo aveva preparato per la loro ultima gita. Era appoggiato su un gomito e guardava pigramente Didi e Jo che pescavano sulla riva del lago. Il suo cappello di paglia era negligentemente inclinato e stringeva una mano di Isabelle nella sua.

La prima volta che l'aveva baciata, Isabelle aveva creduto di morire. Stavano ballando sulla terrazza, stretti l'uno all'altra. Poi avevano passeggiato fino a un punto tranquillo in riva al lago, tenendosi per mano con le dita intrecciate. Era una di quelle serate da sogno in cui il tramonto rosa si trasformava gradualmente in luce lunare, in grado di proteggere le promesse e i segreti più intimi. Max si era fermato, l'aveva fatta girare e le aveva preso il mento. Poi, quando aveva posato le labbra sulle sue, Isabelle aveva sentito le emozioni che provava dalla loro prima conversazione esplodere e trasformasi in qualcosa di così forte che per poco non si era sentita mancare. Una cosa era certa: in quel momento per lei nient'altro aveva importanza.

Nei giorni seguenti Isabelle aveva cercato di ingannare se stessa convincendosi che tutto sarebbe andato bene, che una volta tornata a Parigi sarebbe stata capace di tornare alla vita di sempre. Alla fine però si era arresa. Non poteva opporsi a quello che provava per Max.

Marthe sapeva che lei e Max erano diventati amici, ma Isabelle non aveva rivelato a sua nonna di essersi innamorata. Per Marthe gli uomini erano sempre stati solo un mezzo per sopravvivere: preferiva la loro compagnia a quella delle altre donne, era vero, ma Isabelle era certa che non si fosse mai davvero fidata di nessuno di loro. Né tantomeno che si fosse mai concessa di cadere nella trappola dell'amore.

Isabelle aveva cercato più volte di farle capire che lei non era così fiera e anticonformista, ma sua nonna le aveva sempre ripetuto che l'indipendenza era il bene più prezioso. Isabelle non avrebbe avuto problemi economici: avrebbe ereditato l'appartamento di Parigi, i lussuosi mobili e l'incredibile collezione di gioielli di sua nonna. I regali degli amanti di Marthe, alcuni tra gli uomini più potenti dell'Europa di fine secolo, erano da soli una piccola fortuna e nel tempo il loro valore sarebbe cresciuto ulteriormente. Anche se Marthe aveva sostenuto la nipote nei suoi primi approcci con l'altro sesso, le aveva sempre ripetuto di tenere la testa sulle spalle e soprattutto di non innamorarsi mai.

E adesso invece…

Isabelle ammirava lo spirito libero e la forza di carattere di sua nonna, certo. Ma come le avrebbe spiegato di Max? E soprattutto, come avrebbe spiegato a Max di lei?

Si sedette con un sospiro, sfilando la mano da quella di Max. Anche lui si sollevò, perplesso.

«Cosa c'è?», le chiese.

Isabelle chiuse gli occhi. A volte si era chiesta se lui riuscisse a leggerle nel pensiero.

«Niente», rispose lei.

Max non si lasciò ingannare. «Dimmelo».

Isabelle si alzò e camminò fino alla riva. Virginia era seduta su un masso a leggere un romanzo di qualche scrittore americano, uno di quegli scrittori di *avant-garde* che stavano colonizzando la *Rive Gauche*. Marthe li derideva spesso, disprezzando il loro desiderio di vivere nello squallore per darsi arie da intellettuali. La nonna rimpiangeva i suoi tempi, gli anni a cavallo tra i due secoli, quando la vita era un enorme palcoscenico scintillante di divertimenti, quando Montmartre era il centro dell'universo, quando teatri e *café chantants* erano sulla bocca di tutti. Rimpiangeva un'epoca il cui la città era popolata di *demi-mondaines* e i loro visi comparivano sui cartelloni dei teatri a ogni angolo di strada, un'epoca in cui tutto sembrava moderno ed eccitante e le possibilità erano infinite. Poi era arrivata la guerra, era affondato il Titanic e tutto ciò in cui la generazione di Marthe aveva creduto si era ridotto in cenere.

Anche Max aveva parlato a Isabelle della sua vita. La Germania era radicalmente diversa dal mondo che Marthe le aveva descritto. Pensare alla casa di Max in Germania era così eccitante che Isabelle non osava ammettere con se stessa di sperare, un giorno, di poterne far parte. Lui le aveva parlato dei tè invernali a base di pane nero fatto in casa e marmellate o delle torte di mele nella biblioteca di Schloss Siegel con suo padre, che chiamava *Vati*, o le chiacchiere con sua madre nello studiolo con la vista sul lago e il parco in lontananza. Le aveva descritto le partite di biliardo con Didi, Jo e i cugini, le lotte a palle di neve, i falò notturni nel bosco, le corse in slitta nella foresta silenziosa, i grandi balli nel salone delle feste con i musicisti della filarmonica di Berlino che suonavano Schubert e Strauss, i picnic estivi sul lago, le cavalcate, le antiche stalle con le carrozze di famiglia, la fiera annuale del villaggio e il pattinaggio sul ghiaccio. Isabelle aveva creduto di essere piombata in una favola. E poi c'era il lavoro di Max: imparare a gestire la proprietà, trattare con gli abitanti del villaggio, badare agli affari di famiglia, proteggere lo Schloss. E infine il suo sogno di una famiglia, un giorno, in un paese in pace con se stesso e con i suoi vicini. Isabelle lo ascoltava ipnotizzata. Era quello il paradiso.

Eppure Max non aveva mai messo in dubbio che le cose sarebbero rimaste sempre com'erano. Le tradizioni andavano rispettate e la vita doveva proseguire come era stato per secoli, nonostante le perdite dell'anno precedente. Nonostante tutto ciò che aveva di più caro fosse improvvisamente in pericolo.

«Andiamo a fare una passeggiata?», propose Max.

Si alzò spazzando i pantaloni chiari. La camicia, insolitamente, era in disordine.

Isabelle chiamò Virginia e la avvisò che lei e Max non si sarebbero allontanati troppo. Le risatine di Didi e Jo li raggiunsero dalla spiaggia. Nadja invece era rimasta con Sascha in città a fare acquisti.

Max rimase in silenzio mentre passeggiavano sulla costa rocciosa. Stavano andando verso la fine della spiaggia, dove la loro conversazione sarebbe rimasta privata. Max si fermò davanti alla grande roccia piatta che segnava l'inizio di una scogliera ripida. La spiaggia era curva, quindi erano al riparo da occhi indiscreti.

Isabelle era un po' più avanti. Si chinò a prendere una pietra dalla forma insolita sul fondo di una pozza d'acqua. Max si fermò accanto a lei e la costrinse a girarsi per guardarlo negli occhi.

«Che cosa c'è?».

Isabelle esitò. Non era il momento giusto per parlargli di sua nonna.

«Sei preoccupata per il futuro, per quello che accadrà dopo l'estate?», le chiese.

Lei si strinse le braccia intorno al corpo.

«Basterà organizzare dove e quando incontrarci», la rassicurò lui, sistemandole una ciocca di capelli dietro l'orecchio.

Isabelle sospirò. Ogni parte di lei desiderava che quel momento durasse per sempre. Quando stava con lui, quando parlava con lui, si sentiva più viva che mai.

«Naturalmente parleremo con tua nonna, ma prima dobbiamo decidere un piano», continuò lui, avvicinandosi. «Stavo pensano, tu e Virginia… Credi che tua nonna potrebbe fare a meno di voi a Natale? Io non dovrò lavorare, il castello è magnifico d'inverno e poi ci sarà tutta la mia famiglia».

«Sì, lo chiederò alla nonna. Di sicuro Virginia sarà felicissima, se riuscirò a strapparla da Parigi e da tutti gli eccitanti divertimenti che immagina. A me invece non importa, lo sai».

«Lo so», rispose lui prendendole il viso tra le mani.

Isabelle si appoggiò a lui.

«Non mi piace vederti preoccupata», disse lui. Stava sussurrando ma lei lo sentiva chiaramente. «Organizzeremo tutto per Natale».

Dopo un momento lui andò vero l'acqua, prese una pietra piatta e la lanciò sull'acqua facendola rimbalzare più volte.

Isabelle rimase dov'era.

Max osservò la superficie tranquilla del lago. «Spero che questo sarà l'ultimo Natale che passeremo come ai vecchi tempi, a Siegel».

Isabelle sentì l'indignazione scattare come un serpente. «Certo che no. La situazione non può essere così pessima».

«I miei genitori vogliono che… prenda un impegno». Max aggrottò la fronte. Si comportava in modo così fiero e dignitoso. Isabelle detestava l'idea di vederlo combattere al fianco dei nazisti. Detestava la prospettiva di un'altra guerra. Max era un giovane straordinario che aveva forti convinzioni e voleva fare la cosa giusta. Era una delle cose che Isabelle adorava di lui.

«Lo so». Isabelle lo raggiunse. La serenità dell'acqua sembrava prendersi gioco del fatto che presto avrebbe dovuto lasciare l'uomo che amava. Ecco. Aveva ammesso i suoi sentimenti anche con se stessa.

«Pensa ai milioni di tedeschi che fino all'anno scorso erano disoccupati. È più complicato di quanto credi: dopotutto i nazionalsocialisti hanno fatto molto per dare lavoro al popolo e per dare alle persone una ragione per sperare nel futuro. Hanno fatto molto di più della repubblica di Weimar. E ottengono risultati».

Isabelle aveva la gola secca. «Ma le loro azioni…».

Max assunse un tono pratico. «In Germania abbiamo tre problemi: primo, il senso di colpa per la guerra; secondo, gli enormi risarcimenti che dobbiamo pagare; terzo, le pesanti limitazioni all'armamento che ci ha imposto il Trattato di Versailles. E ci serve un governo disposto ad affrontare questi problemi».

«Com'è davvero la situazione a casa?». Isabelle sentì i

suoi sentimenti cambiare, in un certo senso evolversi in qualcosa di più maturo. Proprio in quel momento sul lago.

Lui scosse la testa. «Dopo la fuga del Kaiser la gente moriva di fame e il nuovo governo era detestato da tutti per aver firmato l'armistizio. Il risultato sono state le rivolte, poi sono arrivati i terroristi, gli assassinii dei membri del governo, anche del ministro degli esteri. Poi scioperi generali, inflazione, minacce dei comunisti...».

Isabelle annuì. Però ora le proteste erano state bandite.

«Se vuoi sapere cosa vuol dire vivere laggiù», continuò Max, «io ho un amico al villaggio, con cui sono cresciuto, che non riesce a trovare lavoro. Non voglio pensare a cosa ne sarà di lui e mi chiedo se potrà mai tornare a casa a testa alta. Poi c'è un altro amico di famiglia, sui quaranta, che non può mantenere i quattro figli dopo che ha perso il lavoro in città. È venuto a chiederci aiuto solo dopo aver speso tutti i risparmi e patito la fame. Ma dove andremo a finire? Ci sono milioni di persone in queste condizioni e io sono nella posizione per fare la differenza, Isabelle. Non posso stare in disparte a guardare, capisci?»

«Sì». Isabelle iniziava a sentire un peso sul cuore.

Dopo un attimo di silenzio lui riprese. «Devo credere in qualcosa. I miei genitori hanno ragione. Sono responsabile della mia famiglia, del mio villaggio e della Germania. Basta con l'inerzia. Se il nazionalsocialismo è l'unico modo per portare speranza al mio paese e assicurare un futuro stabile alla mia famiglia e al mio villaggio, come posso tirarmi indietro?».

Isabelle si strinse le braccia intorno al corpi. Aveva ragione. Bisognava fare qualcosa, prendere una posizione, ma...

Poi Max iniziò a sussurrare, così piano che se il pomeriggio non fosse stato così sereno le sue parole avrebbero rischiato di essere coperte dalla brezza. «Hitler ha promesso che gli anni difficili sono finiti, che con lui il destino della Germania sarà al sicuro per i prossimi mille anni. Ha promesso un servizio sanitario nazionale, scuole pubbliche, accordi tra governo e imprese. Dice che immetterà fondi governativi nell'economia e nei servizi pubblici, oltre che nell'esercito. E assicura che non porterà la guerra in Europa, a meno che i comunisti non attacchino per primi. Dice che proteggerà noi e il nostro bisogno di pace, che ci porterà fuori dall'incubo della crisi. In questo momento ci serve la sua forza».

Isabelle doveva dire qualcosa. «Sono d'accordo, in tempi di crisi serve una guida forte», disse. Fece qualche passo verso il lago poi si girò verso di lui. Doveva affrontare l'argomento, prima o poi. «Ma in giro per l'Europa si vocifera di come tratta gli ebrei... Cosa pensi di tutto ciò, Max?»

«Ti ho detto che è una decisione difficile. Ma per prima cosa devo pensare alla mia famiglia. Devo collaborare coi miei genitori per il bene delle persone a noi vicine. Se io mi ribellassi, la mia famiglia e tutti coloro che ne dipendono scivolerebbero nel caos. Dovrei voltare le spalle alla mia famiglia e al mio paese solo per qualche pettegolezzo?».

Isabelle avrebbe voluto correre da lui e abbracciarlo.

«I miei vogliono che vada a Norimberga. Almeno dovrei provare ad ascoltare uno dei discorsi di Hitler. Non credi, Isabelle?».

Lei lo raggiunse e Max le prese la mano, stringendosela al petto. Isabelle si appoggiò a lui, sentendosi a casa come in nessun altro posto al mondo.

* * *

Tre giorni dopo, Isabelle e Virginia erano sulla riva del lago, circondate di valigie. La barca a vapore che le avrebbe portate alla stazione di Ginevra si avvicinava placidamente.

«Sei brava a tenere i segreti», disse Isabelle di punto in bianco.

«Ho dovuto imparare». Quel giorno Virginia era raggiante. I capelli biondi erano raccolti in uno chignon elegante sotto il cappellino. Indossava un completo azzurro chiaro con la vita stretta che esaltava la sua figura snella.

«Ammiro la tua indipendenza», disse Isabelle indossando i guanti bianchi.

«Ma non è quello che vuoi per te stessa». Virginia osservava davanti a sé.

«Avere una famiglia e pensare con la propria testa non sono due cose che si escludono a vicenda. Non se stai con un uomo che ami e che ti ama a sua volta». Isabelle guardò la barca che si avvicinava.

Virginia le porse la mano. «Adoro il tuo idealismo. E la cosa più divertente è che non vuoi scandalizzare tua nonna con le tue fantasie di una famigliola perfetta. È tutto così insolito».

«Immagino di sì», ammise Isabelle. Non aveva rivelato all'amica della sua ultima conversazione. "Insolito" era un aggettivo che poteva adattarsi in molti modi al mondo in cui stavano vivendo.

«Vuoi continuare a fingere con tua nonna che gli Albrecht siano solo i tuoi amici tedeschi», continuò Virginia. «Ma pensi davvero che lei ci sia cascata?»

«Non voglio ferirla. Se verrai con me a Siegel, a Natale, tutto sembrerà più appropriato. Dopotutto siamo state con gli Albrecht ogni giorno per tutta l'estate. Quello che c'è stato tra Max e me è avvenuto lontano dall'hotel. Sotto gli occhi della nonna abbiamo finto alla perfezione».

Virginia sorrise e scosse la testa. «Tu, Isabelle de Florian, sei più astuta di quanto sembri. Certo che manterrò il tuo segreto».

«Per ora è necessario. La nonna non capirebbe».

Marthe le raggiunse.

«Non vedo l'ora di vedere Parigi», esclamò Virginia, chinandosi a schioccarle un bacio sulla guancia.

Lei le diede dei colpetti sul braccio. «E noi non vediamo l'ora di mostrartela», rispose.

Un uomo in uniforme annunciò che potevano iniziare a imbarcarsi. Isabelle salì a bordo senza voltarsi indietro. Aveva creduto che quell'estate sarebbe stata solo una piacevole diversione, invece era stata qualcosa di cui non si sarebbe mai dimenticata.

Capitolo sei

Parigi, 1934

Isabelle era preparata alla reazione di Virginia di fronte all'appartamento di sua nonna. Molte persone conoscevano *les demi-mondaines,* le cortigiane di lusso della Belle Époque, ma pochi sembravano capire quanto fosse pesante il loro ruolo.

Nessuno si rendeva conto che la nonna aveva dovuto vivere ogni aspetto della sua vita interpretando un ruolo. Sì, si era esibita nei più famosi teatri di Parigi. Sì, aveva intrattenuto gli uomini più in vista del tempo nei posti più alla moda. Ma tutto ciò significava non poter essere mai più la persona che era stata prima di diventare la celebre Marthe de Florian, e non poter più abbandonare la maschera che si era costruita. Nemmeno, anzi soprattutto, in casa sua.

Anche se aveva più di settant'anni, Marthe non aveva rinunciato a nulla del suo passato di cortigiana. Il suo appartamento era un esempio perfettamente conservato di Belle Époque. La nonna temeva che vendendo anche un solo mobile o un vecchio regalo dal lusso ormai sbiadito, la sua identità perfettamente studiata sarebbe finita in pezzi. Temeva che bruciando una sola lettera d'amore vecchia di decenni o buttando uno dei suoi meravigliosi vestiti impolverati, avrebbe smesso di essere se stessa. Credeva davvero che, come Cenerentola, avrebbe dovuto tornare a casa dal ballo per indossare i suoi vecchi stracci come una Mathilde Heloise Beaugiron qualunque che era stata un tempo.

Marthe insisteva non solo a tenere, ma anche a usare *quella* chaise-longue. Perfino Isabelle sapeva che quel mobile era stato al centro infiniti di pettegolezzi sussurrati durante le cene eleganti del 1890.

Appena entrati in salotto, gli ospiti erano accolti da uno struzzo impagliato. La stanza era ornata con elaborati vasi di cristallo disposti nelle credenze, mentre l'argenteria che luccicava nelle cristalliere sarebbe stata degna di una casa reale. Centinaia di creazioni di porcellana finissima erano state regalate a Marthe da illustri clienti: sembrava che avessero fatto a gara per i favori della giovane bellezza parigina, viziandola di doni. Quella esposta nella sala era solo una parte della sua collezione. Il resto era in giro per l'appartamento, disposto su tavolini, mensole dei camini, dovunque potessero essere visti e, soprattutto, dove gli ammiratori di Marthe potessero trovare i loro regali in bella vista. Era uno dei modi in cui Marthe si assicurava la loro fedeltà, facendo leva sull'orgoglio.

Isabelle guardò Virginia aggirarsi nel salone. Sembrava inebetita da tanto sfarzo. Si fermò davanti alla finestra per sfilare i guanti porgendoli a Camille, la cameriera di Marthe. Poi con una mano tolse lo spillone dal cappellino, mentre con l'altra accarezzava le tende di finissimo velluto verde che arrivavano fino al pavimento.

Poi Isabelle portò l'amica a fare il giro dell'appartamento. Il salottino di Marthe incantò Virginia: l'americana afferrò la mano di Isabelle, lasciandosi sfuggire un gridolino estasiato di fronte alla carta da parati decorata di minuscole rose verdi e rosa, intrecciate come coppie danzanti creando un elegante disegno sulle pareti. Voleva toccare tutto. Il lucido pianoforte nero non era coperto di foto di famiglia, come nella maggior parte delle altre case, ma di deliziosi ninnoli, portasigarette smaltati e un set da viaggio per signora in vetro e argento, con maniglie d'oro. Le spazzole per capelli d'argento recavano le iniziali *MdeF*. Poi c'erano borsette di seta e fazzoletti ricamati, antiche bottigliette di profumo, portagioie d'argento ormai vuoti. Marthe riteneva più prudente conservare i suoi stupefacenti gioielli in una cassaforte nascosta nel suo spogliatoio.

Isabelle mostrò all'amica anche la camera della nonna. Era una stanza principesca. Il letto a baldacchino aveva uno sfacciato copriletto color porpora ed era letteralmente ricoperto di cuscini sui toni dell'ambra, dell'oro e del mogano scuro. Ai lati dell'enorme letto c'erano due stravaganti comodini sostenuti dalle zampe scolpite di animali fantastici, e due *abat-jour* ornate di frange. Sui comodini era esposta una collezione di squisite campanelle d'argento, opera dei migliori gioiellieri d'Europa.

Ma Isabelle sapeva cosa avrebbe suscitato la reazione più estasiata della sua amica: attese in silenzio che gli occhi di Virginia si posassero sul ritratto giovanile di Marthe appeso di fronte al letto. Il dipinto era opera di un famoso artista, ma la nonna non aveva mai rivelato se era stato anche tra i suoi numerosi amanti. La testa di Marthe era leggermente girata, mentre una mano riposava sul *décolleté*, accarezzando leggermente quella parte di lei che così tanti uomini avevano toccato.

Se Isabelle avesse conosciuto l'amica meno bene di così, avrebbe confuso il suo silenzio per disapprovazione. Ma Isabelle non si lasciò ingannare. Tenne stretta la mano di Virginia e andò nella stanza successiva.

«È troppo», sussultò l'amica.

Rimase impietrita sulla soglia dell'adorabile spogliatoio, dove un tempo Marthe si preparava per ricevere i suoi corteggiatori nel *salon*. Attraverso gli occhi dell'amica, Isabelle riviveva il grandioso passato della nonna. Anche se

Marthe aveva passato la vita a manipolare gli uomini, chiusa in una risoluta solitudine, con la nipote era sempre stata sincera e affettuosa.

Le aveva assicurato che mai nessun uomo aveva avuto il permesso di entrare nella sua camera da letto, ma Isabelle spesso si chiedeva se almeno uno dei suoi clienti fosse mai riuscito a conoscerla davvero, o meglio, se Marthe si fosse mai innamorata di uno dei suoi amanti.

Aprì un'altra porta per mostrare a Virginia la stanza successiva, che era stata allestita solo quattordici anni prima quando una bambina confusa e spaventata era arrivata in casa della nonna, dopo aver perso entrambi i genitori durante l'epidemia di spagnola che aveva falcidiato l'Europa.

Quando entrarono, Camille stava disfando i loro bagagli. Stava stendendo i loro vestiti estivi sui due letti, lavorando in silenzio e lisciando gli abiti con cura prima di sistemarli sugli appendini imbottiti. Dopo sarebbe stato il turno dei cappelli, dei guanti e delle camicette di chiffon che le ragazze alla moda indossavano con le gonne a vita alta.

A Isabelle faceva piacere ritornare nella sua stanza, tra le sue cose. Lì si era sempre sentita in pace.

«Credo sia l'ora del tè», annunciò sorridendo. Erano a Parigi, quindi avrebbero mangiato pasticcini.

Marthe le stava aspettando seduta su una poltrona Luigi XV del salotto, intenta a versare il caffè che Camille aveva preparato prima di disfare le valigie.

«Qui a Parigi arrivano moltissimi americani in pellegrinaggio, Virginia», disse la nonna. Porse alle ragazze un piattino dorato pieno di finissimi pasticcini: gelatine al latte che tremolavano sulla porcellana, tortine al cioccolato e deliziose crostatine ai frutti di bosco. «La loro presenza dovrebbe farti sentire a casa».

Virginia si servì una *tarte tatin* mignon.

Dopo mezz'ora, Isabelle posò la tazza sul piattino.

«Virginia, perché non usciamo a fare una passeggiata?», propose prima di dare un bacio sulla guancia della nonna, che sembrava nettamente stremata dal viaggio.

«Non mi avevi descritto bene casa tua», osservò Virginia, indossando il cappellino mentre scendevano le scale verso il *foyer* del palazzo.

«Non so mai quanto devo rivelare», ammise Isabelle.

Virginia la prese a braccetto e osservò la bella facciata dell'edificio. Il portone era decorato con ferro battuto, e le finestre a bovindo scintillavano.

Isabelle portò l'amica in rue Blanche, poi in rue Saint-Lazare. Dopo il lago di Ginevra, il trambusto parigino le sembrava improvvisamente molesto. Un venditore di panini si tolse il cappello e rincorse le ragazze cercando di convincerle a comprare.

«No, grazie», disse Isabelle trascinando via l'amica.

Con quel rumore era difficile fare conversazione. L'aria risuonava delle note di musicisti di strada, soffi di mangiafuoco e grida di prestigiatori che cercavano di attirare pubblico. Gli ambulanti vendevano lacci da scarpe e cravatte, altri esponevano per strada ombrelli aperti. Isabelle evitò un circense che stava ingoiando una spada, mentre Virginia si fermò rapita a guardare.

Poi si sentì il rumore di un corteo. Isabelle alzò gli occhi al cielo e spinse Virginia da parte. «Studenti» spiegò, «del Quartier Latin. Escono a sfogarsi».

«Oh, cielo», esclamò Virginia. L'americana incrociò lo sguardo di uno studente carino e gli sorrise senza il minimo imbarazzo.

«Vedo che ti senti già a casa», ridacchiò Isabelle.

«Be', non sono certo una che si lascia prendere alla sprovvista», ammise l'amica. «Ma quell'appartamento...». Passeggiarono a braccetto verso la Senna.

«Lo so», disse Isabelle. «Ti dispiace se non ne parliamo?».

Virginia si fermò. «Non ti starai vergognando, spero».

«No, ormai sono abituata. Ma sta diventando una prigione, capisci? Ha segnato la mia vita, la mia reputazione, il modo in cui vengo accolta, le persone con cui posso parlare o meno, quelle che posso frequentare e quelle che mi accettano nonostante il mio nome».

«Quindi era davvero così famosa?»

«Già», ammise Isabelle. «Una delle più celebri di Parigi».

Virginia sorrise lentamente, poi strinse il braccio di Isabelle. «Ma tu non l'hai ancora detto a Max».

«No», rispose Isabelle, improvvisamente cupa. «Non gliel'ho ancora detto».

«Pazzesco», esclamò Virginia. «Non vedo l'ora di vedere la faccia che faranno i suoi». Poi la ragazza si fermò e guardò Isabelle negli occhi. «Sappi che se dovessero creare problemi, se la vedranno con me».

Isabelle scosse la testa. Quanto aveva raccontato di lei Max ai suoi genitori? «Eccellente», borbottò, spingendo l'amica sul marciapiede.

Germania, 2010

L'umore di Wil Jager sembrava l'opposto del giorno prima. Quando Anna arrivò nell'ingresso dello studio, lui evitò di guardarla negli occhi, poi rimase in silenzio mentre la accompagnava verso un'auto parcheggiata proprio davanti alla porta del moderno edificio.

Anna si fece violenza per restare zitta. Avrebbe voluto tempestarlo di domande su Schloss Siegel. Perché i proprietari lo lasciavano in rovina? Avevano dei progetti per il futuro? Se sì, quali?

Il traffico dell'ora di punta si era alleggerito, quindi nel giro di poco tempo raggiunsero il Berliner Ring e poi si diressero verso Siegel.

Dopo due città piuttosto grandi, il paesaggio si aprì sui campi pieni di grano ancora verde, poi su una fitta foresta. Parecchi villaggi si susseguivano lungo la strada. Anna girò la testa per guardare un cancello di ferro battuto e un tetto munito di torrette. Doveva essere un altro Schloss, immerso in un paesaggio boscoso da fiaba. Anna sperava che un giorno anche la sua antica dimora avrebbe avuto un lieto fine.

«Mi scusi, Anna, oggi ho parecchio a cui pensare. Sicuramente penserà che io sia molto maleducato. Come sta suo nonno?»

«Dovrà essere operato alla spalla. Gli ho parlato per qualche minuto stamattina e non sembrava troppo... giù. Anzi, ha cercato di distrarmi. Tipico di lui». Anna sorrise. «Ha continuato a ripetermi quanto fosse felice del mio viaggio in Germania, perché è qui che dovrei essere».

Lanciò un'occhiata a Wil. Lui teneva lo sguardo fisso sulla strada, ma sulle labbra aveva l'ombra di un sorriso.

«Dovete essere molto legati».

«Infatti». Aveva tanti ricordi del tempo passato con Max. Spesso il nonno veniva a prenderla all'uscita da scuola e la portava a prendere un frappè, poi ascoltava con interesse le sue chiacchiere sulle lezioni e sulle sue amiche. Anna gli confidava cose che non rivelava a nessun altro, gli aveva parlato della morte di sua madre, dell'abbandono del padre che si era trasferito in Canada con la seconda moglie, della sua decisione di restare a San Francisco coi nonni. Ora Anna capiva quanto doveva essere stato difficile per Max dimenticare il passato, non parlarne mai, lasciarsi tutto alle spalle. Le avrebbe mai rivelato il perché?

Wil rallentò in prossimità dello Schloss, e Anna fu lieta di essere quasi arrivata. La campagna e la stanchezza le facevano venire pensieri angosciosi sulla morte di Max. La notte prima era stata così preoccupata che non aveva chiuso occhio.

Wil parcheggiò davanti ai cancelli che Anna aveva visto il giorno prima e scese dalla macchina. Lei lo seguì.

«Posso darle una mano?», gli chiese, felice di potersi sgranchire le gambe.

«Grazie», rispose lui. Tuttavia sembrava essersi chiuso ancora di più in se stesso. Aprì il lucchetto che bloccava il cancello di ferro battuto.

Anna spinse uno dei due pesanti battenti, mentre Wil faceva lo stesso con l'altro. Il cancello, cigolando, si aprì. Anna e Wil tornarono in macchina e percorsero il vialetto accidentato tra un sobbalzo e l'altro.

Man mano che l'auto si avvicinava al castello, Anna trattenne il fiato. Si vedeva chiaramente il lato dell'edificio opposto a quello che aveva scorto il giorno prima, mentre sulla destra il bosco si trasformava in un vasto parco pieno di alberi centenari.

«Le farò fare il giro della casa», annunciò Wil. «L'ingresso principale è sull'altro lato. È stato progettato in modo che gli appartamenti di rappresentanza si affacciassero sulla terrazza del lago».

Anna divorò con gli occhi tutto quello che compariva nel finestrino, con metodica attenzione. Innanzitutto il parco sulla destra: vicino alla casa si vedeva quello che un tempo era stato un giardino. I roseti secchi segnavano il perimetro delle aiuole. I rami erano nudi e contorti, ma i frutti rossi e tondi delle rose canine resistevano testardamente al loro posto. Più in lontananza si estendeva un prato punteggiato di alberi.

Le tracce di un vecchio sentiero arrivavano fino al lago, ormai infestato dalle canne. Sull'acqua galleggiava ancora qualche ninfea. Nella sua immaginazione, Anna si vide intenta a dare una grande festa in riva al lago. Donne vestite di bianco, ombrellini, champagne. Un'imponente rovina sorgeva sull'altra sponda del lago, coperta di edera, mentre un piccolo molo pericolante si estendeva sull'acqua. In mezzo allo specchio d'acqua c'era una piccola isola.

Wil fermò l'auto. «Vuole scendere a dare un'occhiata?». Parlava stranamente a bassa voce.

Anna accettò. Per qualche secondo si concentrò sul giardino, prima di voltarsi verso lo Schloss.

Quando vide il castello, dentro di lei esplose qualcosa. Un colpo di fulmine, forse, che la lasciò paralizzata. L'edificio portava ancora gli strazianti segni del tempo: buchi di pallottole sulle pareti, perfino qualche squarcio. Anna si convinse che potevano essere riparati, eppure vedere lo Schloss in quello stato era come assistere alla profanazione della tomba di un antenato.

Le finestre non erano inchiodate, ma alcune erano coperte da vecchi giornali. Quelle che davano sulla terrazza si innalzavano dal pavimento fino al soffitto.

Anna si girò verso l'avvocato. «Entriamo?».

Lui annuì. Riaccese il motore e raggiunse l'ingresso principale sull'altro lato dell'edificio.

Schloss Siegel, dicembre 1934

Isabelle non avrebbe mai dimenticato il giorno in cui era arrivata in quel castello delle fiabe per passare il Natale con Max e la sua famiglia. Quando era scesa dalla slitta sul vialetto gelato non aveva saputo decidere cosa guardare per primo. Il tragitto dalla stazione attraverso il villaggio innevato era stata una delle esperienze più romantiche della sua vita. Da quando aveva lasciato la Svizzera, Max le aveva scritto innumerevoli lettere descrivendole la sua casa, ma nessuna di esse l'aveva preparata al primo incontro con Schloss Siegel. Era riuscita solo a guardare a bocca aperta il magnifico palazzo di fronte a lei.

Il portone bianco a doppio battente era ornato con una ghirlanda natalizia di edera e bacche rosse. L'ingresso monumentale era preceduto da un portico col pavimento bianco e nero e due alte colonne di marmo. I pannelli di vetro colorato della porta lasciavano filtrare nell'oscurità la luce calda dell'interno.

Isabelle strinse la mano di Max: nella sua mentre saliva i gradini. Arrivata in cima si voltò per contemplare ancora una volta il parco delle meraviglie intorno allo Schloss. I prati coperti di neve arrivavano fino al recinto di pietra che delimitava il parco. Gli alberi erano carichi di cristalli di ghiaccio e i tronchi scuri risaltavano in quel mare candido.

Hans, il valletto di Max, diede istruzioni ai camerieri che erano apparsi come per magia per scaricare i bagagli. Parlava in tedesco e salutò Isabelle chinando il capo, ma squadrandola in un modo che, seppure non irrispettoso, la spinse a chiedersi se il valletto sapesse cosa c'era tra lei e Max. Forse il padrone si confidava con lui? Chissà.

Uno dei camerieri aprì le porte con una riverenza e nella penombra del tardo pomeriggio irruppe la luce, posandosi sulle figure della servitù indaffarata nel portico.

Max, dopo aver baciato Isabelle sulla guancia e averle stretto la mano tra le sue, si fece da parte per dare la precedenza alle signore. Anche se era abituata al lusso peculiare di sua nonna, Isabelle ammutolì di fronte alla magnificenza che la accolse. Il pavimento di marmo bianco e grigio si estendeva in tutto il vasto ingresso, fino a un pesante tavolo di marmo abbellito da un vaso di fiori di serra.

Una cameriera si inginocchiò ai piedi di Isabelle e Virginia per aiutarle a togliere le soprascarpe foderate di pelliccia che le ragazze avevano indossato sulla slitta.

«Noi le chiamiamo "zampe d'elefante"», spiegò Max a Isabelle ridendo. «Ma dentro non servono, ovviamente».

Appena la ragazza in uniforme scomparve con le soprascarpe, Isabelle iniziò a rifarsi gli occhi. Di fronte a lei c'era un'altra porta doppia, uguale a quella dell'ingresso, fiancheggiata da due enormi vasi. I battenti erano aperti e Isabelle poteva vedere un'altra stanza dalle proporzioni elegantissime. Doveva essere la sala della musica. Max le aveva scritto di casa sua per mesi, mentre Isabelle languiva a Parigi.

A sinistra della porta doppia si innalzava lo scalone d'onore. Isabelle si fermò a bocca aperta.

I suoi occhi incontrarono quelli della donna sulle scale, ma non fu il viso di Nadja a toglierle il fiato, bensì il suo vestito. L'abito rosso sangue era all'ultima moda e aderiva al suo corpo come un guanto. I capelli biondi erano raccolti in un'elaborato chignon alla francese e il collo sottile era sottolineato da un giro di perle.

Tra Isabelle e l'unica sorella di Max passò qualche secondo di freddo imbarazzo. Era così fin dal giorno in cui si erano conosciute. Isabelle aveva cercato di entrare in confidenza, ma Nadia non gliel'aveva mai permesso. La ragazza tedesca sembrava sempre immersa in profonde riflessioni oppure in una conversazione più interessante con qualcun altro.

Isabelle si voltò, distratta dall'arrivo di una seconda slitta.

«*Vati* e *Mutti*», annunciò Max. Guidò Isabelle verso la porta.

I servi corsero fuori per accogliere i genitori di Max.

«Ti adoreranno», le sussurrò lui all'orecchio.

Isabelle chiuse gli occhi, pregando che la madre di Max non avesse indagato sulla sua famiglia. Quanto sapevano della sua relazione con Max? Non se l'era sentita di chiederlo a lui per iscritto. Cosa avrebbero pensato di lei?

Quando entrò la madre di Max, avvolta in una pelliccia, tutti sembrarono scattare sull'attenti, tranne Didi e Jo che rimasero appoggiati al corrimano come due belle cariatidi. Isabelle si sentì i loro occhi addosso, prima che rivolgessero le loro attenzioni a Virginia. In tre mesi l'immaturità dell'adolescenza era scomparsa del tutto. I due ragazzi sfoggiavano la sfacciata arroganza che solo la giovinezza può dare.

Virginia era perfettamente a suo agio. Raggiunse la madre di Max con la mano tesa e un sorriso aperto che rischiarava i lineamenti classici.

«È un vero piacere conoscerla, Frau Albrecht», disse Virginia. «Max ci ha parlato moltissimo di lei».

Isabelle ammirò l'abilità di Virginia, che riusciva a padroneggiare ogni situazione con un uso incredibilmente sincero dell'adulazione.

La madre di Max si tolse il cappello di pelliccia e una cameriera corse a prendere l'elegante cappotto della donna bionda. Quel gesto sembrò trasformare Frau Albrecht in qualcuno di completamente diverso: svanito il fruscio, la donna di fronte a Isabelle diventò molto meno temibile. La ragazza sapeva che la relazione tra una donna e la madre del suo uomo può essere la più fragile di tutte. Sentì le spalle rilassarsi.

La signora prese la mano di Virginia e mormorò qualche parola di benvenuto. Poi si voltò verso Isabelle sorridendo. Non sembrava un sorriso calcolato e le guance non erano contratte. Non ebbe nessuna reazione di fronte al cognome de Florian.

Un secondo dopo Isabelle sentì la voce di Max dietro di lei e si girò sorridendo.

«Mio padre sta parlando un momento col suo valletto, ma è felicissimo di conoscerti», disse lui.

Le sembrò leggermente divertito mentre guardava Virginia che salutava Didi e Jo, entrambi più alti di lei di tutta la testa e ormai in grado di affrontare i suoi modi diretti con molta più *aplomb* di pochi mesi prima, durante la gita sul lago.

Il padre di Max dava l'impressione di essere un uomo deciso. Porse il cappello al valletto, sfilò i guanti di pelle e il cappotto, con la scioltezza di chi è abituato ad avere qualcuno sempre a disposizione per raccogliere ciò che lascia cadere.

«*Vati*», disse Max, «ti presento Isabelle de Florian».

Il suono della risata di Virginia echeggiò nella stanza.

«Isabelle», disse il padre di Max, «sono lieto di conoscerla». Parlava un inglese privo di accento. «Voglio che si senta a casa qui da noi. Sono ansioso di parlare più approfonditamente con lei questa sera a cena».

Isabelle sorrise e lo guardò negli occhi, azzurri come quelli del figlio.

«Il piacere è mio», disse in inglese, mentre i suoi pensieri vorticavano in francese.

«Immagino che Isabelle e Virginia vorranno salire a rinfrescarsi», disse Frau Albrecht. «Berthe vi mostrerà le stanze».

Una giovane cameriera si fece avanti, allungando la mano per fare segno di seguirla al piano di sopra. Isabelle sentì il braccio di Virginia stringere il suo. «Forza, tesoro», sussurrò l'amica. «Non vedo l'ora di esplorare questo posto. Chissà quanto ci divertiremo!»

Schloss Siegel, 2010

Gli stivali di Anna calpestarono la sporcizia secca davanti all'ingresso dello Schloss. Mentre posava un piede sul primo gradino consunto, notò una brutta ringhiera che era stata applicata lungo la scala e arricciò il naso. Come molti resti del dopoguerra, anche quella sembrava gettata lì a caso come un brutto ripensamento. Nel portico di entrata erano rimaste solo poche piastrelle intatte, le più testarde, che erano sopravvissute alle truppe, agli ufficiali e ad altri decenni di intrusioni. Le altre erano rotte o crepate e in certi punti se ne vedevano solo gli antichi contorni sul cemento.

Anna raggiunse la porta, dipinta di un bianco sporco e sbiadito. Il legno era pieno di crepe e le maniglie di metallo moderne erano chiazzate di sporcizia. Si vedeva ancora la sagoma delle vecchie maniglie e anche un'ombra circolare dove un tempo doveva trovarsi il battente.

Wil la raggiunse con la chiave.

«Si prepari», la avvisò. «Potrebbe essere uno shock».

Lei annuì.

Wil girò la chiave nella serratura e aprì il portone, poi si fece da parte per lasciarla entrare per prima.

Anna si fece avanti nell'enorme ingresso, con gli occhi che giravano qua e là senza sapere dove posarsi, come torce nel buio. Stranamente si sentiva a suo agio. Tutto ciò che la circondava era il prodotto degli anni passati, delle innumerevoli persone che erano entrate nel magnifico antico palazzo.

Cosa era rimasto intatto? L'essenza: quella era sopravvissuta.

Nessun generale, nessun politico, nessun amministratore di quei regimi politici che nel secolo precedente avevano cercato di risolvere a tavolino tutti i problemi dell'umanità era riuscito a distruggere la visione originale dell'architetto di quella splendida casa.

Il passato era sospeso nell'aria. Non importava se il pavimento su cui risuonavano i loro passi fosse ricoperto da linoleum industriale, polvere e foglie secche sparse come rifiuti su una spiaggia. Anna vedeva oltre gli escrementi di topo e l'unica lampadina che oscillava, quasi insolente, nella corrente del portone aperto.

Raggiunse le porte chiuse che, come sapeva, conducevano alla stanza da musica. Wil la seguì.

Anna si girò verso di lui prima di posare la mano su un'altra brutta maniglia fabbricata in serie. «Le dispiace se prima di salire do un'occhiata...?». Si interruppe.

«Faccia pure, Anna», rispose lui. «Dev'essere difficile per lei. Si prenda il suo tempo».

Lei annuì e aprì la porta.

Schloss Siegel, dicembre 1934

Mentre Berthe saliva rapida lo scalone del palazzo, Isabelle avrebbe voluto girarsi e ammirare di nuovo l'ingresso monumentale. Virginia si era tolta guanti e cappello e stava salendo come se fosse nata per vivere in un posto come quello. Arrivate in cima alle scale si ritrovarono su un ampio ballatoio, su cui si aprivano corridoi interminabili a destra e a sinistra. Le pareti erano color carta da zucchero, tappezzate di splendidi dipinti, e il pavimento era coperto da pregiati tappeti persiani.

Berthe si diresse a sinistra superando diverse porte chiuse. Il corridoio proseguiva, restringendosi leggermente. Mentre la cameriera faceva strada, Virginia sussurrò a Isabelle: «Sembrano dei genitori adorabili».

«Sicuramente lo sono», sorrise Isabelle. Max le era sembrato molto a suo agio nel pomeriggio.

«Il padre sembra molto... non lo so, ha una gran faccia tosta!», la ragazza rise. «Potrebbe interpretare uno di quegli affascinanti gentiluomini dei film di Hollywood. Lei invece è meravigliosa, sembra uscita da una rivista di moda. E, nonostante tutto, ha anche un'aria dolce».

«Oh, Virginia, sei troppo spassosa!»

«La sua stanza, Fräulein», disse la cameriera facendosi da parte.

Isabelle entrò, impaziente come una bambina a una fiera. La sua nuova stanza era praticamente un paradiso: un letto a baldacchino coperto di cuscini di seta azzurro pallido, un lucido tavolo da toilette, un armadio e un delicato tappeto posato sul parquet liscissimo. In un angolo c'era anche una bellissima stufa di maiolica bianca e blu.

«Quello è un *Kachelofen*», spiegò Berthe. «Riscalda molto bene la stanza. E qui mettiamo un catino d'acqua perché l'aria non diventi troppo secca». La ragazza parlava un inglese secco ma comprensibile.

Poi aprì uno sportello decorato davanti alla stufa. «Qui mettiamo lo scaldaletto, così quando va a dormire può sistemarselo sotto le coperte».

«Delizioso», esclamò Virginia.

Isabelle andò alla finestra per guardare il panorama candido. Le tende di velluto color crema arrivavano fino a terra. La stanza dava sul lago gelato e da quell'altezza Isabelle riusciva a vedere la foresta, fitta anche se priva di foglie.

«La sua stanza invece è da questa parte, Fräulein», continuò Berthe, aprendo una porta comunicante con la camera accanto per Virginia.

Isabelle rimase ancora un momento ad ammirare il panorama. Si sentiva finalmente a casa.

Schloss Siegel, 2010

Anna si affacciò a una finestra del piano superiore dello Schloss per osservare il parco. La stanza di Max era la successiva e Anna sapeva che Wil avrebbe dovuto tornare presto al suo lavoro. Non intendeva abusare della sua gentilezza perdendo altro tempo prezioso. Aveva attraversato le stanze in rovina più in fretta che poteva, facendo qualche foto, trattenendo i turbamenti con la fermezza che aveva affinato per molti anni.

Tuttavia, ora non sapeva cosa mai avrebbe potuto dire a Max.

Tutte le stanze sembravano fotocopie: il linoleum ricopriva ogni centimetro di pavimento, tranne l'ingresso, dove le assi marce del parquet erano ricoperte di polvere. Dal soffitto pendevano i resti di quelli che un tempo erano stati elaborati lampadari. Le finestre, inchiodate o coperte di giornali, erano tutte prive di tende. La luce entrava dalle fessure e faceva danzare la polvere, rischiarando i muri sporchi a chiazze.

Anna non riusciva a smettere di fantasticare sul passato, di immaginare come dovevano essere state quelle stanze un tempo. Max aveva bruciato anche le foto di Schloss Siegel?

Era stata la nonna americana di Anna, la pratica Jean, a raccontarle che, quando Max era fuggito prima dell'arrivo dei russi, la famiglia aveva potuto prendere solo quello che potevano caricare sul vecchio carretto della scuola del villaggio.

Anna entrò nella stanza del nonno. Il camino sulla parete destra era chiuso con le assi, per il resto la camera era vuota. Nonostante i tentativi, Anna non percepiva nulla di Max in quel luogo.

Ma aveva un compito da concludere: trovare l'anello di Max. Tuttavia, dopo essersi rotta tre unghie cercando di sollevare il linoleum, si arrese irritata. Doveva chiedere a Wil se avesse un'idea migliore per recuperare la scatola sotto il pavimento.

Lui era rimasto nell'ingresso a lavorare col portatile su un vecchio tavolo di legno. Alzò gli occhi quando Anna si fermò sull'ultimo gradino.

«Non ha avuto fortuna?», le chiese, guardando le sue mani vuote.

Lei scosse la testa, improvvisamente imbarazzata. Ma cosa le era venuto il mente? Come poteva pensare di rimuovere le assi del pavimento a mani nude?

«Per caso ha una cassetta degli attrezzi in macchina?»

Wil sorrise. «Le sembro uno da cassetta degli attrezzi? Però ha ragione, avrei dovuto pensarci».

«Mi trovo a un punto morto. Il pavimento è... incastrato».

«Di che colore è in quella stanza?»

«Escremento di gallina».

«Adorabile».

Anna strinse le labbra.

«Per togliere il linoleum dovremo chiedere il permesso», aggiunse Wil.

«Ha importanza?».

Lui rise. «Oh, sì. Per la proprietaria ne ha molta».

«La proprietaria? Credevo che il castello appartenesse a una società».

Qualcosa si contrasse nella guancia di Wil. «L'ha acquistato una donna d'affari, come semplice investimento. Possiede una grande società e Siegel è solo una parte del patrimonio».

«E perché lascia tutto a marcire?»

«La cosa non ci riguarda, Anna. Non può fare nulla al riguardo».

Lei sospirò. L'anello di Max era il suo primo obiettivo.

«Un momento», disse.

«Sì?»

«La sua cliente possiede anche buona parte del villaggio, vero?».

Wil si avviò al piano di sopra e Anna lo seguì fino alla stanza di Max.

«Non posso discutere con lei gli interessi dei miei clienti».

Anna gli si parò davanti e scosse la testa. Tra gli alberi del parco risuonò il canto di un uccello, una nota solitaria nell'aria immobile. All'improvviso il silenzio della casa si fece opprimente.

Era tutto sbagliato.

«Ma è il passato della mia famiglia», protestò Anna. «E merita un futuro».

Wil rimase dov'era. Si strinse nelle spalle, riflettendo tra sé e sé.

Cosa voleva dire esattamente? Si era arreso? Non aveva più voglia di combattere?

Anna tornò alla finestra, osservando assorta il parco. Se voleva l'aiuto di Wil...

Lui tirò il linoleum. «Non si muove», disse.

«Non potrebbe parlare con... la proprietaria... dell'anello di Max? Magari capirebbe la situazione...».

«Non ricominciamo, Anna». Rimase in silenzio un momento, riflettendo. «Sono mortificato, ma ora devo tornare al lavoro. Un cliente ha chiesto di vedermi con urgenza».

«Ma certo», borbottò Anna.

«Stasera...», iniziò Wil.

Come poteva riuscire a convincerlo che quella situazione doveva essere risolta? «Cosa?».

Lui scosse la testa, con quello stesso sorriso che aveva la prima volta che si erano visti. «Era persa tra le nuvole».

«Che bella espressione». Nonostante tutto, Anna si sorprese a sorridere.

«Non volevo interromperla». Sembrava ancora divertito.

Anna si sforzò di tornare seria.

«Allora cosa ne pensa?», le chiese lui.

«Di cosa?».

Lui rise. «Di quello che le ho appena chiesto».

Anna lasciò che passasse un secondo di silenzio. «E cosa...»

«Cosa le ho chiesto?»

Anna fece una risatina. «Sì».

«Be', ho detto che potrei passare a prenderla alle otto stasera e potremmo trovare un altro modo per risolvere la cosa a cena. Mi dispiace ma ora devo veramente tornare a Berlino».

Anna si ritrovò a bocca aperta. Si aspettava che lui le dicesse di non poter fare più nulla per aiutarla.

«Oh», mormorò. Cena? Le sembrava di sentire la voce di Cass nell'orecchio. Perché no? Perché mai doveva rifiutare? In fondo sarebbe stata solo una cena, a prescindere da quanto fosse attraente quell'uomo. Insomma, voleva solo parlarle dell'anello di Max: voleva aiutarla. Anna non aveva altra scelta per accontentare Max.

«Anna». La sua voce la raggiunse di nuovo tra le nebbie. «Passa sempre tutto questo tempo ad analizzare ogni cosa?»

«Come?»

«Si sentono gli ingranaggi che scricchiolano nella sua testa».

«No, no».

«Devo andare». Wil si voltò per uscire.

«Va bene».

Lui si fermò e la guardò. «Va bene?»

«Sì, grazie. Sarebbe fantastico trovare un'altra soluzione per riavere l'anello. Stasera andrà benissimo. Grazie».

«Splendido. Mi scriva un messaggio con l'indirizzo dell'hotel». Le porse un biglietto da visita.

«Certo». La voce di Anna suonò un po' rauca mentre prendeva il biglietto.

«Bene. Adesso andiamo».

«Sì, grazie», ripeté Anna. Mentre lo seguiva giù per le scale un tempo bellissime, capì perché Max non era mai riuscito a parlare dello Schloss. La perdita era troppo grande per essere descritta.

Capitolo sette

Schloss Siegel, dicembre 1934

Quel pomeriggio Didi e Jo avevano portato Virginia a fare un giro in slitta. I gemelli sembravano intenzionati ad adottare l'amica di Isabelle e lei sembrava altrettanto intenzionata ad affascinarli. Isabelle invece era in biblioteca con Max, che aveva fatto servire il tè pomeridiano. Dalle grandi finestre affacciate sul parco si vedevano volteggiare i fiocchi di neve. La terrazza era ricoperta da uno spesso strato candido e i vasi allineati sulla balaustra erano protetti da teli neri contro le intemperie dell'inverno.

«Non riesco a immaginare come dev'essere stato crescere in mezzo a tanta bellezza», disse Isabelle. Distolse gli occhi dalla finestra per guardare Max, che aveva gli avambracci appoggiati a una poltrona di pelle davanti agli scaffali alti fino al soffitto.

Lui la raggiunse. «Vorrei riuscire a credere che sarò in grado di preservarla. Che sarà al sicuro».

Isabelle lo guardò negli occhi.

Una cameriera entrò con un carrello e iniziò a disporre sul tavolo fette di torta, strudel, dolci alla frutta e ciambelle.

Appena uscì, Isabelle versò il caffè.

«Devi assaggiarne una», disse Max porgendole una ciambella. «È ripiena di *Pflaumenmus*».

«Cosa?» Isabelle rise mentre lui sistemava il dolce ricoperto di zucchero su un piattino.

«*Pflaumenmus*». Max sogghignò.

«E di che cosa si tratterebbe?»

«Marmellata di prugne», spiegò lui, senza smettere di guardarla.

Isabelle assaggiò la ciambella con gli occhi fissi nei suoi. Era deliziosa, si scioglieva sulla lingua in un soffice vortice di zucchero e marmellata.

«Ti prego, promettimi che non accadrà mai nulla a questa proprietà», disse Isabelle.

«Non lo so. Dobbiamo essere in grado di sostentare il villaggio, di fornire lavoro». Max girò il cucchiaio nella tazza, improvvisamente assorto. «Norimberga è stata un'esperienza strana».

«Volevo chiederti di parlarmene», rispose lei. Max non le aveva scritto nulla al riguardo, ma l'argomento incombeva su di loro.

«È stato quasi mistico», mormorò Max. «La solennità, i colori... Nella Luitpold Hall c'erano trentamila persone».

«E tu cos'hai pensato?»

Isabelle aveva letto tutto quello che poteva sul nazionalsocialismo durante l'autunno. Se Max intendeva davvero iscriversi, forse un giorno anche lei avrebbe dovuto farlo. Ma il suo istinto la spingeva prepotentemente verso il no.

Max sembrava molto lontano. «All'ingresso di Hitler hanno suonato la Badenweiler Marsch. Tutti ci siamo alzati con la destra tesa, mentre lui raggiungeva il podio. Le luci erano molto scenografiche. Poi l'orchestra ha suonato l'*Ouverture Egmont* di Beethoven. Le parole di Hitler sembravano quasi divine».

Isabelle tacque.

«Ci ha incoraggiati a tornare a casa e a diffondere la sua parola».

Isabelle si sentiva sempre più a disagio. Aveva letto che il regime aveva creato scuole naziste e che presto in Germania ci sarebbe stata una sola religione consentita.

Max si alzò. «Hitler ripete che se la guerra arriverà in Europa sarà solo colpa dei comunisti. Nello stesso tempo sta rinforzando l'esercito tedesco, addestrando le truppe con le poche armi permesse dal trattato di Versailles».

«E voi giovani fate tutti il passo dell'oca». Isabelle tenne la voce bassa, ma le foto che aveva visto sui giornali le avevano dato il voltastomaco. Cosa pensava realmente Max? A parte dovere, onore e famiglia, che cosa desiderava davvero?

La ragazza sapeva quanto fosse difficile per lui separarsi da queste cose. Dove finiva il dovere e dove iniziava la sua identità?

Max sorrise. «I miei insistono per fare di me un sostenitore del governo. Che alternativa ho? Non posso abbandonare tutto quello che amo. Anzi, è mio dovere fare il possibile per proteggerlo».

Isabelle si alzò e andò da lui. Max le accarezzo il viso e le labbra con la punta delle dita.

«Ma ti adorerò sempre, qualunque cosa accada».

Isabelle trattenne il fiato. Cosa voleva dire?

Ma gli occhi di lui incontrarono i suoi e si perse, di nuovo.

Berlino, 2010

Quando Wil entrò nella reception dell'hotel di Anna, le ragazze al bancone ridacchiarono. Lei invece rimase seria. Si costrinse a ricordare che si trattava di una cena d'affari, niente di più, e che lo stava facendo solo per aiutare Max.

Wil la raggiunse, ignorando chiunque altro lo stesse fissando. «Ciao, Anna», disse. «Andiamo».

Non sembrò notare come si era vestita, con un tubino nero, tacchi alti e il suo trench di seta nera preferito. Anzi, non sembrava nemmeno intenzionato a guardarla, il che era un sollievo. Lo era, no? In fondo Anna voleva essere professionale. Stavano solo lavorando insieme dopotutto. Sul suo caso. Niente di più.

Wil sembrava concentrato quanto lei. Le aprì lo sportello e aspettò che si sedesse.

Mentre si trovavano in macchina insieme, per qualche motivo lo spazio le sembrava un po' più stretto di quella mattina. Forse perché fuori era buio e l'unica luce nell'abitacolo arrivava dai lampioni. Anna fece un respiro profondo e ignorò quello che provava. Era irritante, ma sarebbe finito. Non si sentiva più così da anni e non intendeva cascarci di nuovo.

«Bene», disse cercando di sembrare allegra.

«Vorrei portarti in un posto fuori città», disse lui mettendo in moto. «Spero che per te vada bene».

Anna guardò fuori dal finestrino. I marciapiedi erano pieni di gente che guardava le vetrine o andava fuori a cena, tutti avvolti in pesanti cappotti. «Certo», disse. «Immagino che uno nella tua posizione non possa permettersi un'accusa di omicidio, quindi perché no?»

«In realtà avrei avuto diverse occasioni per assassinarti già stamattina, è solo che ho deciso di non farlo».

Anna sorrise suo malgrado, ma continuò a guardare fuori dal finestrino.

Imboccarono la stessa strada che avevano percorso al mattino e Wil allungò una mano per accendere la radio. «Che musica ti piace?», le chiese.

«Sono abbastanza eclettica», disse lei. «Jazz, classica, moderna...».

Wil rise. «Mi sei di grande aiuto». Scelse un pezzo jazz. Era proprio lo stile che Anna preferiva. Si appoggiò al sedile e si lasciò cullare dalle note morbide del contrabbasso.

Wil rimase in silenzio quasi tutto il tempo. Sembrava intenzionato solo a guidare e ad Anna stava bene. Dopo circa quarantacinque minuti, Will superò un elaborato cancello e percorse un ampio viale ben illuminato, orlato di alberi dai rami nudi.

«Un altro Schloss?», chiese Anna. Sarebbe stato interessante sapere quanti antichi palazzi erano caduti in rovina come Schloss Siegel. Forse avrebbe dovuto fare qualche ricerca. Si trattenne: di nuovo numeri. Sembravano l'unico rifugio sicuro per la sua mente tormentata.

«Già, un altro Schloss», rispose Wil.

All'improvviso Anna si sentì nervosa. Di cosa avrebbero parlato a cena? Durante il giorno erano stati occupati, quindi le cose erano state semplici. Ma se la conversazione si fosse prosciugata appena trovata una soluzione per l'anello di Max? Anna scosse la testa. Non era da lei. Era ridicolo. Gli avrebbe chiesto del suo lavoro. Quello era sempre un ottimo argomento.

Quando arrivarono in fondo al vialetto, Anna scoppiò a ridere. «Non potrebbe essere più diverso da Schloss Siegel», esclamò.

Wil attese in silenzio che Anna assorbisse la vista spettacolare. La facciata monumentale era ricoperta di luci che esaltavano le strutture sobrie ed eleganti dello Schloss. Di fronte all'ingresso c'era una fila di macchine di lusso parcheggiate. Anna osservò i numerosi ordini di finestre, quasi tutte illuminate, che rischiaravano la campagna buia. Erano tutte ornate di tende raccolte con eleganti cordoni.

Wil si fermò in un parcheggio sulla destra.

«Bene», mormorò Anna. «Questo mi sembra un ottimo esempio di come si debba tenere un castello».

Wil la guardò negli occhi, poi finalmente parlò a bassa voce.

«Questo è lo Schloss della mia famiglia, Anna».

Schloss Siegel, dicembre 1934

Quella sera ci sarebbero stati ospiti a cena. L'aperitivo era tutte le sere alle otto, nel salone. Isabelle sedava davanti allo specchio di camera sua. Fuori diluviava, ma la sua stanza era calda e accogliente, illuminata da una luce soffusa. Virginia era seduta sul letto, mentre Berthe dava gli ultimi tocchi all'acconciatura di Isabelle.

Soddisfatta del suo aspetto, la ragazza raccolse l'orlo del suo abito da sera e seguì Virginia verso le scale. Dal salone della musica arrivavano già i suoni delle conversazioni, uniti alla musica da camera suonata da un quartetto della filarmonica di Berlino.

«Schubert», mormorò Isabelle tra sé e sé.

«Non ne ho la minima idea», ammise Virginia, prendendo un lembo dell'abito da sera dorato e posando l'altra mano sulla balaustra. «Ma in ogni caso mi sono già innamorata di questo stile di vita».

Isabelle esitò in cima alle scale. Era tentata di parlare con l'amica dei dilemmi politici di Max, ma non era il momento giusto per iniziare una conversazione complicata. Seguì Virginia giù nel salone riscaldato, dove i crocchi di invitati chiacchieravano di fronte alle tre porte finestre ad arco. La terrazza era illuminata, bella e imponente allo stesso tempo.

C'erano gruppetti di giovani ufficiali, con la famiglia e altri ospiti. Venivano dalla caserma del reggimento di Eberswalde. Alcuni di loro erano tornati dopo la visita estiva al palazzo. Tra gli invitati c'erano altre ragazze, senza dubbio figlie degli amici di famiglia, ma quando Isabelle e Virginia fecero il loro ingresso tutti si girarono a guardarle.

Max raggiunse subito Isabelle e le cinse la schiena con un braccio. Un valletto comparve per offrire un drink alle ragazze. Due ufficiali si avvicinarono con discrezione: era chiaro che Isabelle fosse con Max, mentre Virginia era da sola.

Dato che l'americana era perfettamente in grado di badare a se stessa, Max sospinse Isabelle verso le finestre.

«Temo che sarà una cena molto formale», annunciò.

Isabelle si guardò intorno. «È tutto bellissimo». Sorrise, senza nascondere il luccichio nei suoi occhi.

«*Mutti* coltiva molte relazioni sociali, capisci. Altrimenti in campagna si annoierebbe».

Alle otto e mezza il maggiordomo entrò per annunciare la cena. Max sorrise e le porse il braccio. Nel fare ciò, lanciò una rapida occhiata verso Virginia, senza dubbio per controllare che anche lei avesse un accompagnatore per la cena. Isabelle sorrise tra sé e sé per il suo tatto. Se non lo amava ancora alla follia, lo amava comunque ogni giorno di più.

Max la portò nella stanza successiva, dove la carta da parati era decorata con un motivo di uccelli colorati su foglie verde scuro. Anche qui la luce era soffusa. Sul tavolo c'erano diversi candelieri d'argento con lunghe candele bianche accese.

«Che stanza intima», commentò Isabelle. «Mia nonna la adorerebbe».

«La sala da pranzo piccola è una delle mie stanze preferite in tutto il castello», concordò Max. «Spero che tua nonna venga presto a farci visita».

La ragazza si morse il labbro, mentre lui la conduceva oltre, verso la sala grande. L'idea di Marthe a Schloss Siegel la gettò nel panico. Non poteva nascondere la verità a

Max ancora a lungo e, d'altro canto, mentire era un atto di slealtà anche verso sua nonna. Ma più Isabelle ci pensava, più tutto le sembrava incredibilmente difficile.

* * *

Durante la cena Isabelle chiacchierò nervosamente coi due ufficiali tra i quali era seduta, entrambi in grado di sostenere una minima conversazione in inglese. Spilluzzicò il cibo, ravioli in salsa bianca, seguiti da bistecca con cipolle fritte, pancake ai mirtilli e crema di sambuco con uova strapazzate. Due ore più tardi, tirò un sospiro di sollievo quando si ritrovò a ballare tra le braccia di Max.

Dopo qualche giro di danza, Isabelle vide Virginia, circondata da un gruppo di giovanotti, fare una smorfia. Isabelle riconobbe quell'espressione e disse a Max che doveva parlare con la sua amica.

«Virginia, mi dispiace interrompere ma ho bisogno di te», esclamò Isabelle col suo sorriso più luminoso.

«Davvero, tesoro?», chiese Virginia imitando l'accento del sud.

«Sì, mia cara, ho un problema terribile». Isabelle trattenne a stento le risate.

I giovanotti assunsero l'espressione devastata che può assumere solo un uomo che sperava di avere delle chance con una donna.

«Forse possiamo essere d'aiuto», propose uno di loro in un inglese smozzicato. Sembrava particolarmente ansioso e determinato. «Perché non restate tutte e due? Perché non chiacchieriamo insieme?»

«Dobbiamo proprio andare», disse Virginia. «Voi giovanotti potete resistere anche senza di noi».

«Ma tornerete, vero?», gemette un altro.

Virginia gli posò una mano elegantemente guantata sul

braccio. «Oh, certamente», lo rassicurò. Poi prese Isabelle sottobraccio.

«Grazie al cielo mi hai salvata!», esclamò l'americana appena furono abbastanza lontane. «Andiamo di qua», le disse trascinandola verso l'ingresso. «Forza, vieni». Virginia superò le scale, diretta verso un corridoio in cui non erano mai state prima.

Isabelle si ritrasse. «Non possiamo andare lì», disse.

«Oh, per l'amor del cielo, facciamo solo un giro! Non essere noiosa».

Isabelle si fermò. «Non sono noiosa», mormorò. Era abituata ai modi diretti e spesso sfacciati di Virginia, ma la sua amica non l'aveva mai definita noiosa.

«Certo che no, tesoro», rispose Virginia, con il tono che avrebbe usato per calmare una bambina capricciosa. Eppure aveva uno sguardo di sfida.

«Va bene, allora», disse Isabelle, voltandosi a guardare il salone un'ultima volta. «Andiamo».

Un cameriere comparve in fondo al corridoio, così Virginia spinse Isabelle nella stanza più vicina. C'erano due poltrone alla francese, due graziosi divani e una collezione di porcellane in una vetrinetta.

«Ho saputo che Max è andato a sentire un discorso a Norimberga», disse Virginia appena il cameriere passò oltre.

«Sì», rispose Isabelle.

«E cosa ti ha raccontato?»

«Non molto».

«Be', gli ufficiali invece non hanno parlato d'altro. Max però non mi è sembrato troppo entusiasta delle idee di Hitler. Tu cosa ne pensi?».

Isabelle incrociò le braccia. Quella bella stanza le sembrava all'improvviso troppo stretta. Erano sole in quell'ala dello Schloss? «Vuole solo fare la cosa giusta».

«In che senso?»

«La questione non è così semplice, Virginia. Max deve pensare alla famiglia, alla proprietà, ai suoi dipendenti. Sa bene che il nazionalsocialismo sta portando lavoro e stabilità economica nel villaggio e in tutta la Germania».

«Gli ufficiali mi hanno detto che non è coinvolto quanto dovrebbe».

Isabelle guardò il disegno del parquet e seguì l'orlo del tappeto rosa con la punta della scarpa. «Non dovremmo stare qui».

«Oh, insomma!», sbotto Virginia. «Non puoi fare finta di niente. Le cose non si sistemeranno da sole, purtroppo».

«Non sto facendo finta di niente». Isabelle sentì uno sgradevole nodo allo stomaco. Non aveva mai litigato con Virginia prima di allora. «Credo che Max voglia solo capire meglio il partito. Pensa che forse i nazionalsocialisti potrebbero portare il cambiamento necessario».

«Se i nazisti vogliono mettere le mani su Max, dopo potrebbero venire a cercare anche te».

Isabelle si costrinse a ridere. «Max non mi metterebbe mai in pericolo. E poi io sono francese».

Virginia allungò la mano. «Se iniziassero a sospettarti di non avere simpatia per il partito, o se credessero che stai allontanando Max da loro, be', allora sì che saresti in pericolo. Ricordati che in Germania non c'è libertà di parola e ci sono orecchie dappertutto. L'ho letto».

«Non credo che la situazione sia così grave», obiettò Isabelle. «La prima priorità di Max è la famiglia e la sua gente. Ha a cuore il futuro del suo paese, tutto qui. Non si farebbe mai coinvolgere in attività discutibili».

Virginia inclinò la testa. «Certamente, ma il punto è... quando queste attività discutibili inizieranno, lui cosa farà al riguardo?»

«Max ha detto che si tratta solo di pettegolezzi».

La sua amica scosse il capo. «Gli ufficiali mi hanno detto con una certa soddisfazione che Max andrà a un ballo a Berlino».

Isabelle si morse il labbro. Max l'aveva invitata ad accompagnarlo. «Lo so».

«È organizzato da...».

«Dal partito nazionalsocialista», ammise Isabelle con un filo di voce. «Ma è solo un ballo», aggiunse.

«Oh, no». Virginia le strinse un braccio. «Non mi piace per niente».

Isabelle guardò l'amica negli occhi «Non devi preoccuparti. Sono certa che Max non farebbe mai nulla che mettesse a rischio le persone che ama».

Virginia scosse di nuovo la testa.

«Torniamo, adesso. Max si chiederà dove siamo finite», disse Isabelle prendendo l'amica per mano. Le aveva fatto bene dare voce ai suoi timori. Stranamente si sentiva più fiduciosa che mai verso Max.

Virginia si fermò appena prima di tornare nell'ingresso illuminato. Sembrava aver letto nella mente di Isabelle.

«Puoi anche fidarti di Max» sussurrò, «ma ti fidi di Hitler?».

Capitolo otto

Germania 2010

Anna osservò Wil mentre salivano le scale di quest'altro Schloss, che chiaramente era stato restaurato da poco. Lui aveva la fronte aggrottata, poi però in cima alla rampa si voltò a guardarla e sorrise in quel suo modo straordinariamente bello e giovanile. Si fece da parte e la lasciò passare per prima. Come sempre, Anna fu colpita dalle sue maniere impeccabili.

L'ingresso del palazzo era magnifico, con un portico sopra la scalinata di marmo.

«Benvenuta a Schloss Beringer», disse Wil.

«Grazie», rispose lei a bassa voce.

«Oggi è un hotel con duecento stanze, tre ristoranti e una serra. È specializzato in ricevimenti nuziali. Ma stasera ho pensato di portarti qui solo per una cena». La sua voce sembrava abbastanza allegra, ma Anna percepì qualcosa di più oscuro in profondità.

Quando entrò nell'atrio opulento Anna si fermò, rapita dalle proporzioni dello spazio, dall'imponente scalone, dai marmi lucidi dei pavimenti, dalle cascate di fiori negli enormi vasi.

«È...». Anna non sapeva come proseguire. Pur nella sua innegabile bellezza quel posto aveva qualcosa di strano. Sembrava finto? Anna aveva l'impressione che tutto facesse parte di un grande spettacolo. Per quanto la cosa fosse assurda, Anna preferiva Siegel.

«Lo so», mormorò Wil. Chiuse la porta senza fare rumore. Dal ristorante provenivano i suoni di numerose conversazioni. «Quando guardo la facciata ripenso al passato, nonostante le Ferrari parcheggiate e le bandiere internazionali sul prato di fronte. Ma ormai… non è rimasto più nulla...». La sua voce si spense.

«Mi dispiace molto», sussurrò Anna.

«Il ristorante è da questa parte. E sappi che non ti ho portata qui per il cibo. Quindi, ti prego, non odiarmi se sarà pessimo».

Il ristorante, con i tappeti scuri di cattivo gusto, i fiori coloratissimi sui piedistalli e le ovvie tovaglie bianche, sembrava di nuovo qualcosa di posticcio. «È molto...».

Wil le regalò un altro sorriso da ragazzino. «Va bene, diciamocelo. È disgustoso, nauseante e volgare».

Anna sorrise a sua volta, ma nello stesso tempo non cessava di pensare. Quella stanza avrebbe potuto essere bellissima con il parquet originale e un arredamento meno pacchiano. Invece mancava completamente di fascino.

A metà della cena, Anna si rese conto che Wil aveva ragione. Il suo filetto di pesce persico non aveva nulla che non andasse, ma nello stesso tempo neppure qualcosa di memorabile.

Non costrinse Wil a parlare del suo passato, della sua famiglia o del perché lo Schloss fosse finito così, perché sentiva che anche lui, come lei stessa, nascondeva una segreta sofferenza. Forse un giorno Wil gliene avrebbe parlato volontariamente. Anna avrebbe ascoltato la storia volentieri, ma in fondo non sapeva nemmeno se sarebbero diventati amici. Ma perché poi stava pensando a quelle cose? Una volta tornata a casa, non l'avrebbe rivisto mai più. Scosse la testa tra sé e sé.

«Non sceglierei mai questo posto per un appuntamento galante», scherzò Wil.

«Meno male che questo non è un appuntamento galante». Anna declinò l'offerta di un dessert.

Ordinarono il caffè e, quando arrivò, Wil si appoggiò allo schienale. «Volevo farti vedere questo posto, nonostante tutto».

«Per dimostrarmi che esistono destini peggiori di quello di Schloss Siegel?», rise Anna.

Lui alzò le sopracciglia. «Sì, anche. Ma c'è un'altra ragione. Devo mostrarti una cosa, ma prima dovresti rispondere a una domanda».

Lei alzò gli occhi.

«Che cosa fai negli Stati Uniti?».

Anna sorrise. «Gestisco un locale italiano a San Francisco con la mia socia Cass».

«Tu... cucini?».

Anna fece di sì con la testa.

«Allora mi scuso nuovamente».

«E per cosa?»

«Per averti portata qui. Per averti imposto questa cena squallida».

«In realtà è stata piuttosto interessante. Sono sempre interessata a fare ricerche in ogni campo».

«Sai, la cosa peggiore di questo posto è che le tende fanno a pugni coi tappeti e i fiori sembrano forniti da una società di pompe funebri. E non farmi parlare dello staff». Wil fece una perfetta imitazione degli sciatti camerieri.

Anna ridacchiò. «Be', se questo posso fosse mio...».

Lui si chinò in avanti con un sorriso malizioso. «Oh, sì, dimmi tutto».

«Per prima cosa licenzierei tutti, ovviamente».

«Ovviamente».

«Poi butterei i tappeti nel fiume».

«Splendida idea. Io farei un falò».

«O forse potremmo lasciarlo andare in rovina come Siegel e sollevare tutti i pavimenti in cerca di anelli perduti».

Wil riappoggiò la tazza di caffè sul piattino. «Ho fatto in modo che un gruppo di operai venga a Siegel domattina. Dirò che c'è un problema col pavimento, sarà una scusa sufficiente. Rimuoveranno il linoleum, poi li manderò via».

«Appena avremo appurato che il pavimento non ha nessun problema», disse Anna.

«Esatto», rispose lui.

Anna lo ringraziò.

Quando arrivò il cameriere col conto, Wil ebbe una breve conversazione in tedesco con lui. Il ragazzo annuì, e tornò poco dopo con un uomo più anziano. Wil lo presentò ad Anna, poi si scusò con lei e tornò a parlare in tedesco.

L'uomo diede una pacca sulla spalla di Wil, poi lasciò il tavolo. Wil si chinò verso Anna. «Siamo fortunati», sussurrò. «Vieni».

Mentre salivano al piano di sopra, Anna non fece commenti sulle ringhiere moderne di ferro, né sul tappeto blu decorato con stemmi dorati molto pacchiani, né sui volgari candelabri di ottone.

Wil si fermò davanti alla prima stanza e la aprì con una chiave che Anna non aveva mai notato prima di allora. Tenne la porta aperta.

La stanza doveva essere stata splendida un tempo, ma ora era opprimente e pretenziosa: fiori finti, un tavolino impiallacciato, un orrenda scrivania e un letto da hotel fuori misura.

Wil sfilò una busta dalla tasca della giacca e la porse ad Anna. Lei la aprì senza parlare, infilando le dita sotto il sigillo. Dentro c'era una vecchia fotografia.

La stanza era appartenuta a una donna.

Nella foto, vicino alla finestra c'era un cavalletto sporco di pittura con un quadro incompleto: sulla tela si vedeva un albero con un'altalena appesa a un ramo. Accanto al cavalletto, una *chaise-longue* con un *negligé* appoggiato sopra, quasi ad arte.

Sullo sfondo si vedeva un letto a baldacchino coperto alla rinfusa di cuscini. Sul pavimento, coperto da un delicato tappeto molto diverso da quello che avevano sotto i piedi, erano sparse diverse paia di scarpe.

Anna guardò Wil. Non c'era bisogno di parlare, la domanda era già nei suoi occhi e lui la capì al volo.

«Era la stanza di mia nonna», disse. I suoi occhi rimasero agganciati per qualche secondo a quelli di Anna, poi si ritrassero.

«Dopo la caduta del muro, avremmo avuto la possibilità di ricomprare lo Schloss».

«Sì».

«Mio nonno conosceva bene tuo nonno, Max. Erano cresciuti insieme ed erano buoni amici. Mio nonno divenne un famoso chirurgo a Berlino e sapeva che Max aveva fatto fortuna in America. Il nonno aveva bisogno di qualcuno che lo aiutasse, qualcuno che avesse a cuore la campagna, la gente di qui e i vecchi palazzi, qualcuno che sapesse come stavano le cose e volesse rimediare. Max avrebbe potuto investire fondi, dare nuova vita a entrambi i villaggi e riportare entrambi i palazzi allo splendore di un tempo. Anche senza occuparsene personalmente, tuo nonno avrebbe potuto decidere di vendere lo Schloss a un'altra famiglia. Invece, purtroppo, Max non volle saperne nulla. Non aveva intenzione di ricordare la Germania per nessun motivo».

Wil fece una pausa. «Ecco perché ti voglio aiutare, Anna. A volte hai bisogno di qualcuno che ci tenga, che abbia la tua stessa passione, che voglia fare la cosa giusta. Qualcuno che abbia i valori di una volta. Mio nonno si sentì tradito dal tuo, non solo per aver perso la sua casa d'infanzia, ma anche perché credeva di sapere chi fosse Max. Credeva che fosse un amico sincero».

«Ma tuo nonno non poteva cercare altri investitori?»

«L'azienda che comprò Siegel faceva offerte molto aggressive al governo, proprio come la catena di alberghi che ha comprato Schloss Beringer. Mio nonno non aveva il tempo dalla sua, né tantomeno il denaro necessario».

Anna trattenne il fiato.

«Max era l'erede legittimo di Siegel», continuò Wil. «Mio nonno e la gente del villaggio non hanno mai accettato il fatto che per lui non significasse più nulla».

Anna guardò fuori dalla finestra. Perché Max aveva voltato le spalle al passato, alla Germania, a tutto ciò che amava? Avrebbe mai saputo la verità?

«Forse invece significava molto per lui», mormorò. «Così tanto che non riusciva nemmeno parlarne».

«Non penso proprio».

«Cosa vuol dire?»

«A te cosa sembra che voglia dire?»

«Per favore, non giochiamo agli indovinelli».

«Non sto giocando».

Anna si voltò. «Non credi che forse avesse le sue ragioni? Ragioni che magari noi non conosciamo?»

Scese il silenzio.

«Se Max si fosse preso il disturbo di venire, anche solo una volta, se avesse parlato con mio nonno e spiegato le sue ragioni... forse avremmo potuto credere che gliene importasse qualcosa. Invece mio nonno ha passato i suoi ultimi anni lottando da solo contro tutto questo...», agitò una mano indicando la stanza. «E poi fu sconfitto. Gli si spezzò il cuore».

Anna respirò a fondo. «Capisco. E mi dispiace molto per tuo nonno e per quello che ha dovuto affrontare. Ma conosco mio nonno: doveva avere le sue ragioni». La voce le si spezzò.

«Bene, spero per lui che fossero valide».

Anna sentì un nodo allo stomaco. Max evitava testardamente di parlare del passato, ma con lei era sempre stato leale, l'unica persona che le fosse mai stata accanto. Non sembrava da lui ignorare un vecchio amico in difficoltà. Doveva esserci di più dietro quella storia, ma come poteva scoprire la verità?

«Volevo solo farti capire, tutto qui», disse Wil. Aprì la porta per farla uscire.

Lei lo superò a braccia conserte. «Ti sono molto grata per l'aiuto».

Poi gli restituì la foto. Lui la riprese in silenzio e lasciò che Anna lo precedesse verso le scale.

* * *

Nella tarda mattinata del giorno successivo, Anna si trovava in piedi sulle assi scoperte del pavimento della stanza di Max. Quando Wil rientrò, dopo aver accompagnato fuori gli operai, la trovò intenta a scandagliare il pavimento in cerca delle tracce di un nascondiglio segreto. Wil si appoggiò un attimo alla porta.

«Come sta oggi tuo nonno?».

Anna pulì le mani impolverate sui vecchi jeans che indossava, insieme a un maglione nero a collo alto.

«Credo che l'operazione sia andata bene», rispose. «Quando gli ho parlato era leggermente intontito dagli anestetici, ma non si è lamentato».

Wil rifletté un momento, inclinando la testa di lato. «Non sembra un uomo egoista. Non pretende che tu gli stia vicino».

«Assolutamente no», rise Anna. «Ci hai preso in pieno.

Ecco perché...». Si fermò. Non aveva senso imbarcarsi in un'altra analisi del suo carattere.

«Allora, da dove iniziamo?», chiese lui.

Anna osservò le assi irregolari, aggrottando la fronte. «In realtà non ne ho la minima idea».

Schloss Siegel, Natale 1934

Alla vigilia di Natale, il palazzo si svegliò presto. Isabelle si sentiva in colpa pensando alla levataccia dei camerieri. Quando scese a fare colazione fu accolta da uno dei quadri più adorabili che avesse mai visto: sul gigantesco tavolo di mogano era stato allestito un intero villaggio di pan di zenzero, punteggiato di caramelle colorate. I bei vassoi d'argento con le portate erano decorati da corone di edera e agrifoglio.

La notte precedente Isabelle aveva faticato a prendere sonno, tormentata dai pensieri sulla situazione politica tedesca, Max e i nazisti. Lui credeva davvero all'ideologia di Hitler? O voleva solo fare il suo dovere per la patria? E lei cosa avrebbe fatto se lui avesse dovuto diventare uno di loro, in tutti i sensi?

Isabelle andò verso i vassoi sul tavolo. Le porcellane natalizie erano decorate con insoliti motivi rossi e verdi, intrecci di fiori e nastri danzanti. La ragazza urtò con la spalla Hans, il valletto di Max. Lui si scusò in tedesco e la fece passare, ma Isabelle insistette nel lasciargli la precedenza. Il valletto obbedì, con gli occhi fissi sul pavimento.

Era una delle rare ricorrenze in cui alla servitù erano consentiti privilegi speciali. I camerieri chiacchieravano informalmente con la famiglia e gli altri ospiti, e tutti avevano ricevuto un regalo insieme a una scatola di biscotti speziati e cioccolatini. L'atmosfera era rilassata, come se la formalità abituale fosse stata accantonata del tutto, anche solo per poche ore.

«Devi assaggiare uno di questi». Max raggiunse Isabelle con un vassoio di cioccolatini, squisitamente modellati a forma di piccole ghirlande natalizie, calze dell'epifania oppure regali in miniatura, con tanto di minuscolo fiocco. Isabelle prese uno di questi ultimi, osservandolo con attenzione.

«Non è un po' troppo per colazione?», chiese sorridendo.

«Niente affatto», disse Virginia, avvolta in un aderente abito di seta verde. «Il cioccolato non è mai troppo».

Isabelle ridacchiò e assaggiò la prelibatezza, poi prese per mano Max e lo tirò verso le porte che si aprivano sulla piccola sala da pranzo.

«Sai, credo che questo sia il pezzo che preferisco in tutta la casa», disse, indicando un piccolo trittico su un mobiletto. I pannelli illustravano la storia della Natività, illuminati da un'unica candela.

«Aspetta di vedere la chiesa domani», rispose Max. Si chinò a darle un bacio sulla guancia e le accarezzò il viso col dorso della mano.

Nel pomeriggio tutti indossarono i vestiti della festa, pellicce e guanti, cappelli e sciarpe per proteggersi dal gelo. La strada era stata liberata dalla neve perché la famiglia potesse raggiungere la chiesa del villaggio a piedi. La mano guantata di Isabelle era stretta in quella calda di Max. Accanto a loro, Virginia chiacchierava vivacemente coi gemelli. Le loro voci risuonavano nell'aria gelida e silenziosa.

«I miei sono così felici di averti conosciuta», disse Max sottovoce, per non essere sentito dagli altri che chiacchieravano.

Isabelle si sentì attraversare da un fiotto di calore, nonostante la neve e il gelo. Posò la testa sulla spalla di lui e si accorse che stavano sorridendo all'unisono.

La piazza di Siegel era piena di gente. Era già buio, erano quasi le quattro, e quindi parecchie persone avevano acceso le lanterne. Gli abitanti del villaggio strinsero la mano di Max. quando li presentò a Isabelle, la ragazza capì che il loro affetto era sincero, anche se parlavano tutti in tedesco, lingua di cui non conosceva neanche una parola.

Max tenne Isabelle per mano fino alla fine della messa. La ragazza dovette sforzarsi per non distrarsi a guardare la chiesa, invasa dalla luce. C'erano alberi di Natale prelevati il giorno stesso dalla foresta. L'aria profumava di pino e le fiamme delle candele danzavano. Il Vangelo fu letto dai bambini del villaggio, in piedi di fronte a un presepe di legno.

Isabelle era rilassata. Tutto sembrava essere perfetto. In quel paradiso di campagna era impossibile immaginare la disoccupazione, la disperazione del popolo e il bisogno di rivolgersi a un uomo come Hitler per avere una guida forte. In quel momento non esisteva nulla di tutto ciò. La nuova Germania non aveva niente a che vedere con quegli orgogliosi contadini e le loro antiche tradizioni. Isabelle voleva dimenticare quelle angosce, almeno per un giorno.

Dopo la messa e dopo qualche discorso di circostanza coi contadini, la famiglia tornò verso lo Schloss. «Questo è il periodo migliore dell'anno», le rivelò Max. «Quando ero bambino mi sembrava magico».

Le finestre del palazzo brillavano nel buio e il portico era illuminato. Il portone era spalancato, mentre la servitù li aspettava schierata nell'atrio.

«Guarda», disse Max. Seguì il padre con gli occhi mentre si avviava verso le doppie porte del salone. Erano chiuse e nell'atrio tutti fecero silenzio.

Herr Albrecht tenne un breve discorso in tedesco. Isabelle guardò Max e lui le sorrise, socchiudendo gli occhi nel modo che lei adorava.

Poi ci fu una breve pausa prima che qualcuno suonasse una campanella oltre le porte del salone. Il suono tintinnò come un delizioso preludio alla nuova magia che avrebbe concluso la giornata. Tutti tacevano. Quando il suono finì, il padre di Max si girò e spalancò i battenti. Per un secondo nessuno disse nulla, poi l'atrio si riempì di esclamazioni deliziate e gli ospiti entrarono nella splendida sala da pranzo.

Un meraviglioso albero di Natale scintillava davanti a loro. Elsa, la madre di Max aveva passato il pomeriggio con Nadja a decorare il magnifico abete alto quasi come il soffitto. Dai rami pendevano cascate d'argento che scintillavano alla luce delle candele. Piccoli angeli danzavano tra palline d'oro, d'argento, rosse e blu e le loro ali sembravano frullare davvero. In cima torreggiava una stella cometa.

La madre di Max si sedette al piano. Nella stanza scese il silenzio mentre Elsa attaccava *Stille Nacht*, poi tutti iniziarono a cantare in coro.

Alla fine i lampadari furono accesi. Il grande tavolo ai piedi dell'albero traboccava di regali, tra cui anche due biciclette nuove fiammanti, una slitta lucida e un paio di sci.

Isabelle non aveva mai passato una serata così perfetta in tutta la sua vita, né tantomeno un Natale così bello. Poi gli uomini si ritirano a fumare, così Isabelle si ritrovò seduta accanto a Nadja nel salottino. La ragazza guardava l'albero con la fronte aggrottata.

Nadja non era tipo da sedersi con qualcuno senza uno scopo preciso. Nei giorni precedenti avevano mantenuto una fragile tregua: per quanto risentita, Nadja sembrava aver accettato la presenza di Isabelle. Non avevano scambiato molte parole, ma la sera prima a cena Nadja aveva sorriso a un commento di Isabelle a proposito di Max. Era stato meglio di niente, Isabelle aveva sorriso di nuovo e Nadja non si era accigliata.

«Sai» mormorò Nadja, «non riesco proprio a capire Max».

«Scusami?»

«Non riesco. Se Max intende sostenere Hitler, perché non inizia a farlo e basta?»

«Di sicuro non è così semplice», mormorò Isabelle.

Nadja si sollevò un po'. «Invece lo è».

«Ma...». Le cose erano davvero bianche o nere?

«Mio fratello ha paura», insistette Nadja.

«Credo che voglia solo informarsi meglio». Isabelle scelse con cura le parole.

Nadja la guardò con un'espressione strana. «Forse. Ma paure e dubbi non sono i compagni migliori quando si devono affrontare cambiamenti inevitabili. Bisogna andare avanti a testa alta. Max deve schierarsi in modo chiaro».

Forse, nel caso del nazionalsocialismo, un po' di dubbio poteva essere saggio. «Di sicuro esiste qualche eccezione alla tua regola».

«Anche tu condividi queste posizioni riguardo a Max? Ti stai tirando indietro, Isabelle? Hai paura?», chiese lei con voce mortalmente calma.

«Non è la stessa cosa», mormorò Isabella. Era turbata, come se la sorella di Max le avesse letto nel pensiero. Di nuovo. Ma stavolta avrebbe tenuto duro.

«Io credo… spero...». Perse il filo del discorso. Cosa stava dicendo? Doveva essere molto prudente. «Sono certa che Max farà la cosa giusta per il suo paese», disse alla fine. Troppo vaga, non era certo quello che aveva in mente. All'improvviso Isabelle comprese l'enormità del problema che la Germania stava affrontando.

«Non sei molto chiara neanche tu», disse Nadja, in tono schiettamente pratico.

Isabelle la vide per la prima volta con occhi nuovi. Forse sotto la superficie fredda e cinica, la sorella di Max provava passioni reali. Isabelle rifletté prima di parlare.

«So che Max vuole migliorare le cose, Nadja. So che odia vedere le sofferenze della sua gente e so quanto desideri la prosperità di questo paese. Ma di certo anche tu capirai che è importante sapere *come* si raggiungono certi obiettivi. In modi che non fanno male a nessuno».

«A volte i sacrifici sono necessari», replicò Nadja con rabbia.

Quindi Isabelle aveva ragione su di lei: mentre Max rifletteva a fondo sulle sue decisioni la sorella vedeva il mondo in bianco e nero.

«Tu non credi che certe azioni siano deprecabili in qualunque circostanza?», Isabelle sussurrò. Anche fossero state sole nella stanza, Nadja avrebbe dovuto sforzarsi per ascoltare.

Eppure la sentì perfettamente. «Tu non potresti mai capire», obiettò. «Non sei tedesca».

Isabelle respirò a fondo. «Su questo hai ragione», rispose. «Tuttavia amo tuo fratello».

Nadja sussultò. «Allora faresti bene a consigliargli di essere prudente», disse con voce gelida. «Se dovesse succedergli qualcosa, sarebbe la rovina per la famiglia e il villaggio».

La stanza era troppo calda. Isabelle aveva i capogiri.

Virginia era seduta vicino all'albero e chiacchierava allegramente con altri ospiti. Isabelle sfiorò il braccio di Nadja e le disse che aveva bisogno di una bevanda fresca, poi attraversò il salone per raggiungere l'amica.

Virginia notò immediatamente il suo pallore e si alzò. «Sei stanca, tesoro?»

«Penso che andrò a stendermi un momento», balbettò Isabelle.

Doveva tentare di dormire.

Ma quando posò il piede sul primo gradino, gli uomini uscirono dal *fumoir*, Max per primo.

«Isabelle?», la chiamò. «Mia cara?». La sua voce si perse nella nebbia. Isabelle si lasciò trascinare da Virginia.

«È solo un po' stanca», spiegò l'americana. Il suo inglese dal forte accento suonava pratico e rassicurante. «Abbiamo avuto una giornata splendida. Grazie a tutti».

«Vai a riposarti», disse Max a Isabelle, con quel tono caldo e intimo che lei adorava.

«Un passo alla volta, piccola». Stavolta fu Virginia a parlare. «Nessuno di noi sa cosa sta per succedere e, purtroppo, nessuno di noi può farci nulla».

Isabelle seguì l'amica nel corridoio riscaldato fino alla sua stanza. Si era sforzata con tutta se stessa di dimenticare la brutale realtà del mondo, eppure il mondo aveva trovato il modo di fare irruzione nel momento meno opportuno. Non riusciva a non chiedersi quante persone in Germania ne sarebbero state distrutte.

Capitolo nove

Schloss Siegel, 2010

Anna aveva due possibilità, nessuna delle quali la convinceva. La prima era chiamare Max e chiedergli se ricordava la posizione esatta dell'anello. La seconda era scalzare tutte le travi del pavimento della stanza. Di certo non poteva telefonare a suo nonno, perché in quel momento stava dormendo. Anna si maledisse per la milionesima volta per non essere riuscita a estorcergli maggiori dettagli sul nascondiglio dell'anello. E per l'opzione due… la casa non era sua e non poteva distruggerla. Per sollevare il pavimento ci sarebbero volute ore di lavoro. Lei non ne sarebbe stata in grado e molto probabilmente neanche Wil.

Gli operai avevano tolto il linoleum, ispezionato il pavimento e informato Wil e Anna che non c'era nessun problema. Ora che se n'erano andati, Wil stava frugando in uno scatolone di cartone che aveva portato con sé.

«Okay, Anna», annunciò, «è ora di fare le cose per bene».

Anna lo guardò. «Davvero?», chiese senza riuscire a reprimere il sorriso. Era molto divertente osservare l'espressione perplessa di Wil mentre studiava gli attrezzi uno per uno. Anna si morse un labbro per non ridere.

«Li ho chiesti in prestito a un amico», spiegò lui.

«Ingegnoso».

Wil prese dei guanti protettivi, una mazza e una scatoletta nera.
«È uno scanner», spiegò, impressionato.
«Cosa dobbiamo scannerizzare?»
«Lo passiamo sul pavimento e localizziamo tubi e fili elettrici, naturalmente». Sogghignò.
«Certo. Domanda stupida».
Lui brandì la mazza. «Poi usiamo questa».
«Senz'altro».
«E il piede di porco», aggiunse Wil, prendendone uno dallo scatolone.
«Be', mi sembra che tu sappia il fatto tuo». Le labbra di Anna fremettero.
Lui la fissò. «Non sono del tutto incompetente».
Lei rise. «Ma certo che no, uomo di fatica. Da dove iniziamo?»
«Io posso essere il braccio, Anna. La mente devi mettercela tu».
Ma Anna non aveva idee. Osservò le assi, totalmente prive di segni particolari.
«Bene», disse alla fine. «Mi sembra evidente che Max non abbia segato in due una trave, quindi deve aver nascosto l'anello nel punto più facilmente raggiungibile».
«Brillante», esclamò Wil. «Ecco perché ti ho portata». Si appoggiò al davanzale, incorniciato dai bizzarri ritagli di giornale che tappavano i vetri. La lama di luce faceva risaltare i suoi bei lineamenti.
«Quindi», proseguì Anna, cercando di ignorare la sua posa. Wil non era lì solo per ammaliarla e divertirla, no? Dovevano lavorare. Si mise a camminare con gli occhi fissi a terra. «Dovremmo iniziare dalle assi più corte. Vedi», disse, fermandosi in mezzo alla stanza. «Certe sono lunghe la metà delle altre. Max potrebbe aver scelto una di quelle».

«Sì, e poi al centro doveva esserci un tappeto. Iniziamo dai lati della stanza».

Wil fece passare lo scanner sull'asse corta più vicina a lui. L'apparecchio non emise alcun suono.

«Bene, penso che si possa procedere. Anche se è un vero peccato schiodare questo bel parquet», disse Anna. «Un'ultima cosa».

Wil si fermò, col piede di porco già infilato nella fessura. «Solo una?», chiese, con un'occhiata maliziosa.

Lei raggiunse la finestra. Cosa sarebbe successo se avessero trovato l'anello? Magari Max sarebbe stato soddisfatto, ma i problemi del villaggio sarebbero rimasti esattamente come prima. Non riusciva a rassegnarsi al declino del palazzo. Ma cosa poteva fare?

«Dimmi», insistette lui.

«Forse è il fatto che Max sia in ospedale. Rende tutto più difficile», disse Anna tra sé e sé. «Inizia pure, scusa se ti ho fermato».

«No, dimmelo, avanti».

Lei scosse la testa.

«Cosa c'è?».

Anna osservò il giardino abbandonato. «È tutto così sbagliato. Lo Schloss non può restare così per sempre. Presto non sarà solo un posto abbandonato, sarà...».

«Una rovina», disse lui sottovoce.

Lei annuì. «Non è ancora troppo tardi per salvarlo, ma tra qualche anno lo sarà. E tra qualche anno mio nonno non ci sarà più, quindi...».

«Va bene». Wil posò il piede di porco. «Primo: so che è doloroso, ma ti consiglio di non sprecare altro tempo a cercare di salvare il passato, perché non c'è niente da fare. Mio nonno ha già tentato tutto il possibile e ha fallito. Ne è rimasto distrutto, e non voglio che accada la stessa cosa anche a te».

Anna sospirò. «Non credo che riuscirò a sopportarlo».

«Anna», disse Wil. «Perché non cerchiamo questo anello e basta? Se vuoi più tardi parleremo dello Schloss, ma... devi essere realistica».

Anna si strinse le braccia intorno al corpo. Cosa poteva rispondere? Realistica era il suo secondo nome. Cosa le era preso? Lei accettava le cose come stavano, niente di più, poi continuava a fare il suo lavoro. Come mai ora era così agitata? Non era certo quello il primo colpo doloroso che la vita le infliggeva.

«Non lo so», balbettò. «Mi sono solo lasciata prendere troppo».

Wil la guardò poi abbassò gli occhi sul pavimento. Fece leva col piede di porco e l'asse si sollevò facilmente. Anna si avvicinò e si chinò a guardare la polvere sotto il pavimento. Allora accadde qualcosa di strano: per qualche motivo un altro pensiero, un'altra sensazione ancora più forte la colpì.

Quella era stata la stanza di Max.

Quanti segreti, quanti ricordi giacevano lì sotto nella polvere? Quante volte negli ultimi settant'anni Max aveva chiuso gli occhi sognando quella stessa stanza? Non sarebbe più tornato, non l'avrebbe più rivista. Aveva perso l'ultima occasione. La vita che aveva vissuto era stata ben diversa da quella che aveva immaginato. Eppure aveva scelto di non tornare. Era stato lui a decidere. Perché? Quali erano davvero i suoi rimpianti?

Com'era scomparsa in fretta la sua vita di un tempo. Eppure lo Schloss era ancora lì, scolpito nella storia, testimone silenzioso degli eventi. Quale ragione poteva esserci per costringere Max a voltare le spalle a tutto e a tutti? Cos'era accaduto realmente, e perché?

«Stai bene?»

«Certo», rispose Anna, tornando a concentrarsi sulla stanza.

«Credo che dovremmo andare avanti». Wil scelse un'altra asse e iniziò a passare lo scanner sul pavimento.

Dopo aver ripetuto la stessa operazione parecchie volte, Wil si arrese e si sedette sui talloni, aspettando che lei gli dicesse cosa fare. Di una cosa Anna era sicura: non voleva andarsene senza quell'anello. Eppure non voleva nemmeno sprecare il tempo prezioso di Wil.

«Non posso rubarti tutto il giorno», disse. La voce le uscì più bassa del previsto e sembrò aleggiare per un momento nello spazio vuoto. Il silenzio, l'immobilità... quel palazzo sembrava risucchiare ogni cosa. Il passato e i sentimenti di chi un tempo era stato lì lo infestavano come fantasmi. Era per via della foresta che lo circondava? Era per via dell'abbandono che si sentiva qualcosa di strano sfrigolare nell'aria?

Anna sapeva che il vecchio palazzo era in attesa e aveva l'inquietante sensazione che aspettasse proprio lei.

«Non preoccuparti del tempo», disse Wil scuotendo la testa. «Andiamo avanti».

Lei annuì. «Va bene. Ti ringrazio».

«Di niente, sono nel mio elemento». Wil sorrise, riprese lo scanner e ben presto furono a metà della stanza. Avevano creato un metodo: lui sollevava un'asse e lei controllava sotto, cercando possibili nascondigli.

Il tempo volò. Il sole sembrò essersi spostato all'improvviso, e loro se ne resero conto solo quando le ombre si allungarono sul pavimento. Anna ormai era così coinvolta e concentrata da aver dimenticato tutto il resto. Per fortuna anche Wil sembrava altrettanto determinato. Non si era lamentato del tempo perso e non aveva sottolineato il fatto che o l'anello era nascosto così bene che non l'avrebbero mai ritrovato o qualcuno l'aveva già trovato e portato via.

Solo alle quattro del pomeriggio lui si fermò e si sedette sul pavimento. «Anna...», mormorò.

Lei era china sull'ultima asse rimossa. Era stata sul punto di rimetterla a posto, quando le era sembrato di vedere qualcosa. Aveva iniziato a scavare nella sporcizia. Aveva sperato di sentire qualcosa sotto le dita, magari una scatolina, ma di nuovo si era ritrovata stringere solo polvere.

Alzò gli occhi su Wil quando sentì la sua voce, poi lo raggiunse senza parlare.

«Guarda tu stessa», disse, spostandosi in modo che lei potesse guardare nell'ultimo punto scoperto.

Era lì. La scatolina di velluto che un tempo doveva essere stata blu scuro, ormai scolorita e sudicia per il tempo passato. La stoffa era lacerata e lasciava scoperto il legno sbiadito ma ancora solido.

Anna allungò le dita. La sua mano era ferma, ma il resto del corpo tremava per un'emozione che non riguardava lei, ma suo nonno Max e la donna che aveva amato.

Schloss Siegel, Natale 1934

La mattina di Santo Stefano Max e Isabelle si stavano servendo da soli la colazione dai vassoi d'argento.

«Che programmi hai per oggi?», le chiese lui.

«Oggi? Be', penso di essere libera», rispose lei allegramente.

«Cos'è successo ieri sera?».

Max era così vicino che Isabelle avrebbe potuto posargli la testa sulla spalla. Non poteva dirgli la verità sulla fastidiosa conversazione avuta con Nadja. «Troppe emozioni, temo», mentì.

Lui rimase in silenzio. Isabelle capì che non ci era cascato, ma poi lui cambiò argomento. «Mi sono reso conto di essere stato troppo preso dai miei problemi in questi giorni. Mi dispiace».

«Oh, non essere sciocco», rise Isabelle. «Qui sono veramente felice».

«Vorrei portarti a fare un giro in slitta stamattina. Solo tu e io. Ti andrebbe?».

Isabelle si sentì come se lui le avesse proposto di volare in Costa Azzurra per un cocktail. «Sì, mi andrebbe», disse, senza nascondere il sorriso.

Un'ora più tardi, dopo che la cameriera la ebbe aiutata a indossare le "zampe di elefante", Isabelle si aggrappò al braccio di Max e scese i gradini dell'ingresso per raggiungere la slitta che li aspettava. Fuori c'era silenzio e il sole era così limpido da far scintillare la neve del giardino.

Quando Isabelle fu a bordo, avvolta negli strati di coperte e guanti caldi, al sicuro accanto a Max, si sentì tranquilla come non le capitava da giorni. Il bianco paesaggio gelato non era solo silenzioso, ma anche confortante.

Max le fece fare un giro del parco, intorno al lago ghiacciato con la barchetta ormeggiata al molo, oltre l'*orangerie* fino alla foresta, lungo il sentiero che d'estate Max percorreva a piedi o a cavallo.

In quel bosco non era difficile immaginare fate ed elfi che facevano capolino tra gli alberi.

Max rise quando Isabelle glielo disse. «Sei davvero spassosa».

«Di sicuro non sono la prima persona a pensare una cosa del genere».

«No, hai ragione». Fermò la slitta in una radura. «Voglio mostrarti una cosa», disse. Le offrì il braccio per aiutarla a scendere e fecero qualche passo verso la foresta.

Inoltrandosi tra gli alberi, Isabelle vide qualcosa che dal sentiero non si notava: una graziosa e minuscola casetta che sbucava fuori dalla neve, con una torretta rotonda e appuntita e una porticina curva col battente nero e lucido.

«Oh, non posso crederci», esclamò Isabelle toccando le pietre chiare della costruzione con la mano guantata. «Adesso siamo davvero in una fiaba dei fratelli Grimm».

«La costruì mio nonno», spiegò Max. «Per mia nonna, che amava follemente. Lei era inglese. Si erano incontrati a Parigi».

«Oh», mormorò Isabelle, guardandolo negli occhi.

«La portò qui l'estate seguente», continuò Max accarezzandole la guancia morbida. «E le chiese di sposarlo, subito, senza ulteriori indugi».

E senza Hitler, pensò Isabelle. Poi si sforzò di cancellare quel pensiero come se non fosse reale. Non voleva che lo fosse. Voleva che Hitler fosse un brutto sogno e il suo amore per Max la realtà.

Max si chinò a baciarla, così teneramente che Isabelle pensò che sarebbe morta se lui si fosse fermato.

«Ora dobbiamo rientrare», disse Max dopo qualche attimo, senza rompere l'incantesimo.

Isabelle aveva ancora il delizioso viaggio di ritorno con lui sulla slitta. La giornata non era finita e neanche la settimana.

«La cuoca avrà già suonato il gong del pranzo», disse Max, calzandole meglio il cappello di pelliccia per coprirle le orecchie. «Si offende a morte se qualcuno fa tardi», aggiunse.

«Mi sembra giusto». Isabelle sorrise. «Non facciamola aspettare».

«In realtà vorrei poterlo fare», mormorò lui, ma poi le prese la mano per aiutarla a risalire sulla slitta. «Vorrei che avessimo più tempo per stare insieme», aggiunse.

«Be', per qualche giorno ancora nessuno di noi andrà da nessuna parte», ribatté Isabelle accomodandosi sul sedile.

Mentre si sedeva sulla slitta, sul viso di Max passò l'ombra contorta di un grosso ramo. Poi però l'ombra scomparve e per tutto il viaggio di ritorno lungo un vecchio sentiero che si snodava nella foresta silenziosa, tra alberi immobili e ghiaccio, tornò la luce.

* * *

Due giorni dopo Isabelle scese dall'auto di Max, a Berlino. Nella sua vita a Parigi la ragazza era stata invitata a più balli di quanti potesse ricordare, eppure si era sempre sentita un'estranea. Nessuna di quelle feste era stata memorabile. Invece quella sera, nel lussuoso Hotel Adlon, la scena era ben diversa. Isabelle si sentiva ancora più elettrizzata perchè era con Max, che le aveva detto che l'Adlon era uno degli alberghi più famosi d'Europa.

Indossava un vestito di seta chiara, aderente sul corpetto e lungo fino ai piedi. Quando sfilò la pelliccia, Max le posò una mano sulla schiena. Non si era mai sentita così viva prima di allora.

Gli invitati erano dignitari e giornalisti stranieri, che chiacchieravano e camminavano in un salone grandioso pieno di fiori e dorature. Tutti sembravano perfettamente a loro agio e incredibilmente sofisticati. Per la prima volta Isabelle capì come doveva essersi sentita sua nonna la prima volta che era stata ammessa nell'alta società di Parigi: tollerata, ma non riconosciuta del tutto.

Max partecipava come rappresentante della sua famiglia. Otto Albrecht era stato invitato in quanto maggior possidente di Prussia, ma aveva ceduto il posto al figlio.

Più tardi, durante la festa, Max si ritrovò coinvolto in una discussione con un giornalista americano molto interessato alle sue opinioni sul futuro della famiglia Albrecht in un paese governato da Hitler. Max teneva la mano di Isabelle mentre lei chiacchierava in francese con l'uomo alla sua sinistra, un affascinate corrispondente svizzero. Prima di sedersi a cena al tavolo da duecento posti, la ragazza aveva ballato con lui.

Eppure, poco tempo dopo, il cuore di Isabelle sprofondò fino alle scarpette di satin rosa. Solo quando vide Max parlare con un uomo in divisa iniziò a intuire cosa stava per succedere. Lui sembrava molto interessato alle parole del nazista. Isabelle cercò di incontrare il suo sguardo, ma Max distolse gli occhi in fretta. Alla fine i due uomini si strinsero la mano e Max disse si sarebbe arruolato il mattino dopo.

All'improvviso Isabelle sentì freddo ed ebbe voglia di tornare a casa.

* * *

Il mattino seguente la servitù si schierò nel vialetto per salutare il padroncino in partenza. Isabelle avrebbe voluto stringerlo disperatamente tra le braccia, ma non poteva mostrare le sue emozioni davanti a tutti. Trattenne le lacrime con tutte le sue forze.

Mentre tornavano a casa in macchina, nelle prime ore del mattino dopo la festa, Max le aveva rivelato che Hitler intendeva riportare il servizio militare obbligatorio. Si vociferava già di un esercito di coscritti, quindi molto probabilmente sarebbe stato chiamato alle armi in ogni caso.

Max aveva parlato con i suoi genitori. Loro gli avevano ricordato che era suo dovere arruolarsi subito, che sapevano che Max non li avrebbe delusi e che non avrebbe mancato di fare la cosa giusta per il futuro della Germania, della famiglia, del villaggio, della loro prosperità e del loro stile di vita. Soprattutto lo avevano convinto che il paese doveva essere protetto. Max avrebbe fatto ciò che avevano fatto molte generazioni di antenati prima di lui, incluso il padre che aveva combattuto nell'ultima guerra.

In quel momento, mentre il figlio partiva, il grande proprietario terriero Otto Albrecht rimase in silenzio. Elsa invece posò la mano sulla spalla di Max, si alzò in punta di piedi e lo baciò sulla guancia giovane e morbida.

Quando arrivò il momento di salutare formalmente Isabelle, Max non si dilungò. L'aveva già fermata sulle scale dopo colazione e in quel momento si erano abbracciati. Isabelle aveva passato una notte insonne, eppure quando si era guardata allo specchio dopo aver salutato Max, i suoi occhi erano spalancati e terribilmente svegli.

Max si chinò a baciarla sulla guancia. La ragazza aspirò il profumo familiare del suo dopobarba, lo tenne vicino a sé ancora per un attimo e chiuse gli occhi.

«Spero di rivederti presto, mia cara», le disse lui.

Per l'ultima volta Isabelle gli prese la mano e gli accarezzò il palmo tiepido con le punte delle dita. Annuì. Non trovava le parole giuste. Perché era così difficile separarsi da lui? Non c'era una risposta sensata a quella domanda. Non sapeva perché lo amasse, né che cosa sarebbe successo in seguito, né se l'avrebbe rivisto ancora.

Berlino, 2010

Wil accostò davanti all'hotel di Anna. Il viaggio di ritorno da Siegel era stato rapido. Anna stringeva il minuscolo cofanetto al sicuro tra le sue dita. Wil si era sforzato di parlare del più e del meno ma le cose non dette pendevano su di loro come la lampadina fulminata nell'ingresso principale di Schloss Siegel. Se si fosse accesa avrebbe illuminato molti dettagli: le crepe nella loro conversazione, la polvere mai rimossa, tutte le cose sospese che restavano tali ogni volta che si incontravano.

I turisti entravano e uscivano dalle porte scorrevoli di vetro con le loro cartine spiegate in mano.

«Dunque hai trovato ciò che stavi cercando», disse Wil, abbassando la voce mentre spegneva il motore della macchina. Fece una breve pausa. «Anna, so che vorresti parlare dello Schloss, ma ti suggerisco di lasciar perdere. Torna alla tua vita e dimentica il passato».

«Non posso farlo». Non avrebbe mai immaginato di prendere tanto a cuore le sorti di un vecchio palazzo. Di solito non era affatto sentimentale, anzi le persone la accusavano di essere troppo pratica. Ma se si fosse limitata a tornare, restituire l'anello a Max e andare avanti avrebbe solo mentito a se stessa su quello che davvero desiderava.

Wil sembrava sorridere con gli occhi. «Torna da tuo nonno. Hai una vita vera a San Francisco, non gettare tutto alle ortiche per inseguire fantasmi. Non puoi cambiare nulla qui in Germania».

Anna rigirò il portagioie sbiadito tra le dita. Schiacciò il bottoncino argentato della chiusura e sollevò il coperchio per guardare l'anello adagiato sulla seta sfibrata.

Stranamente, l'anello era ancora in condizioni quasi perfette. Ovviamente si era ossidato col tempo, ma settant'anni di buio non ne avevano guastato la bellezza intrinseca. Era il simbolo di un sogno mai realizzato. Ma perché? Cos'era accaduto? Cosa aveva impedito a Max di stare con la donna che amava? Come mai ne parlava come del suo più grande rimpianto, mantenendo il segreto per settant'anni?

Wil tenne le mani sul volante, ma guardò l'anello. Il singolo diamante purissimo era incastonato in una fascetta d'oro decorata da incisioni Art déco.

«Sembra una fiaba al contrario», sussurrò Anna.

«Che cosa?», chiese Wil paziente.

«La storia di Max. per qualche motivo non ha potuto avere il suo lieto fine e si è ricreato una vita parallela nel Nuovo Mondo».

Per fortuna Wil non rise.

«Ora devo andare», disse Anna, chiudendo la scatolina di scatto e slacciando la cintura di sicurezza. «Grazie», aggiunse. «Max ne sarà incredibilmente felice».

«È stato un piacere», rispose Wil. «Diverso dai soliti casi. È stato interessante».

Quando Wil lo definì un "caso", Anna si sentì improvvisamente abbattuta, ma fece finta di nulla. «Ti servirà un indirizzo per la fattura».

«Non essere ridicola».

Anna si girò a guardarlo.

I suoi occhi incontrarono quelli di lui e Wil si passò una mano sul mento ispido di barba. «Non posso chiederti una cosa del genere». Scosse la testa.

In quel momento, qualcosa dentro di lei scattò. Non poteva lasciare tutto così: doveva dire qualcosa, subito.

«Wil» iniziò, «non posso tornare a casa abbandonando Siegel in questo stato. Devo fare qualcosa. Non riuscirai a farmi cambiare idea».

«Sarebbe solo tempo buttato. Non arriverai da nessuna parte».

«So che tuo nonno ha tentato e fallito e ne ha sofferto molto. E lo capisco. Ma se rinuncio me ne pentirò per tutta la vita».

«Non servirà a nulla».

«Per strada ho pensato a un piano».

Lui scosse la testa, ma Anna vide i suoi lineamenti ammorbidirsi.

«Primo, bisogna scoprire cos'è successo, perché il castello e il villaggio sono in queste condizioni. Poi voglio parlare coi nuovi proprietari e cercare di convincerli a fare qualcosa. Non voglio comprare lo Schloss. Non voglio percorrere la strada di tuo nonno, ma lasciare il palazzo in rovina sarebbe un crimine».

«Ma tu non sei tedesca. Non vivi nemmeno qui. Come pensi di fare?»

«Sono tedesca per un quarto. E questo posto fa parte di me».

Wil si appoggiò al volante. «So che conosci già il ritornello, ma è impossibile per uno straniero capire cos'è successo qui. È tutto maledettamente complicato. Non puoi pensare di arrivare e...».

«Ma qualcuno deve farlo!».

«Ogni intervento da parte tua sarebbe letto come un'ingerenza. Lo Schloss ormai appartiene ad altri, è fuori dalla tua portata. Scusami se sono brutale, ma devi andare avanti. Rassegnati. Lascia perdere».

«Come mi sentirei se non tentassi nemmeno?».

Wil strinse le labbra. «Sei sicura di non essere un'avvocatessa sotto copertura? Ma alla fine la scelta è tua. Se proprio vuoi, puoi decidere di morire inseguendo un progetto pur sapendo che ti distruggerà. Come ho detto...».

«Come hai detto, posso scegliere. E la scelta è solo mia».

Wil alzò le sopracciglia.

«Innanzitutto voglio fare altre ricerche. Posso contare su di te, se dovessi avere bisogno di aiuto?».

Lui si appoggiò allo schienale. «Io ti ho avvisata».

Anna era irritata. Tuttavia aveva bisogno di Wil se davvero intendeva contattare i proprietari di Siegel.

«Non ti servirà a niente cercare», ribatté lui, quasi allegramente. «Lo Schloss è intestato a un fondo di investimento il cui nome non significa nulla. E, se per caso te lo stessi chiedendo, io non ti dirò nulla».

«Capisco».

Anna sapeva che Wil non sarebbe rimasto a guardare qualcun altro buttare i suoi anni migliori facendo quello che aveva fatto suo nonno. Eppure, se fosse riuscita a portarlo dalla sua parte, Wil sarebbe stato di grande aiuto. Lui era esattamente l'uomo di cui aveva bisogno: parlava tedesco, conosceva la zona e la storia della sua famiglia e rappresentava i nuovi proprietari.

Anna posò la mano sulla maniglia della portiera.

«Anna», iniziò Wil.

«Ti sono molto grata per avermi aiutata». Anna decise di puntare sulla cortesia. «Sei stato davvero gentile». Gli porse la mano.

Wil sembrò trattenere un sorriso. «È stato un piacere», disse. «Nessun problema. Stammi bene e buon rientro a San Francisco».

Lei annuì e scese dalla macchina.

* * *

La prima cosa che Anna fece appena rientrata in albergo fu prendere il telefono e chiamare Max. Si sdraiò sul letto e aspettò di essere messa in linea, guardando fuori dalla finestra l'edificio di fronte, un altro nuovo blocco di uffici nella vecchia Berlino est.

«Oh, brava la mia ragazza!», esclamò Max quando Anna gli disse di aver trovato l'anello. Lei sorvolò sui dettagli. Gli disse solo come si era sentita entrando nella sua vecchia stanza e raccontò che la vista sul lago doveva essere la stessa di settant'anni prima.

«Ti ringrazio», disse il vecchio. «Davvero. Non hai idea di cosa significhi per me rivedere quell'anello...»

Tuttavia nella sua voce c'era una stanchezza abbastanza preoccupante. Anna decise di non impegnarlo ulteriormente raccontandogli dei suoi piani per indagare su Schloss Siegel.

«Nonno», gli disse, rendendosi conto che il vecchio era davvero esausto. «Ti dispiacerebbe se restassi ancora un po' in Germania?».

Lui fece una risata debole. «Ne sarei felicissimo. Hai davvero bisogno di goderti una pausa dal lavoro».

«Grazie!». Anna avrebbe provato a fare più in fretta possibile.

«Qui si prendono cura di me in modo impeccabile», continuò Max, come se avesse visto gli ingranaggi girare nel cervello della nipote. «È il momento perfetto per fare una vacanza. Mi sei stata vicina per anni. Adesso sono in ospedale, perfettamente accudito e circondato da infermieri adorabili».

Aveva ragione. Se ce ne fosse stato bisogno, Anna avrebbe trovato facilmente un volo per tornare a casa.

Ma le sue ricerche non riguardavano solo il passato, ma anche il futuro, il patrimonio della sua famiglia, la bellezza e soprattutto le persone. Anna voleva trovare il modo per riportare il villaggio di Siegel alla vita. Era solo a un'ora di viaggio da una delle più vivaci capitali europee. Di sicuro si poteva fare qualcosa. Se avesse trovato degli investitori, qualcuno disposto ad affiancare i proprietari…

«Non mi dire che hai un progetto». La voce del nonno si intromise nei suoi ragionamenti.

Era sempre stato capace di leggere dentro di lei. «No, no», mentì Anna, alzandosi per raggiungere la scrivania moderna e stravagante. Aprì il computer portatile. «Vorrei solo visitare i dintorni, tutto qui. È un posto interessante».

Scese il silenzio. Anna pensò di non essere riuscita a ingannare il nonno. «Bene», disse lui alla fine. «Forse hai incontrato qualcuno...».

«Non essere ridicolo», tagliò corto lei, aprendo il motore di ricerca. «Sto benissimo così, grazie».

«Oh, tesoro...». La voce di Max si spense. Era davvero esausto. Anna aveva fatto bene a non affaticarlo con i suoi piani.

Avrebbe fatto tutto il possibile da sola. Ne avrebbe parlato a Max solo se avesse avuto qualche speranza concreta.

Capitolo dieci

Parigi, 1936

A Parigi era facile trovare sempre un'ottima distrazione. Il passatempo di quella sera era un ricevimento a casa di Elsa Maxwell, una giornalista americana di gossip che organizzava serate mondane per i suoi amici. Isabelle sfilò i lunghi guanti da sera e lisciò l'abito di seta, convincendosi per la millesima volta che andasse tutto bene. Le maniche ampie svolazzavano dietro di lei mentre attraversava il salone. Sua nonna era riuscita a vivere un'esistenza di artificio e finzione. Poteva riuscire anche lei.

Comportarsi come un automa era abbastanza semplice. La ragazza chiacchierava con gli ospiti come se non avesse avuto una sola preoccupazione al mondo. Nascondeva i suoi sentimenti come un'attrice consumata. Nessuno alla festa avrebbe potuto immaginare che non avesse notizie di Max da mesi. Posò con Virginia davanti all'obiettivo di Man Ray, mentre i reporter di «Excelsior Modes» o «Harper's Bazaar» volteggiavano nel salone come ballerine.

Gli ultimi mesi le avevano insegnato che l'amore può essere un'arma a doppio taglio.

Quando finalmente la serata finì, Isabelle tornò in macchina con Virginia, chiacchierando come qualsiasi altra ragazza spensierata di Parigi. Aveva ballato con diversi giovanotti fingendosi interessata ai loro discorsi, anche se in realtà non diceva quasi nulla.

Tornata a casa diede la buonanotte alla nonna che l'aveva aspettata sveglia, poi andò a letto quasi sollevata. Virginia era già immersa nella lettura di uno dei suoi romanzi americani. Isabelle prese un libro, qualsiasi cosa le permettesse di fuggire dalla realtà. Poi però vide la lettera posata sul suo cuscino e il suo cuore si fermò. Era la grafia di Max e il timbro era di Berlino.

Berlino, 2010

La mattina successiva alla sua conversazione con Max, Anna passeggiò per ore nella città. Ogni angolo, ogni strada ricordava il tetro passato del nazismo e del comunismo: Checkpoint Charlie, la Porta di Brandeburgo, i resti bombardati della chiesa del Kaiser Wilhelm, i vecchi palazzi del potere hitleriano. Prima di allora Anna non si era mai resa conto che la storia di quei luoghi facesse parte di lei. Era come se all'improvviso fosse germogliato dentro di lei qualcosa che non sapeva di avere, un pozzo di sentimenti ed emozioni. E tutto era iniziato grazie a un appartamento abbandonato a Parigi. Cosa sarebbe successo se suo nonno non ne avesse mai sentito parlare?

Anna si strinse nel cappotto mentre camminava in Potsdamer Platz e si fermò a prendere un caffè in un bar. Guardando i frammenti di Muro ancora in piedi cercò di non pensare a Max e alla sua famiglia in fuga da Siegel, ai loro volti che cercavano di nascondere il terrore che li divorava.

E Max non aveva più smesso di fingere da allora. Per quale motivo?

Anche se voleva saperne di più sulla partenza improvvisa della famiglia da Siegel, sul destino degli altri parenti di Max e sul suo grande amore rimasto a Parigi, Anna sapeva di dover restare concentrata sul presente. Molte persone soffrivano a causa del declino di Siegel, e non si poteva fare nulla per cambiare il passato.

Le riusciva difficile immaginare di conquistarsi le simpatie degli abitanti del villaggio. Non erano stati per niente felici di rivedere un membro della famiglia Albrecht tra di loro. Esistevano degli archivi di famiglia da qualche parte? Anna sapeva di non potercela fare da sola, eppure tutte le strade riportavano a Wil. Lui era l'unico in grado di aiutarla. Ed era l'unico a cui non voleva chiedere aiuto.

Anna si fermò a buttare il bicchierino di carta vuoto in un cestino. Poi, mentre tornava verso l'hotel, il telefono squillò.

La voce all'altro capo sembrò vicinissima e nello stesso tempo lontana chilometri. L'ospedale di San Francisco.

Non persero tempo a girarci intorno.

Max era morto.

Anna si fermò sul marciapiede.

I passanti la spintonarono. Era davanti al memoriale della Shoah. Era consapevole delle persone che vedeva con la coda dell'occhio, ombre che si muovevano tra le sculture che erano uno dei più toccanti tributi ai morti che avesse mai visto. Gli strilli dei bambini che si rincorrevano nel memoriale riempivano l'aria berlinese, il futuro danzava nelle tenebre del passato.

La voce senza volto le disse che Max si era spento serenamente. Aveva fatto colazione, poi, quando l'infermiera era tornata a prendere il vassoio, l'aveva trovato morto. Nelle sue ultime ore era sembrato calmo. Contento, perfino.

Anna avvertì la scatolina al sicuro nella tasca del cappotto. La strinse, strofinando il velluto consumato come se potesse darle qualche risposta. Ringraziò l'infermiera, chiuse la telefonata e si sedette su una panchina.

Quando il telefono squillò di nuovo rispose immediatamente e si pentì subito di averlo fatto.

Era Wil.

«Anna». Aveva un tono pratico.

La mano tremante di Anna sembrava avere vita propria. Faceva quello che voleva senza che lei riuscisse a controllarla.

«Anna?». La voce di Wil al telefono sembrava rauca. «La linea è disturbata?»

«No», disse lei. Aveva un nodo in gola. Fece un respiro profondo.

«Stavo pensando...».

«Mm». Sembrò un grugnito, ma lei annuì.

«Non voglio vedere qualcun altro ferito dalla nostra storia. Non te», disse Wil. Anna sentiva rumore di passi su un pavimento. Lo immaginò che camminava avanti e indietro in ufficio.

Poi nella sua mente comparve un'altra immagine: il cadavere di Max coperto da un lenzuolo, inviato all'obitorio. Anna chiuse gli occhi.

«Capisci?», chiese Wil.

Anna respirò a fatica.

Altri passi. «Ma sarei felice di ascoltare tutto quello che hai da dire. Ti aiuterebbe?»

«Al momento non so proprio cosa dire». Anna si alzò e ricadde sulla panchina.

«Senti», disse Wil, poi fece una pausa. «E se venissi a prenderti in hotel alle otto? Se pensi di andare avanti, e sospetto che sia così…».

«Max è appena morto», rispose lei. Doveva alzarsi. Doveva muoversi. Iniziò a camminare. Camminare le avrebbe fatto bene. «L'ospedale mi ha chiamata un minuto fa».

«Dove sei?». La voce di Wil diventò all'improvviso bassa e tesa.

«Alla Porta di Brandeburgo», balbettò lei guardando il monumento. «Ma sto bene. Devi avere un sacco di lavoro arretrato».

«Resta lì», le disse. «Non muoverti».

«Non devi disturbarti... Sei così occupato».

«Il lavoro può aspettare. Sto uscendo dall'ufficio in questo momento». Si sentì il rumore di una porta chiusa.

«Posso tornare in albergo». Avrebbe dovuto essere accanto a Max mentre moriva. Si era spento da solo. Orribile.

La voce di Wil era rassicurante. «Ti troverò un volo per tornare a casa. Sto arrivando. Sarò da te in un attimo non riattaccare».

Anna fissò il telefono come se fosse stato un oggetto sconosciuto e misterioso.

Una famigliola attraversò la Porta di Brandeburgo. La madre aveva una guida in mano e i due bambini ascoltavano, indicando e facendo domande. Indossavano entrambi cappellini arancioni. C'era anche il padre. Sembravano tutti felici, funzionali. Era reale? Le persone avevano davvero vite del genere? Probabilmente. Ma lei avrebbe cambiato qualcosa della sua?

Ripensò a suo nonno. Non avrebbe cambiato quello che era stato per lei con nient'altro. Era stato come un padre e una madre fin da quando Anna aveva dodici anni.

Poi vide Wil che camminava veloce verso di lei. Indossava un cappotto scuro e aveva uno sguardo serio. «Forza. Sarai congelata. Ti devi muovere».

«Va bene». Anna chinò la testa.

Lasciò che lui la prendesse sottobraccio. «Andiamo».

Sì, pensò Anna. Ma dove?

* * *

Wil la portò nel magnifico Tiergarten, il più famoso parco di Berlino. Qua e là Anna vedeva panchine isolate, lontane dai sentieri tra gli alberi e i primi fiori primaverili. Non sapeva se sedersi, camminare, cedere, essere coraggiosa o semplicemente fissare il vuoto. Non era affatto da lei. Anna aveva sempre un piano, il controllo totale su tutto ciò che le succedeva.

Se non fosse stato per la capacità di Wil di mantenere una parvenza di conversazione quando lei voleva parlare e di restare in silenzio quando aveva bisogno di quiete, Anna non avrebbe saputo come tenere insieme tutto quanto.

«Se hai voglia di sederti, c'è un bar sul laghetto», le propose dopo circa una mezz'ora. «Magari ti andrebbe un caffè?»

«Un caffè sarebbe ottimo, grazie». Anna sentì un fantasma di sorriso stirarle le labbra, nonostante tutto. Il parco era molto pacifico. Era il posto perfetto in quel momento. Il passato di quei luoghi sembrava avvolgerla come una specie di abbraccio protettivo. Quella era la casa di Max. Il suo regalo d'addio era stato riallacciare i legami di Anna col passato, con la storia di entrambi. Le aveva dato un indizio di quello che doveva sapere, e ormai era chiaro che Anna aveva bisogno di sapere anche tutto il resto.

Anna riuscì a mangiare un po' della torta che Wil le aveva ordinato. Dopo fu in grado di tornare in albergo a rifare le valige, mentre lui le prenotava il volo di ritorno. Solo quando fu seduta in aereo, dopo aver accettato il passaggio di Wil all'aeroporto, dopo averlo salutato con una stretta di mano, Anna si abbandonò sul sedile, chiuse gli occhi e si concesse di riflettere su quello che era successo.

* * *

Tre giorni dopo Anna era a San Francisco, davanti alla tomba di Max. Intorno alla bara c'era una piccola folla, eppure lei si sentiva sola nel suo lutto. In un certo senso si sentiva al sicuro, certa che Max sarebbe rimasto al suo fianco sempre e comunque. Accanto a lei c'era il padre, Peter. La sua nuova famiglia, una giovane moglie e tre bambini, era una discreta distrazione.

E poi c'erano i fiori. La casa di Anna ne era letteralmente invasa. Max era stato molto amato. Aveva avuto una lunga vita e le persone volevano rendergli omaggio. Ma nessuno di loro lo conosceva davvero. Nessuno immaginava quale fosse stato il suo passato, a parte Anna. In un certo senso sentiva di dover proteggere quel passato, non per se stessa, ma per lui.

Una volta conclusa la funzione, le persone più vicine a Max misero una rosa sulla bara, poi molti dei presenti si riunirono a casa di Anna.

Le persone chiacchieravano, qualcuno rideva perfino, mentre Anna si muoveva al rallentatore e aiutava lo staff del suo Italian Café a servire gli ospiti. Anche se si sforzava di parlare con tutti coloro che avevano conosciuto suo nonno, in realtà si sentiva un automa. Era lontana da tutti loro, come se parlassero di qualcun altro, non del Max che lei conosceva.

Nel frattempo non smetteva di pensare a Schloss Siegel. Doveva fare qualcosa. Non poteva lasciarlo marcire lentamente. Sapeva che Max non avrebbe voluto vederlo in quello stato. Ormai era chiaro: rivedere l'appartamento di Parigi aveva riacceso tutti i ricordi e i sogni infranti che suo nonno aveva ignorato per decenni. Prima di morire era stato così determinato a riavere l'anello e Anna sospettava che quello fosse solo il primo passo di un viaggio più lungo che Max avrebbe voluto percorrere. Quindi ora il suo dovere verso Schloss Siegel era anche un dovere verso suo nonno. Doveva essere lei a proseguire nel viaggio al posto di Max.

Quando gli ospiti se ne andarono, Anna decise di concedersi un po' di meritato riposo. Ma, appena imboccato il corridoio che portava in camera sua, Anna vide una donna.

Aveva la schiena rivolta verso di lei, ma Anna vide cosa teneva in mano: la sua foto preferita di Max. La donna era immobile. Era leggermente più bassa di Anna e aveva i capelli raccolti in una crocchia ordinata. Indossava un tailleur blu scuro, con una sciarpa verde. Quando si voltò, Anna trattenne il fiato senza sapere perché.

«Salve», disse la donna.

Era una cosa ragionevole da dire.

«Mi ha scoperta». La donna sembrava sulla sessantina. Aveva gli occhi azzurri e qualche ciocca di capelli ancora biondi le incorniciava il viso. Anna non ricordava di averla vista al ricevimento né al funerale, ma in fondo più di trecento persone avevano partecipato alla funzione e almeno cento si erano affollate in casa di Anna, quindi la cosa non era così strana.

«Posso aiutarla?», chiese Anna.

La donna rimise la foto sul tavolino del corridoio. Il rumore secco della cornice sul legno sembrò sottolineare i suoi movimenti precisi. Non certo per la prima volta quel giorno, Anna desiderò riavere Max al suo fianco.

La donna si passò una mano tra i capelli. «Molto bene», disse. «Molto bene».

Anna sentì un brivido lungo la schiena.

L'accento. Tedesco.

«Wil Jager mi ha detto che Max era morto», disse la donna.

«Wil?» Anna si rese conto che la sua voce aveva un suono strano.

«Mi ha detto del suo interesse per...».

«Schloss Siegel». All'improvviso Anna capì ogni cosa.

«Esattamente». La donna aveva un accento duro.

Anna chinò il capo. La sua mente correva e ormai era difficile riuscire a fermarla.

«Mi chiamo Ingrid Hermann». La donna le porse una mano curatissima, ornata di anelli.

Anna le offrì la sua, priva di ornamenti. «Anna Young», si presentò.

«Lo so».

«Posso offrirle un caffè?».

Ingrid scosse la testa. «Ho già assaggiato il suo ottimo caffè», rispose. «Ho solo una cosa da dirle. Poi me ne andrò».

«Allora venga in salotto», disse Anna. Lasciò il corridoio sperando che Ingrid la seguisse.

La donna invece strinse la piccola borsa di vernice e rimase dov'era.

«Devo andare», disse alle sue spalle. «Ma ho una ragione per essere qui. Sono sua cugina, ma non solo. Sono anche la proprietaria di Schloss Siegel. Le chiedo di non tornarci mai più».

Anna si voltò. La donna in corridoio la fissava con uno sguardo gelido.

Contrariamente al solito, Anna rimase senza parole.

Capitolo undici

Parigi, 1936

Marthe camminava furiosa avanti e indietro nella sua stanza. Il suo passo però era lento: negli ultimi mesi aveva iniziato a usare un bastone per via dei dolori alle ginocchia. Ma sebbene il declino di Marthe fosse preoccupante, al momento Isabelle era più spaventata dal modo in cui la nonna sventolava il bastone come un direttore d'orchestra.

«Lo trovo molto irritante, Isabelle», disse Marthe. «Hai l'opportunità di uscire con un giovanotto rispettabile e invece te ne stai qui, sempre con la testa tra le nuvole a pensare a chissà cosa. Questo gentiluomo si presenta alla tua porta, letteralmente, per dichiararsi, il genere di *ouverture* romantica chc ho sempre creduto che desiderassi, e tu lo respingi! Non capisco».

Isabelle si lasciò cadere sul letto a baldacchino della nonna, stringendo al petto uno dei cuscini rosso cupo. Fissò il ritratto di Marthe sulla parete di fronte. Di sicuro da giovane Marthe aveva compreso l'importanza di poter fare le proprie scelte. Allora perché adesso la tormentava così? Uscire con il giovanotto vanesio che sembrava piacere tanto a sua nonna era l'ultima cosa che Isabelle desiderava. Era l'ennesimo corteggiatore sciocco, incapace di imbastire una conversazione interessante e di vedere qualcosa in lei al di là dell'aspetto.

Isabelle sapeva esattamente cosa voleva: una famiglia, amore, stabilità. Non certo con un uomo di cui non le importava niente. Ormai non era più disposta ad adattarsi, aveva conosciuto qualcosa di molto più profondo.

«Non ti capisco», insistette Marthe. «Virginia in questo momento è uscita con un giovane molto affascinante».

«Non ha intenzioni serie», obiettò Isabelle. «Si diverte solo a tenerlo sulla corda».

«Forse è così». Marthe si passò una mano sulla fronte. «Non potresti fare la stessa cosa? Non sarebbe meglio che stare seduta qui a prendere polvere? Magari potresti sorprenderti. Non sto parlando d'amore, ti sto solo suggerendo di provare a divertirti davvero, invece di fingere solamente. Lo vedo che sei infelice. Devi avere una vita. Devi riprendere il controllo, Isabelle».

«Non sto prendendo polvere», cominciò Isabelle. Non aveva parlato a Marthe dell'intensità dei suoi sentimenti per Max. Una parte di lei temeva che, se l'avesse fatto, Marthe avrebbe iniziato a temere che potesse trasferirsi in Germania e che non si sarebbero riviste facilmente. Forse mai più. Marthe non aveva mai nascosto cosa pensava di Hitler, dell'occupazione della Renania e del fatto che la Francia non avrebbe dichiarato guerra.

Come non aveva ancora raccontato a Max della famiglia, non aveva detto nulla ai suoi cari del passato del suo amato.

Si stava barcamenando tra due vite parallele e una potenziale collisione tra le due avrebbe distrutto le sue speranze di essere accettata dagli Albrecht, oppure avrebbe condannato Marthe a una vecchiaia solitaria. Per quanto tempo ancora Isabelle sarebbe riuscita a tenere separate le due persone che più amava al mondo?

Nella tasca del suo vestito c'era un telegramma di Max.

Marthe si fermò sulla porta. Isabelle incontrò il suo sguardo duro con un tentativo di sorriso. Marthe alzò di nuovo il bastone, scosse la testa e uscì.

«Camille!», gridò la nonna. «Per l'amor del cielo, è già ora di pranzo».

* * *

Qualche ora più tardi, Isabelle entrò nel giardino dell'Hotel Ritz. Si era cambiata parecchie volte prima di decidersi finalmente per un abito da pomeriggio, azzurro chiaro, che secondo Camille faceva risaltare a meraviglia la sua carnagione olivastra. Isabelle si era immaginata quel momento un'infinità di volte. Stava per rivedere Max, che aveva approfittato dei due giorni di licenza per venire a trovarla a Parigi. E allora perché sentiva che qualcosa non andava?

Un cameriere la accompagnò a una sedia di vimini. Le piante in vaso si contendevano la ribalta con le statue che ornavano il giardino. Dalle portefinestre che si aprivano sul delizioso cortile entravano e uscivano i camerieri.

«Questa è la cornice perfetta per te». La voce di Max arrivò da dietro la sedia. Lui le posò una mano sulla spalla per un istante, e lei sollevò la sua per coprire quella di lui. Poi Max si sedette.

Ma rimase sul bordo della sedia, guardandosi intorno come un gatto innervosito.

«Non credo che che ci attaccheranno proprio qui», disse Isabelle con un sorriso.

«Devo dirti una cosa», sussurrò Max. «Dovrò... viaggiare per un certo periodo, e non potrò contattarti facilmente. Forse non potrò contattarti affatto».

Isabelle bevve un sorso di caffè e guardò i pasticcini disposti sul tavolo tra di loro. All'improvviso le si era chiuso lo stomaco.

«E questo pomeriggio ho degli affari da sbrigare a Parigi», aggiunse, continuando a guardarsi le spalle pur tenendole la mano.

«Hai affari da sbrigare a Parigi?», sussurrò la ragazza con un filo di voce.

Lui annuì, ancora guardingo.

Isabelle fu tentata di guardarsi le spalle anche lei, perché ormai il cuore le galoppava nel petto all'impazzata. Affari per il partito nazista? A Parigi? Isabelle non era così sciocca da credere che Max parlasse di comprare un gioiello per sua madre da Van Cleef & Arpels.

Sapeva bene che Hitler amava ripetere quanto desiderasse l'amicizia con la Francia, ma la tensione di Max la spaventava più di quanto volesse ammettere anche a se stessa. Forse lui aveva in mente qualcosa di completamente diverso, la sua famiglia o il villaggio. Forse non si trattava dei nazisti. Isabelle non voleva cedere al panico, a prescindere da quanto lo conoscesse o da quanto tenesse a lui.

«Vogliamo vederci stasera, magari alle nove?», propose Max all'improvviso. «Cosa ne dici della Coupole? Puoi prendere un taxi e raggiungermi lì? Temo che fino a quell'ora sarò impegnato».

«Certo che posso», rispose Isabelle. «Porto anche Virginia?»

«Va bene». Max si alzò e aspettò che lei lo imitasse, ma continuava a cercare l'uscita con gli occhi.

«Ottimo», disse Isabelle, infilando i guanti bianchi e aggiustandosi il cappellino.

Max sembrava ansioso di uscire. La lasciò passare per prima, ma quando Isabelle si voltò a guardarlo lo colse ancora intento a scrutare il giardino alle sue spalle.

Alla Coupole non andò meglio. Virginia aveva portato un esercito di amici, la serata era calda e si sedettero tutti fuori nella terrazza affollata. Ogni momento, qualche coppia al loro tavolo si alzava per andare a ballare nel locale.

«Non è meraviglioso?», mormorò Isabelle. «Adoro Parigi d'estate».

Cercò di intercettare lo sguardo di Max.

«Sì, è splendido». Max sembrava affascinato da tutto tranne che da lei.

Le loro mani erano ancora strette, ma lui sembrava così distratto che Isabelle non sapeva cosa pensare.

«Max...», ricominciò a bassa voce.

Virginia era troppo lontana per sentirli e troppo occupata a chiacchierare con un giovanotto francese che aveva conosciuto in mattinata.

«Non devi preoccuparti», la rassicurò Max. Eppure continuava a non guardarla negli occhi.

In quel momento Virginia si avvicinò. Si lasciò cadere sulla sedia, accaldata, facendosi aria col tovagliolo. «Oh, è tutto così perfetto. Mi sto divertendo un sacco!», Virginia prese Isabelle per un braccio. «Devi entrare a ballare anche tu».

«Max», disse Isabelle girando la testa, «intendi invitarmi a ballare o mi costringerai a chiedertelo?»

«Vai a ballare con Virginia, tesoro», mormorò lui. «Io resterò qui».

Virginia si alzò di nuovo ridendo, prese Isabelle sottobraccio e la trascinò verso il bianco scalone curvo oltre la folla. L'aria era opaca, invasa dal fumo di sigarette.

Isabelle si fermò in cima alle scale e si affacciò dalla balconata per guardare il salone. La Coupole era una tappa imperdibile di ogni nottata di divertimento parigino. La gente che contava non mancava mai. Max non poteva essersi annoiato di certo. Non sembrava del tutto freddo con lei, solamente distratto. Che cosa aveva in mente in realtà?

Virginia spinse Isabelle verso la pista da ballo al piano superiore e iniziò a seguire il ritmo dello *shimmy*. Isabelle iniziava a essere terrorizzata come una ragazzina: non poteva continuare ad analizzare il comportamento di Max e a pensare al peggio. Il complesso musicale era composto da sole donne. Isabelle si impose di concentrarsi solo sul ballo.

«Chi ha bisogno degli uomini?», gridò Virginia all'orecchio di Isabelle.

Nonostante tutto la ragazza sorrise. Virginia era sempre pronta a dire la cosa giusta al momento giusto. Per almeno qualche minuto non c'era bisogno di pensare alla politica. Isabelle iniziò a ballare il vivace pezzo jazz.

Quando tornarono al tavolo, Max si era già alzato. «Devo andare», sussurrò chinandosi verso l'orecchio di Isabelle.

Fu come una pugnalata nello stomaco. «Di già?», chiese fissandolo negli occhi.

«Mi dispiace», mormorò lui. «Non voglio annoiarti ancora con questa storia».

Le cinse la vita con un braccio e si chinò a baciarla leggermente sulla fronte. Poi si ritrasse.

«Addio», disse.

Il tono era strano. La salutò con un cenno della testa e uscì.

«Va tutto bene?». Virginia apparve al suo fianco mentre Max scompariva.

Isabelle lo guardò allontanarsi. Non aveva detto una parola sul loro eventuale prossimo incontro.

«Sai, non ne sono sicura...», mormorò. «Non lo so affatto».

«Oh, tesoro», disse Virginia, stringendole il braccio. «Per l'amor del cielo, torniamo a ballare. Non ti fa per niente bene stare qui a rimuginare».

Ma Isabelle scosse la testa e si sedette. Dove era diretto Max? Cosa stava facendo? Non le aveva detto una parola affettuosa in tutta la giornata. Isabelle intendeva ignorare questo fatto? Oppure no?

La musica incessante, la confusione e il fumo si confondevano in un'unica atmosfera di suoni, luci e odori. Ma lei non aveva voglia di alzarsi e tornare a ballare. Era confusa.

All'improvviso si sentì stupida e terribilmente fuori posto. Cercava di non pensarci, ma dentro di lei sapeva di avere a che fare con qualcosa di troppo grosso per le sue forze. Poteva solo sperare che Max non finisse per soccombere.

San Francisco, 2010

Anna era sola nell'appartamento vuoto di Max. Nell'ultimo mese aveva portato via tutte le cose di suo nonno e la casa stava per essere venduta. I mobili erano andati all'asta, ma Anna aveva tenuto gli oggetti che avevano un valore sentimentale. Del passato di Max non rimaneva quasi nulla. Nessun indizio, per quanto disperatamente Anna lo avesse cercato, che chiarisse la sua relazione con la proprietaria dell'appartamento abbandonato o che rivelasse il destino del resto della famiglia.

L'uscita di scena di Ingrid, che era scomparsa dopo il suo teatrale avvertimento, aveva lasciato Anna nella confusione più completa. La donna era a San Francisco per affari e non voleva parlare ancora con lei. Aveva solo ripetuto che l'unica cosa che le importava era che Anna stesse alla larga dallo Schloss. Il passato era passato. Ingrid aveva tutto sotto controllo.

In realtà non era affatto così.

I primi giorni dopo il funerale erano passati in una specie di trance. Anna era esausta ma non riusciva a dormire, non aveva fame ma si costringeva a inghiottire qualcosa. Andava al lavoro, eppure era incapace di concentrarsi. Nel tempo libero si occupava di sistemare gli affari di Max, ma sempre col pilota automatico inserito.

Ora non le restava altro che tornare alla sua vecchia vita e andare avanti come aveva sempre fatto. Era l'unico piano sensato.

Anna cercava di andare al lavoro tutte le mattine e di tornare alla sera, anche se le ore vuote che di solito passava con Max diventavano sempre più tediose e insopportabili. Prima di allora non si era mai resa conto di quanto quelle visite fossero fondamentali per il suo equilibrio. Credeva di essere lei a occuparsi di lui, ma ormai aveva capito che si trattava dell'esatto contrario. Tornare ogni sera in una casa vuota e silenziosa la costringeva a pensare di nuovo alla Germania.

Anna cercava di tenersi impegnata, faceva le pulizie, cambiava la disposizione dei mobili, andava al cinema con le amiche. Una sera Cass organizzò una festa a casa sua invitando parecchi uomini interessanti. Ma le cose non funzionarono affatto. La testa di Anna era molto, molto lontana.

Tentava di rilassarsi, ma ogni volta che faceva la doccia, andava a letto, accendeva la TV o apriva un libro, Anna si sentiva persa.

Era come una maledizione. Il castello, il passato di Max, la sua famiglia e, faticava ad ammetterlo, anche Wil, infestavano costantemente i suoi pensieri.

La sua vita era lì a San Francisco. Era ridicolo continuare a pensare a Wil. Si erano visti solo poche volte, perché non riusciva a dimenticarlo? Doveva soffrire per suo nonno, non per lui. Che cosa diavolo le era preso?

Qualsiasi cosa facesse, la sua mente tornava sempre alla Germania. Sarebbe stato semplicemente ovvio telefonare a Wil e raccontargli del suo incontro con Ingrid. Non poteva lasciar correre così, a prescindere da quello che le aveva detto la donna. A prescindere da quanto fosse improbabile che Wil l'avrebbe aiutata. A prescindere, perfino, dalla morte di Max.

Wil sarebbe rimasto leale verso la cliente, certo, ma Anna non riusciva a smettere di pensarci.

Accese l'abat-jour e prese il cellulare. Lo osservò, chiedendosi se non fosse del tutto impazzita, poi decise di telefonare. A Berlino erano le undici del mattino.

Wil rispose al primo squillo.

«Anna», disse, «cosa fai ancora sveglia?»

«Ciao».

«Ciao. Va tutto bene?».

Anna era una professionista a rispondere a domande del genere. Si alzò e iniziò a passeggiare in corridoio. «Tutto sistemato».

«Certo, ma tu come stai?»

«Bene». Anna prese la foto di Max. Pessima idea. Aggrottò la fronte e andò in cucina.

«Dovresti riposare un po'», disse Wil in tono gentile.

Anna era stanca di gentilezze. Sospirò.

«Mi sembri...», iniziò lui.

«No, davvero. È tutto sotto controllo». Anna andò ad aprire il frigo. Era diventato una specie di rituale. Quando aveva bisogno di conforto, controllava di avere abbastanza cibo in frigo. Ne aveva sempre, eppure continuava a verificare.

«Mmmhh». Il tono di Wil si abbassò, diventò più vicino, quasi intimo.

Anna chiuse il frigo e si lasciò cadere su una sedia della cucina. «Sai, ho conosciuto...».

«Ingrid? Sì».

Scese il silenzio.

«Non potevo rivelarti chi fosse. Doveva essere lei a farlo». Wil sembrava di nuovo molto vicino.

Anna decise di passare ad argomenti pratici. Quella conversazione la faceva sentire come un camion su un percorso accidentato, ed era una pessima sensazione. «Puoi dirmi di più?»

«Prima che arrivasse a San Francisco, Ingrid mi chiese

perché avessi sollevato il parquet in quella stanza». Wil fece una pausa. «Non potevo mentire. Ho dovuto dirle la verità».

Anna tornò a sedersi sul letto a gambe incrociate. «Sai quali siano i suoi piani?»

«Posso solo dirti che le piace comprare proprietà e abbandonarle. Non se ne fa nulla. Le lascia andare in rovina».

«Perché lo fa?»

«Compra vecchie fabbriche, edifici, interi villaggi. Chiude le attività, chiude le proprietà e abbandona la terra. Aspetta solo che il valore salga col tempo, senza investire nulla, e dopo un po' rivende. Ma dipende dal tipo di proprietà».

«E farebbe una cosa del genere al retaggio della sua famiglia?»

«Dimmelo tu». Wil sembrava così vicino da poter entrare nella stanza da un momento all'altro.

Anna era così coinvolta nella conversazione che non si rese conto di quanto le facesse piacere sentirlo. «Ho anche altre domande».

«Come ho già detto, avresti dovuto fare l'avvocato».

Anna si accorse di avere sorriso, ma insistette in ogni caso. «Non riesco a smettere di pensare a mio nonno e alla... alla donna che amava a Parigi. Chi era? Potrebbe essere ancora viva? E se sapesse qualcosa? Ma non ho finito. Ingrid frequenta ancora qualcuno della famiglia? Ora che Max è morto mi resta solo mio padre, e a malapena ci vediamo. Non dovrei almeno tentare di parlare con lei dello Schloss? Potrei convincerla a cambiare programma, solo per quest'unica proprietà?»

«Sono parecchie domande», commentò Wil divertito.

Anna si sentì incredibilmente sollevata. Almeno aveva detto tutto ad alta voce. O quasi tutto, sussurrò una vocina nella sua testa. Anna scacciò il pensiero. Non l'avrebbe portata da nessuna parte.

«Che ore sono da te?»

«Le due di notte».

«Dio, Anna, è tardissimo! Devi dormire un po'. Fai così tutte le sere? C'è qualcuno che si prende cura di te?»

«C'è dell'altro», continuò Anna. Le domande di lui erano troppo dolorose. «Perché Max ha tagliato i ponti con tutti i suoi parenti? Perché non ne parlava mai? Cos'è andato storto? Forse se riuscissi ad andare in fondo a questa storia avrei degli argomenti di cui parlare a Ingrid, potrei farle capire il punto di vista di Max. Se lei capisse, se *io* capissi cosa c'è stato tra loro, Ingrid potrebbe decidere di fare qualcosa per Schloss Siegel e per il villaggio. Una volta dimostrato che Max non è il colpevole della storia tutti potranno lasciarsi il passato alle spalle. Perché mi sembra che laggiù sia tutto come bloccato in una situazione incredibilmente sbagliata».

Ci fu un'altra pausa.

«Anna, ascoltami», disse Wil.

«Certo». Si alzò di nuovo. Forse avrebbe dovuto bere una tisana calda. Wil non aveva riso e non le aveva dato della pazza. Andò in cucina.

Quando lui riprese a parlare, però, Anna restò di sasso. «Non volevo disturbarti con questa storia durante il tuo lutto, ma penso che dovresti parlare con Ingrid il prima possibile». Wil tacque un secondo. «Faresti meglio a tornare a Berlino per incontrarla di persona. Non credo basti una telefonata. Sarò felice di aiutarti. Non per vantarmi, ma sono stato io a sollevare l'argomento. Ho chiesto a Ingrid se intendesse parlare con te al momento giusto. Lei ha detto di sì, anche se non è stato facile convincerla. Se vuoi posso assistere anch'io all'incontro, oppure no. Dipende da te».

Anna si passò una mano tra i capelli e, dal nulla, sorrise. Wil era stato gentile. Non era obbligato a farlo. Era davvero un buon amico.

Quindi…

Aprì di nuovo il frigo con la mano libera, lo richiuse e andò in salotto.

«Devi tornare e sistemare le cose, altrimenti temo che non riuscirai a stare tranquilla. Ne hai bisogno, e presto». Wil abbassò la voce. «Max ha sofferto tutta la vita, in fondo, per aver lasciato le cose in sospeso», disse.

«È vero».

«Vuoi che chiami Ingrid per sapere quando è libera? Subito dopo possiamo trovarti un volo per Berlino. Potrete sedervi e parlare con calma, magari trovare un accordo...».

Lei annuì. «Perfetto. E grazie».

«Di niente».

Ci fu un'altra pausa. Wil doveva tornare al lavoro.

«Wil?», chiese Anna.

«Sì?»

«Non fraintendermi, ma mi stavo chiedendo che cosa...» che cosa gli avesse fatto cambiare idea?

«Anna», disse lui, stavolta con fermezza. «Mi dispiace, sono in ritardo per una riunione. Devo andare». Pausa. «Ma se vuoi saperlo, ho cambiato idea perché mi sembra che ci sia qualcosa di sbagliato. Il nonno amorevole e leale che mi hai descritto non corrisponde affatto all'uomo che dovrebbe aver completamente rinnegato la famiglia. Mi farebbe piacere chiarire le cose una volta per tutte. Parlerò con Ingrid e ti farò sapere, okay?».

Lei annuì di nuovo. «Sì», disse, «e grazie ancora». Le sembrava così strano doversi affidare a qualcun altro. Le sembrava una mancanza di certezza. Stava facendo la cosa giusta? Erano anni ormai che Anna era la migliore amica di se stessa.

«Anna». La voce di Wil interruppe i suoi pensieri.

«Sì».

«Vai a dormire adesso. Troveremo il modo per sistemare le cose».

Anna chinò il capo. «Grazie». Il suo primo istinto sarebbe stato di respingere Wil, ovviamente, come aveva fatto con tutti gli uomini che erano stati gentili con lei. Come mai? Eppure, lui era lì, le offriva una mano e non chiedeva niente in cambio. Anna sospirò.

Lui salutò e chiuse la telefonata.

Anna tornò a letto, affaticata. Con tutti quei pensieri dubitava di riuscire a chiudere occhio. Ma quando si alzò cinque ore dopo, rinfrescata da un sonno profondo e senza sogni, la sua mente era lucida come non le capitava da settimane.

Capitolo dodici

Tre giorni dopo, Anna si svegliò nell'hotel che Wil aveva prenotato per lei nella vecchia Berlino ovest. A quanto pareva era vicino a casa di lui. Era un piccolo albergo infinitamente più affascinante dell'ultimo posto in cui aveva soggiornato. Anna si stiracchiò e osservò pigramente la graziosa camera. Un eccentrico lampadario era appeso sopra un letto di ottone dall'aria rétro. Il bagno era un vero paradiso: la vasca da bagno coi piedini era immersa in un mare di marmo. Nell'angolo della stanza, Anna aveva buttato i vestiti del giorno prima, spiegazzati per il lungo volo, su una sedia Luigi XV leopardata.

Wil l'avrebbe raggiunta per colazione alle nove. Istintivamente, Anna allungò la mano verso il cellulare. Trovò un messaggio di Wil che la fece sorridere. Aveva avuto qualche difficoltà, diceva, a decidere dove portare la proprietaria di un bar a fare colazione. Alla fine aveva pensato di farle assaggiare gli *Streuselschnecke*, una specialità locale che probabilmente lei non conosceva. Wil le proponeva una pasticceria famosa per quel genere di dolci.

Anna non sapeva cosa pensare dell'incontro con Ingrid. Wil doveva averle fatto un incantesimo per riuscire a farle cambiare idea, dopo la gelida conversazione dell'ultima volta.

La *Bäckerei* che aveva scelto Wil si trovava tra una libreria e un negozio di alimentari. Appena entrata, Anna capì che era il suo genere di posto. In due secondi si rese conto che il caffè aveva un aroma favoloso. Pani artigianali erano disposti in ceste dietro il bancone, mentre dietro ai vetri luccicanti erano allineati quadrati di torta al burro coperti di zucchero, frittelle di mele appena fatte e cheesecake.

Wil aveva scelto un tavolo centrale. Alzò la testa appena Anna entrò. Quando i loro occhi si incontrarono, lui si illuminò di un calore spontaneo che la fece sentire a suo agio come non le capitava da tempo. Anna sorrise e lo raggiunse.

«Ci sono buone e cattive notizie», le disse lui, dopo averla salutata con un abbraccio.

Anna lo guardò, in attesa.

«Pensavo che oggi potremmo andare allo Schloss. Fare una passeggiata. Magari un picnic». Aveva un'aria quasi timida.

Lei si morse il labbro, ma sorrise ugualmente.

«Questa era la buona notizia», continuò lui. «La cattiva notizia è che Ingrid ha dovuto andare a Singapore senza preavviso. Comunque tornerà stasera. Vuole incontrarci domani mattina per un caffè. Penso che per te vada anche meglio, in ogni caso. Avrai tempo per smaltire il jet-lag».

Entrambi ordinarono *Streuselschnecke*, che a quanto pareva erano dei panini caldi coperti di zucchero. Appena assaggiato l'ottimo caffè, Anna dimenticò il jet-lag. Ma non fu quello a sorprenderla. Mentre chiacchierava con Wil del suo lavoro, di come gli andavano le cose, accade qualcosa che non si sarebbe mai aspettata. Era un pensiero? Un istinto? Una sensazione? Non avrebbe saputo dirlo con certezza.

L'unica cosa chiara fu che in quel momento Anna decise di godersi la giornata. Fino a poco tempo prima, avrebbe respinto Wil, terrorizzata alla sola idea di passare la giornata sola con lui. In quel momento però si stava solo godendo un bel momento con un uomo simpatico, e intendeva concedersi quel piacere.

Quindi invece di rispondergli che il picnic con lui era fuori discussione, disse di sì, che sarebbe venuta con piacere.

Anna leccò un po' di zucchero dalle dita e lo lasciò sciogliere sulla lingua. Quando era stata l'ultima volta che si era divertita?

«Un picnic», disse, «ottima idea».

Gli occhi di Wil si illuminarono. «Perfetto. Non penso che andare a Schloss Siegel ti guarirà dal desiderio di salvarlo, anzi penso che peggiorerà le cose, ma potresti dare un'occhiata più approfondita, magari esplorare il parco».

Anna lo guardò negli occhi. Quel giorno Wil sembrava più rilassato del solito. Indossava una camicia a righe col colletto aperto e un paio di jeans. Sembrava non essersi fatto la barba, cosa che lo rendeva ancora più attraente dell'ultima volta che l'aveva visto. Posò gli occhi verdi su di lei e le regalò un altro di quei sorrisi da ragazzo. Poi distolse lo sguardo, prese il portafoglio e andò a pagare alla cassa.

Anna aveva proposto di dividere, ma lui era stato irremovibile, quindi rimase seduta. Sul marciapiede splendeva il sole e le persone si fermavano a chiacchierare. Anna sentiva frammenti di risate. Se solo ci fosse stata la stessa atmosfera a Siegel… Doveva porre rimedio.

Sentiva la presenza di Max che la spronava a continuare.

* * *

Il viaggio fino allo Schloss fu rapido. Wil era di ottimo umore e aveva voglia di scherzare. Anna si ritrovò a ridere per la prima volta dal funerale di Max. Ormai il panorama le era familiare, perfino piacevole. Gli alberi erano carichi di nuove foglie. Mentre si avvicinavano ai cancelli dello Schloss, Anna abbassò il finestrino per sentire gli uccelli che cantavano nel parco.

Scese dall'auto, annunciando che avrebbe aperto i cancelli da sola. Lui le porse le chiavi strizzando gli occhi in quel modo che iniziava a piacerle.

Anna aprì i cancelli poi si chinò verso il finestrino di Wil. «Io proseguo a piedi», gli disse.

«Va bene», rispose lui, salutandola con la mano.

Dopo aver chiuso i cancelli di ferro battuto, Anna restò un momento ferma a respirare l'aria fresca e frizzante della campagna. La brezza agitava gli alti alberi del parco come per accoglierla, per farle capire che quella era casa sua. Era il posto a cui apparteneva.

Sentì Wil spegnere la macchina. Non vedeva l'ora di esplorare il parco intorno al lago.

Anna stiracchiò le braccia sopra la testa e ruotò la testa dopo il viaggio in macchina. Si sarebbe goduta ogni momento di quella splendida giornata perché sapeva che Max avrebbe voluto così.

Parigi, 1938

Isabelle si sedette a leggere una lettera di Max. Prima di aprirla aveva aspettato che Marthe si ritirasse per il sonnellino pomeridiano. Virginia era uscita e Isabelle non voleva essere disturbata durante la lettura. Erano le prime notizie che riceveva da lui dopo mesi.

Ma prima di aprire le pagine sottili coperte dalla grafia solida di Max, la ragazza si sedette sulla sedia di camera sua e aspettò un altro momento. Forse in quella lettera c'era qualcosa che non avrebbe voluto sapere. Aveva tentato con tutte le sue forze di dimenticare Max e aveva fallito. Dopo l'ultimo incontro aveva iniziato a dubitare dei sentimenti di Max per lei. Era stato ambiguo con lei, ma non riusciva ad allontanarsi da lui per quanti giovanotti cercasse di presentarle Virginia.

Ormai Max faceva parte di lei.

Quando finalmente Isabelle aprì la lettera, la trovò piena dei piani di Hitler. Max scriveva che il divieto di annettere l'Austria alla Germania sottoscritto nel trattato di Versailles era vissuto con risentimento da molti tedeschi. Che l'*Anschluss* alla fine era stato portato a termine senza combattere e che dopo settimane di tensione e agitazione la popolazione aveva accolto la riuscita del piano con grande sollievo. Max era riuscito anche a sentire la messa in onda del cinegiornale di Hitler che entrava a Linz e Vienna.

Ma Isabelle invece aveva letto che Hitler aveva obbligato gli austriaci ad accogliere i nazisti nel governo e che aveva preteso la restaurazione di tutti i diritti del partito nazionalsocialista, altrimenti avrebbe invaso militarmente il paese. Il «London Times» l'aveva definita "la fine dell'Austria".

Poi si era iniziato a parlare dei piani di Hitler per proteggere tutti i tedeschi che vivevano al di fuori dei confini del paese. Ormai era spaventosamente chiaro come sarebbe andata a finire.

Isabelle posò la lettera e andò alla finestra.

Avrebbe voluto poterlo guardare negli occhi e capire cosa pensava realmente. Non sapeva cosa rispondere e odiava pensare che forse non si sarebbero visti mai più. Avevano promesso di aspettarsi a vicenda... o forse no?

* * *

Poi, una mattina di fine settembre, ricevette una lettera completamente diversa. A volte, ma molto di rado, nelle parole di Max c'era un accenno personale. Isabelle riusciva a intuire le tracce di quello che pensava fosse il vero

Max. Supponeva che questo accadesse quando era stanco, o quando si sentiva un po' sentimentale. O perfino confuso.

Ma stavolta il tono era radicalmente diverso. Sembrava molto teso. Isabelle lesse la lettera nella riservatezza della sua stanza.

Appena finito di leggere, scattò in piedi e corse a cercare Virginia. La sua amica era seduta al piano.

«Dobbiamo andare a Londra», le sussurrò Isabelle all'orecchio.

«Sul serio, tesoro?». Virginia abbandonò Claude Debussy.

«Non sto scherzando. Devi venire con me».

Virginia si alzò dallo sgabello e prese Isabelle per un braccio, poi la riportò nella camera che dividevano e chiuse la porta.

«Intendi dire che Max vuole vederti a Londra?».

Isabelle evitò il suo sguardo. «Ha avuto una licenza».

«Ma l'ultima volta è stato così... strano», sussurrò Virginia. «E tu sei stata male».

Isabelle si sedette alla toilette e iniziò a giocherellare coi suoi capelli. «Devo sapere cosa sta succedendo davvero».

«E sei sicura di voler partire così, di punto in bianco?», chiese Virginia.

Lo era? Se la risposta dipendeva dal suo cuore e dalla sua testa, allora sì, era sicura. Ormai aveva capito che la politica non avrebbe mai potuto mettersi tra lei e il suo amore per Max. Aveva bisogno di sapere con certezza che lui provava le stesse cose.

Si alzò di nuovo e andò alla finestra. Davanti al teatro sull'altro lato della strada si stava formando una coda. Le persone chiacchieravano sotto gli alberi, le cui foglie iniziavano a mostrare le prime chiazze di ruggine dell'autunno. Di una cosa Isabelle era sicura: voleva sentire le braccia di Max intorno a sé, sapere che lui la amava ancora come un tempo e parlare insieme dei piani per il loro futuro.

«Sì», rispose. «Sono certa al cento per cento». Si voltò a guardare il suo riflesso nello specchio. «Ma voglio che tu venga con me».

Virginia non rispose. Isabelle vedeva nello specchio il riflesso dell'amica dietro il proprio.

L'americana aggrottò la fronte. «Immagino che non ci sia altro modo per risolvere le cose una volta per tutte».

«Sai», disse Isabelle, «non sei affatto la ragazza frivola che tutti pensano che tu sia».

Sul viso di Virginia passò un'ombra malinconica. «Be'», mormorò, «so solo due cose con certezza. Primo: non ti accontenterai mai di uno di quei vacui giovanotti che conosciamo. Secondo: ami Max. E forse questa è l'unica cosa che conta».

Isabelle si avvicinò e abbracciò l'amica.

Chi poteva sapere cosa avesse in serbo il futuro per loro, per lei, per Virginia, per Max, per la Germania o per Parigi? Ma di una cosa era sicura. Se esisteva la minima possibilità di essere felice, anche solo un frammento di opportunità, non se la sarebbe lasciata sfuggire. A partire da subito.

Schloss Siegel, 2010

Quella volta Anna non si concentrò sulle condizioni penose del vialetto, né sui fori di pallottola nei muri. Era semplicemente felice di essere allo Schloss. Sentiva quasi la presenza di Max al suo fianco, come se il suo spirito abitasse ancora nel palazzo. Il cerchio si era finalmente chiuso quando il vecchio aveva mandato la nipote nel luogo in cui tutto era iniziato. Ma perché la storia era finita così male?

Wil parcheggiò sullo spiazzo che sovrastava il parco, poi scese dalla macchina e si fermò a osservare il vecchio giardino.

«Ti piacerebbe fare una passeggiata prima?», le chiese.

«Moltissimo», rispose Anna. «Ti sono davvero grata per tutto questo. Esplorare il parco è esattamente quello che vorrei fare ora».

Aprì la portiera e si cambiò le scarpe, indossando gli scarponi da trekking che aveva preso dalla camera quando aveva fatto un salto in albergo per rinfrescarsi dopo colazione.

Di fronte al lago si estendeva un giardino ornamentale, ribassato secondo lo stile francese. Delle statue che un tempo lo avevano ornato restavano solo vecchi piedistalli accanto ai vialetti. In una delle alcove naturali del giardino era stata inserita una brutta panchina, lì dove un tempo si era trovato qualcosa di molto bello.

Raggiunta la sponda del lago, Anna rimase rapita dall'edificio che sorgeva sull'altra riva. Era parzialmente nascosto alla vista da una schiera di salici che sfioravano l'acqua.

«Quella era l'*orangerie*», spiegò Wil. Non aveva parlato molto, ma Anna apprezzava il modo in cui sorrideva ogni volta che la vedeva innamorarsi di un altro dettaglio dello Schloss. Era felice di essere lì con qualcuno che sembrava condividere i suoi sentimenti per la sua casa avita.

Anna guardò attraverso i vetri polverosi l'interno della vecchia *orangerie*.

«Vorrei fare il giro del lago», disse voltandosi verso Wil.

«Penso che sia un'ottima idea».

Tornarono sui loro passi lungo il vecchio sentiero che portava all'acqua, immobile sotto gli alberi.

«Immagina come dev'essere stato crescere qui», mormorò Anna, guardando Wil che la seguiva a breve distanza.

«Già», disse lui. Poi si fermò. «Guarda», aggiunse avvicinandosi un po'.

Più avanti il sentiero si allargava verso la riva verdeggiante. c'era un piccolo pontile e inspiegabilmente una barca a remi ancora ormeggiata. I remi erano ordinatamente al loro posto, come se fossero stati pronti per chiunque – forse Max – fosse tornato un giorno.

Wil si avvicinò alla riva. Anna si riparò gli occhi dal sole, osservandolo ispezionare la barca.

«Il pontile non mi sembra sicuro», gridò lui. «Ma la barca ha un'aria solida. Vuoi andare a vedere l'isola?».

Anna sorrise. «Assolutamente sì. Devo remare io?».

Lui sorrise a sua volta. «Be', sono in grado di usare un remo, Anna. È una delle cose che so fare».

Sembrava saper fare molte cose, ma Anna non lo disse ad alta voce. Lo seguì fino al limitare del lago e Wil slegò la barca dagli ormeggi. I remi erano tenuti insieme da una corda spessa e infilati negli anelli di metallo sulle due fiancate della barca.

«Il tempo è perfetto per fare un po' di canottaggio», disse Wil. Controllò la barca centimetro per centimetro e anche Anna diede un'occhiata. Anche se tornare a riva a nuoto poteva essere divertente, non avrebbero potuto cambiare i vestiti bagnati per almeno un'ora e inoltre l'acqua non era affatto invitante.

«Reggerà», decise Wil. Salì a bordo e si fermò in piedi sulla barchetta, poi le porse la mano.

Toccarlo la metteva leggermente in imbarazzo, tuttavia Anna salì a bordo e si sedette immediatamente.

«Facciamo un giro intorno al lago prima?», propose Wil.

Anna si allungò sotto il sole, lasciando che i raggi le scaldassero il viso. Aveva dimenticato il jet-lag tanto era felice di essere lì. Ma ora che si era seduta, si sentì improvvisamente esausta. Chiuse gli occhi per un momento.

Wil restò in silenzio e Anna si godette il rumore ritmico dell'acqua che sciaguattava contro la barca.

Quando riaprì gli occhi, stavano galleggiando verso il cancello e il vialetto di ingresso.

«Questo è il vero paradiso terreste», disse Anna. «Un piccolo gioiello incastonato nella proprietà».

«Le terre dello Schloss si estendono per miglia e miglia verso est», spiegò Wil. «Una volta la famiglia possedeva campi e foreste, ma sotto i sovietici tutto fu trasformato in cooperativa».

«E ora immagino che le terre siano state vendute quasi tutte».

«In realtà Ingrid ne ha ricomprata buona parte».

Quando raggiunsero l'altra riva del lago e iniziarono a vedere lo Schloss, Anna prese la macchina fotografica e scattò qualche foto della romanticissima facciata.

Appena finito il giro, Wil remò verso l'isola.

«Diamo un'occhiata all'isolotto?», chiese. Indicò lo zaino. «Starai morendo di fame».

«Oh, quelle cose *Streusellose* mi hanno riempita per bene», rise Anna.

«Ma quelle cose *Streusellose* le hai mangiate ore fa», obiettò lui, ricominciando a remare.

Ormeggiarono al pontile e scesero per fare il giro dell'isola, poi Wil posò lo zaino sotto un grande castagno. Le foglie punteggiate di rosso offrivano un gradito riparo dal sole. La giornata si era fatta soffocante e il caldo aveva creato una foschia sul lago. Una libellula si librava tra le canne sul pelo dell'acqua. Wil si sedette con la schiena appoggiata al tronco, mentre Anna si accomodò sulla tovaglia che lui aveva portato.

Nello zaino c'era una borsa-frigo con baguette, formaggio, pomodori e cetrioli, più una torta al limone inzuppata nello sciroppo per dopo pranzo. E anche il caffè e una limonata.

«Limonata rosa». Anna rise, bevendo un sorso dalla bottiglietta di vetro. «Non credo di averne mai bevuta prima d'ora».

«Scommetto che invece qui se ne beveva parecchia, molti anni fa», disse Wil, in tono leggermente pigro.

«Oh, certo», rise Anna. «Anche gin rosa e caviale…».

«Anna?»

«Sì».

«Sono sorpreso che tu non mi abbia chiesto...».

«Di Ingrid?»

«Esatto».

«Be'», Anna si sdraiò per osservare il cielo blu tra le foglie. «È la tua cliente. Non volevo metterti in una posizione scomoda».

«Molto premuroso da parte tua».

«Forse sto solo aspettando di averla qui in persona per farle un terzo grado...».

«Andiamo. Avrai un sacco di cose da chiedermi».

«Perché ha accettato di incontrarmi di nuovo?»

Lui rimase in silenzio per un po'. «Non lo so. Forse è stato il funerale, la consapevolezza che Max non c'era più».

Lei annuì. Si sentiva troppo stanca per fare domande e non osava sperare di ottenere informazioni utili da Ingrid, anche se ci avrebbe senz'altro provato. Ma al momento si sentiva molto pigra e voleva solo riposarsi sdraiata sulla tovaglia.

«Ho delle domande anch'io», disse Wil.

«Non posso garantirti che saprò rispondere».

Ma qualcosa era cambiato. Wil non rise e non raccolse la battuta che li avrebbe mantenuti al livello dello scherzo senza impegno.

«Sono incuriosito. Da te».

Anna sentì qualcosa fremere nelpetto. «Oh, non c'è molto per cui essere curioso in realtà», disse.

«Capisco il motivo per cui hai voluto lasciare tutto per venire qui, ma… a parte il lavoro, c'era qualcos'altro, qualcun altro, che hai lasciato a casa?».

Il fremito si trasformò in battito furioso. Quando cercò di rispondere, le parole le si incastrarono in gola.

«Senti, io...».

«Dimmi».

Anna si sollevò su un gomito. «Non c'è niente da dire».

«Io invece credo di sì. Anzi, ne sono sicuro». La sua voce era ipnotica. Anna si sentì ancora più pigra, come se lui fosse stato un incantatore di serpenti. E qualcosa era cambiato. Forse era lo stress delle ultime settimane. Forse parlare le avrebbe fatto bene, e di Wil poteva fidarsi.

«Be'», disse, poi si fermò, di nuovo.

«Ti ascolto».

O forse invece non avrebbe dovuto aprirsi, perché i sentimenti che provava per Wil la mettevano a disagio. Onestamente, in tutta la sua vita non era stata mai così attratta da un uomo. Nessuno l'aveva mai interessata in quel modo. Ma lui viveva in Germania, sarebbe stato impossibile. Non poteva permettersi di lasciarsi andare. «I tuoi genitori vivono ancora vicino a Siegel?», chiese con voce inespressiva.

«Vivono ad Amburgo. Mio padre è in pensione, mia madre lavora ancora come medico. Sono felici. Credo che abbiano trovato la vita che fa per loro».

Lei annuì. La vita che faceva per lei. Perché doveva essere così difficile? Per certe persone veniva tutto tanto naturale.

«Se hai voglia di parlare, sarò felice di ascoltarti. Non cambierà nulla, sai. Se ti mette a disagio non importa, ma credo che certe cose stiano meglio fuori che dentro».

Anna si sedette. Con irritazione si accorse che le lacrime le premevano agli angoli degli occhi. Si costrinse a fissare il sole riflesso sul lago.

«Va bene», mormorò alla fine. A quanto pareva era giunta a un bivio. Rivelando a Wil i dettagli della sua vita privata, avrebbe corso un rischio che non si concedeva da molto tempo. Avrebbe imboccato il sentiero che aveva accuratamente evitato per anni. Eppure una parte di lei la spingeva ad andare avanti. Ma anche se Wil in quel momento era l'unica persona al mondo con cui si sarebbe sentita in grado di confidarsi, Anna era anche confusa, terrorizzata, tesa e nello stesso tempo eccitata.

Sarebbe stato più facile parlare senza guardarlo in faccia. Lo aveva già notato prima, con lui. Perché mai? Perché stava succedendo qualcosa di nuovo, e Anna non poteva farci niente. Per quanto desiderasse ignorarlo, provava qualcosa di molto forte per la prima volta dopo anni. E questo qualcosa era la vita, il desiderio di abbracciare la vita completamente. Aveva capito che Max non aveva più osato vivere fino in fondo e anche lei si era concessa solo relazioni superficiali e prive di rischi.

Per la prima volta dopo la morte di sua madre e l'abbandono di suo padre, Anna si sentiva viva.

Capitolo tredici

Londra, 1938

Entrando nella hall del Dorchester Isabelle si sentì una regina. Ogni dubbio che aveva avuto su quel viaggio a Londra fu dissipato appena il portiere la chiamò e i facchini le presero non solo il bagaglio, ma anche il cappotto, il cappello e i guanti. Gli impiegati della reception le dissero che Max l'avrebbe raggiunta per il loro rinomato tè pomeridiano dopo un'ora. Virginia invece aveva raggiunto una vecchia amica per fare un po' di shopping.

Quel posto era un paradiso. La suite che avrebbe diviso con Virginia era deliziosa. Nel salottino erano esposti vari pezzi di antiquariato, e tutto l'appartamento sembrava più una lussuosa residenza privata che un hotel. C'erano lampade ovunque, e una bottiglia di champagne con ghiaccio le aspettava su uno dei tavolini di legno di cedro, insieme a un mazzo di rose bianche e una selezione di pasticcini.

Nei quarantacinque minuti successivi, Isabelle si rinfrescò, si cambiò e si rifece il trucco. Era pronta per vedere Max. Non riusciva a trattenere l'ansia e l'eccitazione, perché sapeva bene che quello sarebbe stato il punto di svolta. Avrebbe finalmente chiarito i sentimenti di Max per lei. Non poteva farne a meno.

Poco dopo scese al caffè Promenade indossando il completo rosso ciliegia di Chanel che Marthe aveva insistito per comprarle la primavera precedente.

Un affascinante giovane cameriere la accompagnò al tavolo e Isabelle osservò rapita il locale lussuoso. Quasi su ogni tavolo erano disposti vasi pregiati pieni di fiori spettacolari, di ottimo gusto.

Un pianista suonava Chopin in sottofondo e Isabelle, sedendosi, iniziò a tormentare la collana di perle. Era ancora bella? La notte prima non era riuscita a chiudere occhio.

Percepì la presenza di Max ancora prima di vederlo, ma tenne gli occhi sul menu finché lui non si chinò a baciarla sulla guancia.

«Isabelle», mormorò, sedendosi sul divanetto di fronte a lei.

Isabelle sapeva che se l'avesse guardato negli occhi avrebbe capito tutto, ma qualcosa la trattenne. Non voleva sapere, non ancora. Non era affatto pronta a rinunciare alla speranza.

Ordinarono e quasi immediatamente arrivò un vassoio d'argento carico di raffinati sandwich, fette di pane fresco bianco e integrale, ripieni di salmone affumicato, pollo, uovo e cetrioli.

«Come stai?», le chiese.

«Bene. Sto bene».

«Sei molto bella».

Isabelle continuò a tenere gli occhi bassi.

«Tua nonna sta bene?»

«Sì, anche se negli ultimi tempi ha… qualche disturbo. Tossisce. Esce di meno».

«Mi dispiace».

Quando vide arrivare un piatto di *scones* e una selezione di delicati *macaron*, Isabelle pensò che non sarebbe riuscita a ingoiare un solo boccone, ma si costrinse a mangiare qualcosa per non sembrare scortese.

«Facciamo una passeggiata fino a Hyde Park?», chiese Max, come se la sua voce provenisse da un qualche luogo incorporeo.

Isabelle annuì. Si alzò e passeggiò fino al parco con lui, come una qualsiasi giovane coppia alla moda in un'uscita pomeridiana. I cani correvano tra gli alberi e i bambini giocavano senza sosta accompagnati dalle tate che chiacchieravano. Max taceva, ma era come se tra di loro scorresse un fiume di parole non dette.

Finalmente, quando il sentiero si restrinse e raggiunsero un posto riparato, Isabelle si fermò.

«C'è una cosa che devi sapere su mia nonna», disse. «Mi dispiace. Avrei dovuto rivelartelo prima».

Max le sollevò delicatamente il mento. «Guardami negli occhi. Mi hai evitato per tutto il giorno».

Lei scosse la testa. «Non so come dirtelo e non so nemmeno se dovrei dirtelo. Ma forse renderà le cose... be', non lo so». Cosa voleva dire? Più semplici? Se gli avesse detto del passato di Marthe, per lui sarebbe stato più semplice lasciarla? Avrebbe giustificato la sua decisione di chiudere la storia? Isabelle scosse di nuovo la testa. I suoi pensieri erano più frenetici di una vespa chiusa in una bottiglia. Ma doveva dirglielo.

In un modo o nell'altro, lui avrebbe dovuto saperlo.

«Mia nonna ha un passato», disse con voce rauca. Non riusciva a controllare il suo tono. «Sono sempre stata imbarazzata e a causa di quel passato non sono mai stata accettata da nessuna famiglia rispettabile di Parigi. Le persone mi parlano, gli uomini mi invitano a ballare, ma le loro madri non mi toccherebbero neanche con la punta del parasole».

«Be', allora sono stupide», esclamò Max. «Andiamo, cosa potrà mai aver fatto? Ha ucciso qualcuno? Si è spogliata nuda davanti a un cantiere? Qualsiasi cosa...».

«Era una prostituta», sputò fuori Isabelle. Le lacrime iniziarono a scenderle dagli occhi. «Era nata in una famiglia poverissima, faceva la sarta. Marthe de Florian non è neanche il suo vero nome».

«Non mi interessa il suo vero nome». Max si chinò e posò le labbra sulle sue.

Isabelle chiuse gli occhi, poi li riaprì e si ritrasse leggermente.

«No, devo raccontarti tutto. Dopo che a vent'anni un impresario la scoprì a cucire vestiti, iniziò a esibirsi alle Folies Bergères. Aveva già due bambini, due maschi, da due padri diversi. Da allora riuscì a farsi strada: divenne una *demi-mondaine*. Era la donna più alla moda di Parigi. Tutto quello che abbiamo nel nostro appartamento le è stato regalato da… uomini». Isabelle era determinata a dire tutto. «Dai suoi clienti. Era una prostituta di lusso».

«Ferma». Max la abbracciò. «Per pietà, fermati. Non mi interessa se è stata l'amante del Papa. È irrilevante. Io ti adoro, Isabelle, e mi dispiace che u abbia passato anni così difficili a causa mia. Il pensiero di te, il ricordo di te, la tua stessa esistenza, mi hanno tenuto in piedi. Se perdessi ogni cosa che possiedo, se il maledetto Hitler portasse la Germania verso un'altra sconfitta, non me ne importerebbe niente perché avrei ancora te. Sei l'unica cosa che desidero. Mi vuoi sposare?». Le prese la mano e le baciò la fronte, poi scese leggero sulle labbra. «Quando tutto questo sarà finito, in un modo o nell'altro?».

Isabelle alzò la testa e gli accarezzò le guance. «Ti amo», disse. «Ti ho sempre amato. La mia risposta è sì».

«Devo dirti una cosa però», mormorò lui, con maggiore durezza. «I miei vogliono che combatta per la Germania. Credono che Hitler stia facendo la cosa giusta per il paese. Dio mi aiuti se si sbagliano, ma inizio a nutrire fortissimi dubbi. L'ultima volta che ci siamo visti a Parigi ero pressato su tutti i fronti. I miei, l'esercito, l'incontro con te... non sapevo se ero ancora sulla terra o in un altro mondo. Ma ormai sono arruolato, maledizione. E tutto quello che dicono i miei non fa altro che rimbalzarmi nella testa».

Isabelle gli posò la testa sul petto.

Max la strinse a sé e le sussurrò all'orecchio. «Se lasciassi l'esercito, tutti quelli che conosco, i miei genitori, i miei fratelli, mia sorella, saranno tutti in pericolo. I nazisti hanno occhi ovunque. È spaventoso. Posso solo andare avanti e l'unica cosa che mi dà la forza per farlo sei tu».

Isabelle soffocò i singhiozzi. Strinse Max, come sicuramente facevano tutte le donne i cui uomini stavano per andare in guerra. Non avrebbe mai, mai voluto lasciarlo.

Schloss Siegel, 2010

Anna prese una decisione. Avrebbe parlato con Wil. Non importava dove sarebbe arrivata la conversazione, né cosa sarebbe successo alla fine. Se non avesse iniziato a vivere la sua vita se ne sarebbe pentita, proprio come era successo a Max. Anche lei iniziava a rendersi conto di avere parecchi rimpianti. Per molto tempo il lavoro duro e diligente le era bastato, ma ora doveva andare avanti.

«Stai con qualcuno, Anna?». La voce di Wil era come un incantesimo. Senza sapere perché, Anna fece un respiro profondo e proseguì.

«Non sto con nessuno da anni», ammise. «Sei anni fa ho avuto una storia che è finita molto male. Lui non era carino come sembrava. Mi ha tradita dopo che mi ero quasi convinta a farlo socio dell'Italian Cafè. Purtroppo per un po' era riuscito a convincermi che fosse la cosa migliore per me... finché non ho visto chi era davvero. Da allora non mi è più interessato nessun altro». Finora, aggiunse tra sé e sé.

«Ah».

«Aveva molte idee per il locale e per me. Molto entusiasmo».

«Sì, ho capito il genere», disse Wil.

Anna inspirò. «Penserai che fossi un'ingenua».

Wil si avvicinò. «No. Penso solo che lui non fosse alla tua altezza».

Anna si sedette. Non era proprio così che vedeva la cosa. I suoi occhi vagavano sul lago senza vederlo davvero. Li chiuse e scosse la testa.

«Mi chiedo una cosa», continuò lui, pensieroso. «Perché hai scelto qualcuno che non ti meritava affatto?»

«Come?».

Anna sussultò, distratta. «Cosa intendi dire?»

Wil si chinò verso di lei. «Intendo dire solo che dovresti scegliere qualcuno che ti merita. Qualcuno alla tua altezza. Potrebbe essere più semplice di quello credi. Non devi fare altro».

«Ma non ho mai incontrato un uomo del genere». Anna stava quasi sorridendo. Perché aveva detto una cosa del genere? Lì seduto davanti a lei c'era proprio qualcuno alla sua altezza, un uomo attraente e gentile e… che viveva dall'altra parte del mondo, ricordò a se stessa. E che stava usando tutti i mezzi che poteva per aiutarla. Non era la prima volta che lo faceva. Comunque, sicuramente doveva avere una bellissima fidanzata da qualche parte. Anna tornò a sdraiarsi sull'erba.

«Durante l'infanzia i miei modelli sono stati… interessanti. I miei non facevano altro che litigare. Poi, quando avevo dodici anni, mia madre morì di cancro e mio padre semplicemente se ne andò un anno più tardi. Rimasto vedovo, praticamente si scrollò le spalle e si cercò un'altra donna. Ma lei non era mia madre! Quando lui mi annunciò che avrebbe lasciato San Francisco, io rifiutai di abbandonare i miei amici, la mia scuola, mio nonno e tutto il resto. Avevo tredici anni ed ero molto testarda».

«In realtà», obiettò Wil, «la definirei forza».

«O pazzia», rise Anna. «In ogni caso mio nonno mi propose di stare con lui e la nonna durante l'anno scolastico, e di andare da mio padre durante le vacanze. Ma io odiavo quelle visite. Dopo poche settimane mio padre iniziò un'altra relazione disfunzionale con una donna che mi considerava una specie di handicap per la sua vita sociale. Lui è un architetto ed è sempre stato bene, finanziariamente parlando. Vede tutte le sue relazioni come un investimento o un'opera d'arte. Mia madre era incredibilmente infelice».

«Capisco», disse Wil.

«E per di più, Max e mia nonna non andavano più d'accordo. Erano come separati in casa. Quindi sono cresciuta pensando che...».

«Che non avresti potuto avere niente di meglio», disse lui. «Che non valesse la pena tentare. Che avresti dovuto bastare a te stessa, perché comunque non avresti avuto alternative».

«E non capivo cosa ci fosse di tanto meraviglioso nell'amore», aggiunse Anna.

«E invece adesso?». La sua voce scese di un paio di ottave. Le parole sembrarono sospese nell'afa.

«Be', almeno sono indipendente», rispose Anna cercando di essere allegra. «Ho scoperto cosa sono in grado di fare».

«Vero», disse lui. «Ma non hai mai provato a lasciarti andare e a vedere cosa succede? Non puoi sapere cosa ha in serbo il futuro. Potrebbe accadere qualunque cosa».

«Non ho niente da lasciar andare. Ho già perso tutto quando avevo dodici anni».

«Lo so, ma credo che invece tu sia rimasta aggrappata al

passato. Non sei andata avanti. Non ti sei aperta alle nuove possibilità. È ora di iniziare a farlo».

Anna rimase in silenzio.

«Vieni con me», disse lui, alzandosi. Le porse la mano e istintivamente, senza pensarci due volte, Anna la prese.

Wil la portò verso la riva, si chinò e prese un sasso rotondo.

«Diciamo che questo è il tuo passato».

«Il mio passato?». Quando stava con Wil, per metà del tempo aveva voglia di ridere come una stupida e per l'altra metà si sentiva come se la conversazione si stringesse sempre di più come un *choker.*

«Non vedi che c'è una pietra che pesa sul tuo cuore?»

«Parli così a tutti i tuoi clienti?». Anna non riuscì a trattenersi e scoppiò a ridere.

«Solo coi clienti su cui voglio fare colpo», disse lui. «Quelli speciali».

Anna si guardò i piedi.

«Allora». Wil era dietro di lei. Le porse la pietra circondandola con le braccia e posandogliela tra le dita. Poi strinse la mano di lei intorno al sasso, ancora caldo per il sole e per il suo tocco.

Il respiro di Anna accelerò, ma lei si concentrò sull'acqua, non sulla presenza di Wil così vicino, né sulle sensazioni che iniziavano a risvegliarsi da qualche parte dentro di lei, facendole capire che finalmente, finalmente, avrebbero avuto l'opportunità di venire alla luce.

«Ora», le disse, in tono intimo e delicato. «Gettala via».

«È ridicolo», mormorò Anna. «Ma è un po'...».

«Terapeutico. E ci sono solo io a vedere».

«Per fortuna».

«Forza, vai».

Anna alzò il braccio e lanciò il lasso più lontano che poté. Rimbalzò parecchie volte, come per sfidarla, come per prolungare il più possibile la sua esistenza o per dire l'ultima parola. Anna incrociò le braccia e la guardò affondare.

«E comunque, il passato non ritorna mai indietro», disse Wil.

Anna si voltò a guardarlo.

Lui aveva la testa piegata di lato.

Anna si girò per dare un'ultima occhiata al lago, ma Wil le prese delicatamente il mento.

«Dovresti ricordare solo le cose belle. Ripensare a quello che ti fa sorridere, tenere con te i momenti che hai avuto con Max. Non sei responsabile dei litigi dei tuoi genitori, né nel matrimonio fallito di tuo nonno. Non resterai scottata come sei anni fa perché oggi sei più forte. Fidati dell'istinto e sii onesta con te stessa. Non devi fare altro».

Anna lo guardò negli occhi, poi si rese conto che era troppo e abbassò di nuovo lo sguardo.

«Oggi non volevo venire a fare questo picnic con te», confessò.

«Perché no?»

«Non lo so». All'improvviso si sentì a disagio, imbarazzata. Perché mai gliel'aveva detto?

Lui era sempre lì. «Aspetta un attimo», disse, ritirando la mano.

Anna avrebbe dovuto saperlo.

«Che cos'hai oggi?».

Lei chiuse gli occhi. «Scusami, sono solo un po'... è passato così poco dalla morte di Max». Si diresse alla barca di legno.

Ma Wil la seguì. «Sono passate solo poche settimane», disse. «Stare male è assolutamente normale. Devi solo fare un passo alla volta».

Anna continuò a camminare, ma annuì.

«Il sole», disse, con voce acuta. «Guarda come brilla sullo Schloss». Era arrivata nel punto più alto dell'isola, da dove si poteva godere di una vista stupefacente sull'antico palazzo. In qualche modo, un po' di altitudine faceva un'enorme differenza.

«Qui è meraviglioso», disse lui alle sue spalle. Poi si diresse alla barca. «Meglio tornare indietro». Salì a bordo e le porse la mano per aiutarla.

Anna guardò ancora lo Schloss, immerso in una luce rosata.

Erano entrambi in piedi sulla barca, l'uno di fronte all'altra.

«Devi concedere a te stessa di soffrire per lui».

Mentre tornava verso la barca Anna aveva ingoiato le lacrime. Suo nonno avrebbe voluto così tanto essere lì in quel momento! Ma Wil le faceva tornare la voglia di ridere, e come le aveva detto, doveva solo concentrarsi sui bei momenti che era stata così fortunata da avere.

Per arrivare alla panca di legno doveva superare Wil. Nel farlo scivolò leggermente e per poco non cadde in acqua. Stranamente la barca non si mosse molto: doveva essere più robusta di quello che sembrava. Wil la prese per un braccio e la sorresse. Anna trattenne il fiato.

«C'è mancato poco», disse lui, senza lasciarla andare. «Stai bene?».

Lei annuì. «Sto bene. Grazie, Wil».

Wil remò in silenzio fino alla riva, mentre Anna studiava in silenzio il meraviglioso panorama che circondava la dimora dei suoi antenati.

Capitolo quattordici

Parigi, 1939

Gli alberi che orlavano i sentieri del cimitero di Montmartre avevano i rami nudi. Isabelle distolse gli occhi dalle tombe abbandonate che erano lì fin dall'apertura del cimitero nel 1825. I suoi pensieri correvano verso domande inevitabili. Chi erano le persone sepolte laggiù? Com'erano state le loro vite? Eppure c'era solo una persona che contava davvero per lei: Marthe. L'unica costante della sua vita se n'era andata per sempre.

Sua nonna non aveva lottato per vivere. Non si era opposta alla lenta decadenza che l'aveva indebolita, non si era lamentata della polmonite che le aveva deteriorato il petto, costringendola a tossire tutte le notti. Isabelle era stata seduta al suo capezzale durante le lunghe ore fredde, le aveva asciugato la fronte e stretto la mano bollente, ma non avrebbe saputo cosa fare senza Camille. Il silenzioso senso pratico della giovane cameriera, la sua rassegnazione, erano benedizioni che avevano insegnato a Isabelle che non si poteva controllare ogni cosa.

Quando Isabelle aveva bisogno di silenzio, Camille non parlava. La presenza quieta della cameriera era stata un balsamo per il suo dolore all'idea di perdere la nonna.

Camille teneva in ordine l'appartamento e già quello era un grande aiuto. Spolverava con cura tutte le preziose cose di Marthe, lucidava l'argenteria e manteneva le porcellane pulite e splendenti. Non si era mai lamentata per il duro lavoro né aveva chiesto di essere pagata di più per le sue lunghe ore di impegno.

Dal canto suo Isabelle aveva fatto in modo che la ragazza avesse qualche serata libera. Sapeva che Camille aveva delle amiche tra le sue compagne della scuola per segretarie, e sapeva anche che aveva rinunciato a una carriera migliore di quella di domestica solo per la fedeltà verso Marthe e lei.

Quando Marthe aveva chiuso gli occhi per l'ultima volta, aveva ringraziato Isabelle. L'aveva ringraziata per aver portato gioia e conforto alla sua vecchiaia, per aver ridato la vita all'appartamento di Rue Blanche.

La settimana seguente Virginia aveva dovuto tornare a Boston. Con il nazismo che estendeva i suoi tentacoli in tutta Europa, i suoi genitori avevano insistito per farla rientrare in America. Isabelle aveva accettato anche quel colpo con rassegnazione. Aveva capito che nel mondo esistevano forze ben più potenti delle illusioni di gioventù.

E ora Isabelle era in piedi davanti alla tomba di sua nonna e leggeva le iscrizioni sulla lapide, cercando di calmare il vortice di pensieri che la tormentava senza sosta in quel periodo. Dove sarebbe andata? Che ne sarebbe stato di lei?

L'ultima lettera di Max era ancora sul suo comodino. Era lì da tre mesi ormai. Come tutte le altre, era arrivata richiusa con un nastro adesivo che non cercava neanche di nascondere gli inconfondibili tagli diagonali sulla busta.

Max era stato a Siegel per pochi giorni di licenza in agosto e, tra le altre cose, le aveva scritto dei laghi e dei boschi intorno allo Schloss dove navigava e passeggiava. Isabelle rileggeva le sue parole ancora e ancora, immaginando tutto con gli occhi della mente: la foresta, il casotto nascosto tra gli alberi, il lago e tutto il resto.

Max le aveva scritto anche che suo padre era stato richiamato alle armi. Ora la Germania era in guerra con la Polonia e Isabelle non aveva idea di dove si trovasse Max o suo padre. Le truppe tedesche avevano invaso la Polonia in settembre mettendo in fuga il nemico e facendo molti prigionieri. Varsavia era stata bombardata, stretta nell'assedio e infine conquistata.

Isabelle non aveva avuto più notizie di Max dopo che lui era stato chiamato nuovamente e ora c'erano due pensieri che le impedivano di dormire: il terrore che fosse morto o che lo sarebbe stato a breve, e la domanda a cui non riusciva a trovare risposta: qual era il senso di quella guerra?

Isabelle tolse qualche filo d'erba secca dalla tomba di sua nonna.

Tutto sembrava così privo di significato. Il potere? Il denaro? La conquista? A cosa servivano tutte quelle cose? Erano davvero più importanti della libertà, della tolleranza e del rispetto?

Qualche settimana dopo, rientrando da una passeggiata per le vie di Parigi, Isabelle aveva trovato un'altra lettera ad attenderla. Le passeggiate e le commissioni la aiutavano a tenere i piedi per terra, il semplice atto di camminare per la città sembrava essere l'unica attività in grado di darle conforto in quei giorni. Quando trovò la lettera, corse in camera sua e si sdraiò sul letto per bere ogni parola.

Max scriveva che suo padre era in un campo di addestramento militare. Anche il nonno era stato richiamato: gli era stata offerta la posizione di colonnello. E i prigionieri polacchi avevano iniziato ad arrivare a Siegel, per svolgere i lavori che prima avevano fatto i contadini tedeschi.

Tutte le automobili erano state requisite: la lussuosa sei posti del padre di Max era finita nelle mani dell'esercito e anche la macchina di Max. Perfino i cavalli erano stati prelevati dai soldati e il carburante per i trattori era pesantemente razionato.

Tutti i giovani di Siegel erano stati costretti ad arruolarsi, che fossero amici di Adolf Hitler o meno.

La madre di Max lavorava per la Croce Rossa e gestiva riunioni, ispezioni e comizi per le truppe. Nadja stava seguendo un corso come responsabile delle evacuazioni in caso di bombardamento. Ormai Schloss Siegel era gestita dall'esercito, che aveva spodestato sia Max che suo padre.

In Germania tutti erano stati costretti a tornare a cavalli e biciclette. Il cibo era razionato e il denaro finiva tutto nel buco nero dello sforzo bellico: niente pane, burro, margarina, latte, formaggio, zucchero, uova, marmellata, farina, fagioli, carne, caffè e perfino sapone.

Lo Schloss aveva incrementato la produzione di frutta e verdura per cercare di integrare l'alimentazione della gente. Per ottenere le razioni di cibo bisognava mostrare la tessera annonaria, da cui venivano scalati i punti corrispondenti alle razioni prelevate. Tutti i beni di lusso erano scomparsi dalla circolazione e non ne venivano più prodotti. Niente cioccolato e dolci. Anche scarpe e vestiti avevano fatto la stessa fine. Praticamente tutte le fabbriche erano state riconvertite per usi militari e la manodopera era il bene più scarso in assoluto. Erano le donne a mandare avanti ogni attività, dall'agricoltura all'industria.

Hitler ormai era fuori controllo.

Max però voleva anche sapere come stava Isabelle. Le ripeteva che sarebbe tornato a prenderla, un giorno. Un giorno non troppo lontano, sperava. Una volta finito quell'incubo, scriveva, l'avrebbe portata con lui a Siegel per sempre.

Dopo aver letto la lettera tre volte, assaporando ogni parola, Isabelle la infilò nella tasca di uno dei suoi cappotti invernali e tornò in salotto.

La radio ormai era diventata l'oggetto più importante

della stanza. Ogni giorno si sedeva con Camille ad ascoltare il bollettino di guerra, sentendosi disperatamente impotente e inutile, e costantemente terrorizzata per Max.

Non riusciva a immaginare tutti i giovanotti che aveva conosciuto durante quel Natale a Siegel impegnati in battaglia, settimana dopo settimana, mese dopo mese, fino all'arrivo del nuovo anno.

Nell'estate del 1940 un cargo tedesco superò un cordone militare britannico nelle acque neutrali della Norvegia. La marina inglese reagì affondandolo, uccidendo un buon numero di marinai tedeschi. Quando ascoltava quelle notizie di piccole vittorie Camille si voltava a guardare Isabelle speranzosa, mentre la voce sterile e professionale continuava a parlare alla radio. Isabelle fingeva di sorridere alla cameriera, ma in realtà aveva la nausea.

Alla fine il bollettino di guerra diventò una vera e propria dipendenza. Per tutto il giorno non faceva altro che ascoltare ogni straccio di informazione possibile sull'esercito tedesco. Cosa sperava di sentire? L'annuncio quotidiano che un singolo uomo, Max, era salvo? Voleva che la voce incorporea della radio le assicurasse che sarebbe tornato sano e salvo da lei?

Quando arrivò giugno, però, Isabelle si rese conto che avrebbe dovuto abbandonare Parigi il prima possibile.

Berlino, 2010

Wil tornò nella vecchia Berlino Ovest, fermandosi al primo semaforo di Kurfüstendamm. Sembrava pensieroso.

«Hai programmi per stasera?», chiese alla fine, voltandosi verso di lei.

Anna espirò. Bene, aveva dei programmi? No? Stranamente il jet-lag non era più un problema.

Alzò le spalle. «Farò una passeggiata in città».

«Vorresti venire a casa mia?».

Anna si morse il labbro.

«Ho invitato degli amici a cena», specificò lui.

Il traffico ricominciò a scorrere lentamente.

«Potrebbe essere divertente conoscere altri tedeschi», continuò lui in tono leggero. Ormai erano vicini all'hotel di Anna.

L'idea era carina. «Certo. Grazie, mi piacerebbe», rispose.

«Allora passerò a prenderti verso le otto. Non sarà niente di formale».

Lei annuì e si voltò a guardarlo. Era costretta a farlo per salutare, anche se guardarlo negli occhi era diventato leggermente imbarazzante. I sentimenti che si erano risvegliati sulla riva del lago si stavano trasformando in qualcosa di diverso, sempre più forte ogni minuto che passava con lui. Wil era un uomo gentile, elegante, l'ascoltava, la faceva divertire e la aiutava col passato della sua famiglia. Non c'era niente di più. Tutto quello che le passava per la testa dipendeva solo dal fatto che non incontrava un uomo simile da molto, molto tempo.

«Perfetto», gli rispose. «Grazie».

Wil sembrò divertito. «Grazie a te», disse. «E tra l'altro, Ingrid ci incontrerà domani alle dieci a Schloss Beringer. Ha affittato una stanza privata per poter parlare in pace. Una scelta interessante, devo dire».

«Oh», commentò Anna. «È sempre così teatrale?»

«No comment», disse lui col solito sorriso malizioso.

Anna sorrise a sua volta e scese dall'auto.

* * *

Anna finì di prepararsi appena prima delle otto. Aveva scelto un paio di jeans, un maglione nero a collo alto e una sciarpa. Indossò qualcuno dei suoi bracciali preferiti, infilò i jeans negli stivali neri e lasciò i lunghi capelli sciolti. Uno spruzzo di Van Cleef & Arpels First ed era pronta.

Si era preparata in modo efficiente, concentrandosi solo sugli aspetti pratici. Non aveva senso farsi illusioni su quello che poteva succedere, anche se sotto la doccia si era concessa di fantasticare un po'. Alla fine aveva scacciato ogni pensiero indesiderato e si era data una bella strigliata da sola in ascensore.

Wil aveva cinque minuti di ritardo.

«Scusami», le disse, comparendo come una specie di bellissimo dio greco.

«Non c'è problema», sorrise Anna. «Sono solo cinque minuti».

«Odio arrivare in ritardo». Wil sorrise e si chinò a baciarla sulla guancia.

Quindi era una cosa amichevole. Se avesse voluto qualcosa di diverso, non l'avrebbe baciata sulla guancia, rifletté Anna. Poi si rimproverò di nuovo. Cosa le veniva in mente? Con ogni probabilità, tra gli ospiti della cena ci sarebbe stata anche una fidanzata.

«Anna?», disse Wil. «Sembri su un altro pianeta. Sei molto tenera e non voglio interromperti, ma gli altri arriveranno tra meno di mezz'ora, quindi...».

«Scusami». Anna scosse la testa. Doveva rimettersi in riga. Era tanto che non si trovava in compagnia di un uomo che le era bastato poco per perdere la testa.

No, non aveva perso la testa. Si colpì la fronte col palmo della mano.

«Anna!». Wil ormai stava ridendo. «Devo farti fare un giro in ospedale o hai solo bisogno di un bel bicchiere di vino tedesco?».

O di un uomo tedesco, pensò Anna.

«Pensavo a Siegel», disse lei, seguendolo oltre le porte

scorrevoli dell'hotel. La macchina era parcheggiata dietro l'angolo.

«Mmh», fece lui. «Se ti va stasera puoi pensare anche ad altro. Ma se invece preferisci parlarne, per me va bene comunque».

Appena saliti in macchina, mentre lui guidava verso casa, Anna guardò fuori dal finestrino. Era su quello che doveva concentrarsi. Nel giro di pochi minuti, Wil si inoltrò dentro Berlino Ovest e imboccò la strada di casa sua. Anna rimase a bocca aperta.

«Una volta qui era tutta campagna», spiegò Wil rallentando un po'.

Le case erano deliziose e avevano tutte giardini impeccabili. I fari della macchina illuminavano alberi ben potati e antichi edifici eleganti.

«Quello che mi piace di casa mia» disse Wil, «è che era la residenza di città dei miei trisavoli».

«Davvero?»

«Sì, l'hanno costruita loro, ma è stata venduta dopo la guerra. Qualche anno fa stavo cercando casa. Mio nonno era appena morto e da piccolo mi portava sempre in questa strada per mostrarmi la casa. Mi aveva raccontato di tutti i suoi ricordi d'infanzia. Venivano sempre in città per la stagione invernale dei concerti. Era il periodo dell'anno in cui i ristoranti e i teatri si riempivano di eventi mondani».

«Dev'essere stato stupendo», disse Anna.

«Per loro lo era». Wil strinse le labbra. «Così ho cercato i proprietari e ho fatto un'offerta equa...».

«Il resto è immaginabile». Anna aprì la cintura di sicurezza appena la macchina si fermò. Prese la borsa.

Wil la guardò incuriosita. «Sai, mi sei sembrata quasi europea. Se non ti conoscessi già, direi di aver sentito un leggero accento».

«Impossibile», disse Anna. Ora si sentiva leggermente

irritata, chissà perché. Negli ultimi tempi stentava a riconoscersi.

Il giardino di Wil era in ombra, ma il vialetto curvo era ben illuminato fino alla porta d'ingresso. Il prato era punteggiato di grandi alberi.

Anna osservò la casa. Era in stile liberty, con finestre finemente decorate, e aveva un'aria rilassata e accogliente. All'esterno c'erano aiuole fiorite e la facciata era parzialmente ricoperta da rose rampicanti.

Wil aprì la porta nera e lucida e si fece da parte per farla entrare. Le piastrelle bianche e nere della veranda proseguivano anche nell'ingresso e una scala curva portava al piano superiore.

In un certo senso era grandiosa ma anche accogliente. Wil la accompagnò in un salotto intimo con il parquet lucido e tappeti orientali. Sotto la finestra c'era un pianoforte e un paio di divani fronteggiavano il camino, dove il fuoco scoppiettava allegramente.

«Un bicchiere di vino?», propose Wil. «Mettiti comoda».

Anna si sedette su uno dei divani. Sentiva Wil che apriva armadietti in cucina. A giudicare dal profumo, stava cucinando qualcosa di delizioso.

Quando tornò con due bicchieri, Anna commentò: «Casa tua è splendida. È molto da te».

«Interessante. Cosa sarebbe da me?», le chiese lui porgendole il bicchiere.

«Oh, non intendevo niente in particolare».

Qualcuno suonò alla porta.

«Scusami», disse lui.

Anna sentì una rapida conversazione in tedesco proveniente dall'ingresso. Poi ogni tensione si dissipò, quando una bambina sui sei anni entrò correndo in salotto. Era in pigiama e corse subito da Anna sedendosi sul divano accanto a lei.

«Io sono Sasha», disse in inglese, guardandola con due occhioni color cioccolato.

«Io invece sono Anna», rispose lei sorridendo.

La bambina le porse un libro. «Posso leggere un po' di questo prima di andare a letto», spiegò. «Vuoi leggermelo tu? A casa parliamo inglese e tedesco e mamma e papà mi hanno detto che potevo fare pratica con te».

Anna prese il libro e iniziò a leggere. La storia era così avvincente che non notò Wil e altre quattro persone entrare nella stanza. Finita la fiaba, Anna alzò gli occhi. Sasha le si era accomodata in braccio e Wil la guardava sorridendo. Se avesse dovuto descrivere la sua espressione, Anna l'avrebbe definita affettuosa. Si sentì riscaldata dal suo sguardo. Ma probabilmente non voleva dire niente.

«Anna, ti presento i miei amici. Petra, Andreas, Eva e Stephan».

Un'ora più tardi Anna si sentiva già come se avesse conosciuto tutti da anni. Parlavano inglese per gentilezza nei suoi confronti. Petra era bruna, attraente e aveva un senso della moda che affascinava Anna. Certe donne sanno come indossare una sciarpa e Petra era una di loro. Ad Anna sarebbe piaciuto molto vedere casa sua. Il suo compagno, Andreas, era uno dei più vecchi amici di Wil era tanto biondo quanto lei era scura e intrigante. Erano ovviamente in perfetta complicità ed erano un ottima compagnia per una cena. L'altra coppia, i genitori di Sasha, era composta da Eva e Stephan. Erano molto affettuosi con la bambina. Prima di andare a letto, Sasha era rimasta per buona parte della serata in braccio al padre.

Appena fu pronto, Wil organizzò tutto alla perfezione. Era in ottima forma. Il vino scorreva, la conversazione era rilassata e divertente, e il padrone di casa aveva preparato un'eccellente pasta al ragù, accompagnata da insalata e pane rustico.

«Si dedica completamente al lavoro», disse Eva, mentre Wil si trovava in cucina con gli altri due uomini. «Molte donne ucciderebbero pur di uscire con lui, ma la carriera viene prima di tutto. E di tutti».

Anna non rispose.

Petra ridacchiò. «Qualche anno fa ha avuto una storia a singhiozzo, ma nessuno dei due era veramente preso. Quando lei si è trasferita a Monaco, Wil è rimasto qui».

«Credo che alla fine fosse solo una situazione di convenienza», commentò Eva.

Anna fece di sì con la testa. Da cosa si stava proteggendo Wil? Forse il suo lavoro era un'assicurazione contro danni collaterali di altro genere? O semplicemente non aveva ancora conosciuto la donna giusta? Stava per dire qualcosa quando Wil ricomparve sulla porta.

«Se volete favorire, il caffè è servito in salotto», annunciò.

«Certo», rispose Eva alzandosi.

Anna notò che le due donne si scambiarono un'occhiata. Wil aveva sentito la loro conversazione? Per favore, no.

Il fuoco faceva danzare le luci sulle pareti della stanza, sui volti delle persone, mentre gli ospiti raccontavano episodi del periodo in cui erano tutti insieme all'università. Anna si ritrovò accoccolata nell'angolo di uno dei divani di Wil, bevendo un ottimo caffè e sperando che la serata non finisse mai.

Era felice di aver conosciuto nuove persone con cui si sentiva completamente a suo agio. Quando gli altri si alzarono per andare a casa, Anna si rese conto che erano anni che non passava una serata del genere. Tra il lavoro e le cure per Max, si era completamente dimenticata come godersi la vita.

Una volta salutati gli amici, Wil si appoggiò allo stipite della porta. L'aria mite della sera soffiava dal giardino.

«Vuoi fare una passeggiata con me, Anna?», le chiese all'improvviso.

«Una passeggiata?»

«C'è una cosa che vorrei farti vedere».

Anna era tentata. Il quartiere era bellissimo. Era difficile conciliare quelle vie senza tempo con il passato disturbante e divisivo di Berlino. Anna sapeva che nell'estrema parte est c'erano file e file di casermoni comunisti.

«Credo che ti farà bene vederlo», disse Wil, posandole il cappotto sulle spalle.

Qualche minuto dopo, si fermarono davanti a un cancello di ferro battuto. Oltre si vedeva un giardino buio, ma Anna seguì con gli occhi il vialetto lastricato fino a scorgere una casa sontuosa. Il tetto era molto spiovente con una serie di abbaini tra le tegole.

Un labrador ringhiò verso il cancello.

Wil rimase in silenzio. Anna si girò a guardarlo.

«Ho pensato che dovevi vederla», spiegò lui. «Venivano qui sempre. La tua trisavola dava dei balli meravigliosi, a quanto pare».

Anna fece qualche passo verso i cancelli per cercare di scorgere il più possibile, ogni dettaglio.

«I proprietari attuali hanno quattro figli e l'hanno tenuta molto bene. Potrei presentarteli se ti va, ne sarebbero molto felici. È di nuovo una casa felice, ora».

«Mi fa piacere», mormorò Anna, poi rimase a guardare ancora un po'. La casa sembrava esattamente come avrebbe dovuto essere.

Wil fece per toccarla, poi ritrasse la mano.

«Inizia a fare freddo», disse. «Dovrei riportarti in albergo».

Lei annuì. Si era appena ricordata cosa l'aspettava il giorno seguente. Avrebbe dovuto parlare con sua cugina. Scoprire cos'era successo. Poi avrebbe dovuto cercare un modo per sistemare ogni cosa.

Sulla strada di casa, Wil parlò quando Anna aveva voglia di parlare, e tacque quando lei taceva. Forse aveva capito non solo che Anna doveva per forza scoprire la verità sul passato della sua famiglia e sul futuro di Siegel, ma anche che non avrebbe potuto tornare alla sua vita senza prima aver fatto tutto ciò che era in suo potere per raggiungere quell'obiettivo.

Arrivati a casa di lui, si fermarono un momento sul vialetto. Anna cercò di concentrarsi sui dettagli, sul giardino, sulle luci del patio. Su tutto tranne che su di lui.

Dopo qualche secondo sentì il tintinnio delle chiavi della macchina e non seppe se la cosa le facesse piacere o meno. Seguì Wil verso l'auto ed entrambi salirono a bordo in silenzio. Tuttavia Anna era sempre più consapevole delle cose non dette che restavano sospese tra di loro ogni volta che si incontravano. Si sentiva tesa e nervosa, ma non era in grado di dire nulla.

Guardò fuori dal finestrino i profili delle case antiche. Non erano più illuminate, quindi restavano solo ombre.

Mentre Wil guidava, i pensieri di Anna corsero al futuro. La presenza di lui, silenziosa al suo fianco, era nello stesso tempo un balsamo e una miccia innescata. Sapeva bene di non aver mai provato nulla del genere per nessuno, prima di allora. Non aveva mai trovato nessuno così... perfetto. O forse la sua era solo vulnerabilità, il desiderio di rimpiazzare Max?

Wil accostò davanti all'hotel e scese ad aprirle la portiera prima che Anna potesse mettere in ordine le idee. Scese dall'auto. Lui rimase fermo vicino alla portiera aperta.

Anna lo guardò e vide qualcosa scintillare nei suoi occhi. Qualcosa che per qualche ragione le diede una speranza che non provava da anni. Allora sorrise, in modo imprevedibile perfino per se stessa.

Wil le posò una mano sul braccio.

«Domani sarò qui alle 9», le disse in tono intimo. «Ti

aspetterò nella hall, anche se non ho idea di dove riuscirò a parcheggiare».

«Grazie», disse Anna. I dettagli pratici le facevano bene, ma stranamente era più concentrata sulle sensazioni che sui fatti, cosa che per lei era insolita. Non voleva rompere l'incantesimo. Non voleva che finisse. Ad essere del tutto onesta con se stessa, Anna voleva che invece qualcosa iniziasse.

* * *

La mattina successiva, mentre andavano a Schloss Beringer, Anna si rese conto di iniziare a conoscere bene il paesaggio fisico intorno a Berlino, e di essere sempre più consapevole delle emozioni che le suscitava. I boschi, i pascoli soffici, i villaggi addormentati, un misterioso Schloss qui e là, immerso nelle storie sepolte del contorto passato della Germania, il tutto avvolto in una strana atmosfera sospesa, come una specie di dolore fisico, un bisogno profondo che Anna non sapeva esprimere.

Anna capiva perfettamente perché Ingrid non volesse incontrarla a Siegel, quello era chiaro. Ma perché Schloss Beringer? Forse Ingrid voleva dimostrare che Schloss Siegel non doveva essere risorto come l'antica dimora della famiglia di Wil. Oppure, peggio ancora, intendeva annunciare che aveva piani simili per Siegel?

Entrarono nel vialetto curvo e si diressero al parcheggio, pieno di lussuose macchine europee ancora luccicanti di rugiada mattutina.

Per Wil quegli ospiti erano degli intrusi nella sua vecchia casa di famiglia? Anna pensò che ognuno affrontava il passato a modo suo. Max aveva finto che non esistesse praticamente fino alla fine della sua vita: era la strada che aveva scelto. Probabilmente la sua confessione nelle ultime settimane era stata una sorta di grido di aiuto o, se non altro, il riconoscimento del fatto che Anna avesse il diritto di sapere.

Era chiaro che anche Wil soffriva profondamente per il destino di Schloss Beringer e per gli sforzi inutili di suo nonno. Forse la risposta era che il passato in realtà non se ne andava mai. Il vecchio Brandeburgo e la Prussia avrebbero sempre gettato la loro ombra su Berlino come fantasmi di antenati, di cui restavano tracce nella magnificenza degli edifici barocchi, nelle foreste fruscianti, nelle pianure velate di foschia, nei palazzi da fiaba, nella sua gente e nella sua storia.

Il passato e Schloss Siegel costringevano Anna a ritornare sempre allo stesso punto. Non era il pensiero ordinato e lineare con cui aveva sempre condotto la sua vita. Si sentiva fuori dal suo elemento. Era snervante, ma una parte di lei voleva aggrapparcisi con entrambe le mani.

«Dimmi una cosa», chiese mentre Wil spegneva il motore. Lui continuò a guardare avanti a sé. «Come fai a fare i conti col passato, Wil?».

Anna vide un sorriso prendere forma sul suo viso. «Cosa intendi dire?»

«La storia della tua famiglia, della Germania, la perdita, la guerra, tutto quanto».

Lui tacque.

«Cosa porti con te? Cosa lasci indietro?», chiese Anna.

Wil estrasse la chiave dell'auto e la rigirò tra le dita. «Ci sono i ricordi, e poi ci sono le storie. Ma credo che dipenda dal modo in cui decidi di guardarle. Ammetto di essermi concentrato solamente sul futuro. Il lavoro mi ha tenuto occupato e l'esperienza di mio nonno non è stata affatto incoraggiante». Si voltò verso di lei. «Ma incontrando te molte cose sono cambiate».

«Spero in meglio», sussurrò Anna. Nella sua stessa voce sentì qualcosa di stranamente nuovo.

Lui non smise di guardarla negli occhi e Anna pensò a quanto sembrasse solido, affidabile, gentile e paziente. Eppure ora vedeva qualcos'altro, un dettaglio indefinibile che non riusciva a individuare chiaramente. Era durezza? No. Era forza.

«È ora di andare», disse lui, aprendo la portiera.

«Sto cercando di decifrarti», disse Anna, slacciando la cintura di sicurezza. Avvertì un'improvvisa tensione in Wil. «Niente paura», aggiunse scendendo. «Sono ancora in alto mare», mentì.

Lui la guardò e sorrise, poi abbassò gli occhi. «Okay. Bene».

Anna sorrise a sua volta. «Andiamo», esclamò. «Sarà un incontro...».

«Illuminante, spero», disse lui sogghignando.

«Esatto». Anna si girò. Le piaceva il suono delle scarpe sulla ghiaia. Aveva scelto di indossare un tailleur nero. Qualcosa le diceva che nell'incontro con Ingrid avrebbe dovuto sembrare molto forte.

Parigi, giugno 1940

I parigini stavano cercando di fuggire. Traffico, autobus e metropolitane: tutto era paralizzato. I negozi della città erano chiusi. Tutti i giornali riportavano la stessa verità irrevocabile.

La Francia era sull'orlo del collasso.

L'esercito era stato sbaragliato e la capitale bombardata.

Eppure Isabelle non voleva ancora lasciare casa sua. Che ne sarebbe stato, altrimenti, dei tesori di Marthe?

Nella sua mente stanca, le immagini dei recenti bombardamenti si ripetevano testardamente come un'interminabile pellicola. Edifici sventrati, fuoco, sirene, detriti, persone che correvano per strada oppure che restavano in silenzio paralizzate dallo shock. Queste immagini spaventose avevano costretto Isabelle a rinchiudersi nel posto più sicuro che conoscesse: casa sua. Ma fuori c'erano ancora donne e bambini senza tetto, accovacciati agli angoli delle strade.

La folla si muoveva nelle strade in branchi infelici. La guerra aveva disteso sulla città una coltre di polvere e nessuno sembrava avere la forza di opporsi. Eppure l'estate stava arrivando, ignara delle forze implacabili che presto avrebbero distrutto tutto ciò che Parigi era stata.

Quella sera la città avrebbe dovuto essere più bella che mai. Sarebbe stato il momento perfetto per passeggiare lungo la Senna o ballare nei locali come qualche anno prima. Un tempo i giovani della città avrebbero passato una serata come quella facendo esattamente ciò che i giovani dovrebbero fare: divertendosi e celebrando la vita.

Una famiglia passò sotto la finestra a cui Isabelle era affacciata. In mancanza di un carro si erano accontentati di un vecchio cavallo ossuto. Isabelle distolse gli occhi. Dove avrebbe dovuto fuggire? In città circolavano parecchie voci ed entro mezzanotte non ci sarebbe stato più nessun caffè aperto. Le SS avrebbero chiuso tutto. La Gestapo avrebbe indetto la legge marziale e dato la caccia sistematicamente a tutti i parigini. Nel terzo Reich bisognava sempre eseguire gli ordini.

E dov'era Max? Cosa ne pensava del giogo nazista che stava schiacciando l'Europa? I suoi genitori si aspettavano ancora che la pensasse come loro? Avevano cambiato idea, voltato la faccia dall'altra parte? Sicuramente, sicuramente… e poco prima Camille era corsa fuori di casa, dicendole che sarebbe tornata presto.

Isabelle sussultò, mentre un nuovo pensiero la colpì. E se fosse successo qualcosa a Camille?

Isabelle andò nello spogliatoio di Marthe e fece un respiro profondo. Chiuse gli occhi per un secondo, poi aprì un cassetto.

Per tutto il pomeriggio aveva girato per casa raccogliendo vestiti e preparandosi a sfollare. Ma dov'era finita Camille? Isabelle ne aveva parlato con lei, le aveva detto almeno due ore prima che sarebbero fuggite.

Isabelle tirò fuori la cassaforte di Marthe e la aprì con la chiave che aveva preso dal nascondiglio. Con determinazione professionale, prese tutti i magnifici gioielli di Marthe li infilò in due borse di seta i cui lunghi legacci sarebbero stati perfetti da appendere al collo suo e di Camille. Senza fermarsi a osservare la loro lucente bellezza, Isabelle stipò le borse di diamanti, rubini, smeraldi e zaffiri regalati a Marthe nella sua giovinezza.

Quando sentì la chiave girare nella toppa, per il sollievo Isabelle quasi svenne sulla sedia imbottita nell'angolo dello spogliatoio. Il rumore dei passi efficienti di Camille risuonò nell'appartamento. La ragazza stava raggiungendo la sua stanza sopra la cucina.

Isabelle cercò di chiudere le cerniere delle borse, ma la stoffa sembrava rifiutarsi e minacciava di strapparsi dai dentini della lampo. Avrebbero dovuto tenere chiuse le borse con le mani.

Isabelle corse in camera sua per dare un'ultima occhiata. Stranamente aveva sentito il bisogno di lasciare tutto in ordine. Se i nazisti fossero entrati nella vecchia casa di Marthe, e l'avrebbero fatto, avrebbero trovato parecchio da saccheggiare.

Attraversò di nuovo lo spogliatoio, disse addio alla camera di Marthe senza voltarsi indietro. Tirò le tende e chiuse l'ultima persiana.

Tutto era silenzioso e immobile.

Isabelle andò in salotto. Era ora di andare, non aveva scelta. Lo struzzo impagliato di Marthe sembrava fissarla. Era stato un regalo molto strano, ma la nonna non aveva voluto separarsene, come da tutto il resto delle sue cose. In un ultimo guizzo impulsivo, Isabelle prese lo scialle appoggiato sulla sedia preferita di Marthe, quella dove si sedeva sempre per prendere il caffè, e lo drappeggiò sulla groppa del povero uccello impagliato. Diede un ultimo sguardo alla stanza, con uno strano dolore nel cuore e nel ventre, una sensazione che era cresciuta nelle ultime settimane.

Dalla cucina Camille la raggiunse in salotto, chiudendo la porta delle stanze della servitù con un leggero scatto. La ragazza aveva già preso la valigia e sembrava calma e determinata come sempre. «Dovremo lasciare la città a piedi», le disse.

Isabelle scosse la testa. «Di certo ci sarà un treno». All'improvviso la desolazione dell'abbandono fu rimpiazzata dall'angoscia della fuga.

«No, dobbiamo andare direttamente a Honfleur, poi a sud». Camille aggrottò la fronte.

Isabelle la fissò. Camille era intelligente e conosceva la vita pratica molto meglio di lei. Senza la cameriera, Isabelle sarebbe stata completamente persa.

«Conosco la strada, Mademoiselle», la rassicurò a bassa voce. Aveva raccolto i lunghi capelli neri in una coda, indossava un semplice vestito estivo e scarpe comode.

Isabelle annuì. Si sarebbe fidata di Camille.

Isabelle non si voltò quando chiuse a chiave la porta dell'appartamento. Non si voltò a guardare la vita che stava abbandonando, la vita che le era stata strappata via nel giro di pochi, spaventosi mesi.

Forse sarebbe tornata entro l'autunno. Chi poteva saperlo? Nessuno.

Capitolo quindici

Schloss Beringer, 2010

Quando Anna e Wil entrarono, Ingrid li aspettava nella serra di Schloss Beringer con la schiena rivolta alla porta. Si voltò e guardò Anna negli occhi. La donna era chiaramente tesa, ma dopo un secondo attraversò la stanza con decisione cercando di nascondere l'emozione.

Una cameriera entrò con un carrello su cui era disposta l'elaborata colazione continentale in cui di certo lo Schloss eccelleva. C'erano croissant che non sembravano freschi, piatti di frutta, tazze da caffè bianche, un bricco di latte e un vassoio di strudel e altri dolci.

Anna tese la mano e salutò Ingrid con un cenno del capo. La cugina sembrava più sicura di sé, ora, più simile a se stessa.

«Grazie per avermi incontrata, Ingrid».

Anna la seguì e si sedettero al lucido tavolo ovale. Wil si accomodò accanto a lei.

Ingrid versò il caffè. «Volevo vederti perché mi sembrava importante chiarire alcune cose», spiegò. «Tuo nonno, Max, è l'unico responsabile delle attuali condizioni di Schloss Siegel». La sua voce era tagliente come una scheggia di cristallo.

Anna non rispose.

Non vedendola protestare, Ingrid si sentì autorizzata a

proseguire. «Mia madre era la tua prozia, nonché sorella maggiore di Max. Si chiamava Nadja. C'erano anche due fratelli minori. Suppongo che tu non sappia nulla di queste persone, giusto?»

«No, Anna non sa nulla», rispose Wil piano, versando il caffè.

Anna rimase immobile.

«I due fratelli minori di Max e di mia madre erano soprannominati Didi e Jo», disse Ingrid in tono preciso. «I loro veri nomi erano Dieter e Joachim. Entrambi morirono in guerra, fedeli alla Germania fino alla fine».

«Mi dispiace», mormorò Anna.

«Dopo la guerra mia nonna Elsa e mia madre Nadja cercarono di contattare Max. Era lui l'erede dato che mia madre, pure essendo la maggiore, era una femmina. Otto, il tuo bisnonno, era rimasto disperso in guerra, quindi era necessario che Max tornasse e si assumesse le sue responsabilità, tuttavia era scomparso. Tutti credettero che fosse morto o prigioniero. Fecero il possibile e l'impossibile per scoprirlo. Un pomeriggio, il ministero degli esteri disse a mia madre e a mia nonna di abbandonare lo Schloss. I sovietici erano a meno di 10 chilometri e non c'erano unità tedesche nelle vicinanze. Dovevano lasciare la casa entro un'ora. Essendo rimaste solo donne, mia nonna sapeva bene che se fossero rimaste sarebbero state stuprate tutte. Dovevano fuggire. Presero il carretto della scuola, pochi servitori fedeli, tutto il cibo che potevano e una valigia a testa, poi si diressero a sud-est il più lontano possibile dai sovietici. Lungo la strada mia madre lavorò come contadina, ma ci vollero mesi perché riuscissero effettivamente ad arrivare da qualche parte. Si rifugiarono dove potevano, tra villaggi pieni di sfollati e città bombardate. La loro angoscia per le sorti di Otto e Max doveva essere un pugnale nel cuore.

«Il cibo scarseggiava. Praticamente morivano di fame. Poi un giorno scoprirono che le proprietà erano state confiscate. Non avevano più nulla, nemmeno un soldo. Non potevano opporsi al sistema. Mia madre studiò a Hannover e alla fine trovò un lavoro da segretaria. Fece il possibile per sopravvivere».

Ingrid si alzò e raggiunse la grande porta finestra, osservando il parco: come faceva la natura a restare serena in mezzo ai tumulti della storia?

Anna si strinse le braccia intorno al corpo, in attesa.

«Ma prima della loro fuga era successa un'alta cosa». Ingrid si fermò.

«Voglio saperlo. Faccio parte della famiglia», disse Anna.

Il suono proveniente dalla bocca di Ingrid ricordava molto un grugnito. «Non parlarmi di famiglia», ribatté. «Esiste solo il lavoro, il lavoro duro, la forza e la determinazione. Puoi fidarti solo di te stesso».

Le parole colpirono Anna nel profondo. Per ironia della sorte, quella donna sembrava il riflesso di lei stessa. All'improvviso provò simpatia per Ingrid. Avvertì gli occhi di Wil e si girò a guardarlo. Lui scosse la testa. Anna si morse le labbra.

«Bene», continuò Ingrid. «Ecco la verità. Prima di fuggire dallo Schloss mia madre Nadja aveva avuto una relazione».

Anna attese in silenzio.

Ingrid si volto a guardarli. «Vedi, mio padre era Hans Kramer, il valletto di Max. Lui e mia madre erano amanti. Quando si ritrovarono ad Hannover, mia madre mi disse che lei e la nonna furono raggiunte da Hans. Non da tuo nonno. Lui non si fece vedere».

Anna respirò a fondo e si agitò sulla sedia.

Wil le prese la mano sotto il tavolo. Anna stava facendo fatica a mantenersi calma. Lasciò la mano inerte tra quelle di lui.

«Hans e Nadia ripresero la relazione a Hannover appena lui arrivò. Elsa, la tua bisnonna, non ne era al corrente, era solo sollevata di avere vicino a sé qualcuno legato alla famiglia. Ma quando mia madre rimase incinta e Hans chiese la sua mano, Elsa gli ordinò di andarsene. Non lo voleva come genero. L'unico in grado di convincerla sarebbe stato...».

«Non dire Max». Anna si rese conto che le sue parole suonavano minacciose.

«Sua madre lo adorava e lo avrebbe ascoltato di certo. Se Max si fosse schierato con Nadja, se avesse garantito per la lealtà e la devozione di mio padre verso di lei e verso tutti gli Albrecht, forse le cose sarebbero state molto diverse... il mondo stava cambiando. Mio padre era cresciuto con i ragazzi della famiglia e amava Nadja. Ma mia nonna non poteva accettare l'idea».

Anna bevve un sorso di caffè.

«Da allora il rapporto tra Elsa e Nadja si deteriorò. Hans fuggì per la vergogna di aver strappato Nadja a sua madre. Mia madre mi raccontò che Elsa da allora non riusciva più a guardarla in faccia. Non poteva comprendere né tollerare quello che la figlia aveva fatto».

Ingrid si girò di nuovo verso di loro. I suoi occhi, che avevano colpito Anna per la loro freddezza, ora erano accesi di una luce diversa.

«Mia madre allora andò a Berlino e mi diede alla luce nella parte ovest. Continuò a lavorare da segretaria. Eravamo povere ma tiravamo avanti. Quando avevo cinque anni, mia madre sposò il mio patrigno, un ricco uomo d'affari. Aveva fatto di tutto per dimenticare Hans che l'aveva abbandonata. Vedi, Hans era cresciuto come un servo. Gli era stato insegnato a obbedire sempre ai padroni. Poi era diventato un soldato nazista ed era stato addestrato a obbedire di nuovo. Per noi è impossibile comprendere la sua mentalità. Mia madre sapeva che Hans l'amava, ma sapeva anche che non sarebbe mai tornato. Non sarebbe stato da lui. È difficile spiegarlo alla tua generazione, ma la rabbia di mia madre verso la sua famiglia, Max, sua madre e verso la stessa Germania… be', cresceva dentro di lei senza sosta. Era sempre vissuta nell'agio e nel lusso, e quella vita le piaceva. Credo che il suo strano atteggiamento verso la vita fosse iniziato alla fine dell'infanzia. Mi diceva sempre che quando aveva iniziato a innamorarsi del valletto di suo fratello sapeva perfettamente che sarebbe stato impossibile. E per di più era una donna in un'epoca in cui l'unico ruolo che avrebbe mai potuto avere era quello di sorella, moglie o madre. Era la figlia primogenita di una grande casata tedesca, Anna, ma non ne sarebbe mai stata l'erede. Non sarebbe mai stata padrona della sua vita. Nessuno l'avrebbe mai presa sul serio».

Anna si morse un labbro.

«Il mio patrigno era un imprenditore immobiliare e mi ha instillato il senso degli affari. Quindici anni fa, alla sua morte, ho rilevato il suo portafoglio di investimenti e l'ho espanso. Le cose sono cambiate molto e io ho trovato il modo di farmi strada. Quindi eccoci qui».

La ragazza annuì.

«Mia nonna Elsa morì nel 1963», continuò Ingrid. «Non lasciò più Hannover e non rivide mai mia madre. Mio nonno Otto, invece, impiegò tre anni per ritrovare Elsa dopo la fine della guerra, ma era malato e morì quasi subito. La devastazione della perdita dei figli, due morti in guerra e due lontani, di certo contribuì a ucciderlo. Ma io venni a saperlo solo molto tempo dopo».

Wil lasciò la mano di Anna e si chinò in avanti con un'espressione pensierosa. «Ingrid, capiamo bene il tuo passato e cosa significasse la relazione di tua madre con Hans. Ma sai cosa accadde a Max subito dopo la guerra? Quello che ti sto chiedendo è se sei a conoscenza di qualche ragione che potesse spingerlo a lasciare tutto. Il ritratto che hai dipinto di lui è molto diverso dall'uomo che Anna mi ha descritto».

«Max si diede alla macchia». Ingrid sputò le parole con rabbia. «Lasciò il partito nel 1940. Fino ad allora era stato di stanza a Parigi, ma inspiegabilmente, nel bel mezzo del disastro, riuscì a fuggire prima che i tedeschi prendessero il controllo totale della città. Se l'avessero trovato sarebbe stato fucilato. In ogni caso...».

Anna chiuse gli occhi.

«In ogni caso, mia madre non pronunciava mai il suo nome. Ne aveva sempre parlato come di un uomo privo di spina dorsale, un uomo che non sapeva cosa desiderare per il futuro della Germania e per se stesso. Perciò, come vedi, io sono nel giusto. Schloss Siegel è mio di diritto. Mia madre avrebbe dovuto essere l'erede, lo sarebbe stata in qualsiasi altro luogo se ci fosse stata giustizia o buon senso. Tuo nonno non meritava nulla. Non fu mia madre a fuggire abbandonando ogni cosa. Lei rimase al suo posto e lavorò duramente. Siegel è come le mie altre proprietà: è rimasta esattamente com'era. Non voglio che degli sconosciuti mettano piede lì dentro. Lo distruggerebbero. Oggi ho recuperato gran parte delle antiche proprietà della mia famiglia», continuò la donna. «Tutto è come dovrebbe essere. Qui non c'è posto per te, Anna. Max ha scelto di andare in America, ha abbandonato il suo paese e non è mai tornato. Dovresti andartene anche tu, lì dove è il posto della tua famiglia ormai. Volevo solo incontrarti perché sapessi la verità. Ora la conosci. Non c'è altro».

La mente di Anna era sconvolta, ma tutti i suoi dubbi ritornavano a un unico punto.

La storia di Ingrid, per quanto sembrasse convincente, non rifletteva affatto il vero carattere di Max. Anna lo conosceva bene. Le bastava chiudere gli occhi per ricordare esattamente tutti i momenti che aveva passato con lui. Il racconto di Ingrid non quadrava. Però ormai Max era morto. Come poteva Anna provare che la cugina si sbagliava?

Era sorprendente vedere come l'unico membro della sua famiglia ancora in vita addossasse a lui tutte le colpe.

Anna si alzò. «Grazie», disse. Non avrebbe parlato prima di avere qualche prova che sostenesse la sua posizione. «Devo riflettere», aggiunse semplicemente. «Ma voglio chiederti una cosa. Pensi di restaurare lo Schloss in futuro? Come hai detto tu stessa, fa parte della tua storia e lasciarlo cadere in rovina sarebbe crudele».

«Gestisco i miei affari come meglio credo. Finché sarò in vita nessuno toccherà lo Schloss. Io non intendo viverci da sola, ma non tollero l'idea che ci viva qualcun altro. È la casa di mia madre, la sua eredità. L'ho comprata, mi appartiene e fino alla morte la terrò al sicuro per lei».

Anna ingoiò le proteste. Non poteva accettarlo.

«Ingrid, verrò a parlare con te molto presto», disse Wil. «Anna, vuoi pensarci un po' su? Se avessi altre domande per Ingrid o se volessi dirle altro, posso metterti in contatto con lei. Le hai detto molte cose, Ingrid. Anna ha parecchio su cui riflettere».

La donna annuì. Strinse la mano a Wil, poi ad Anna, ma la ragazza era totalmente distratta, quasi fuori dal suo corpo.

In macchina verso Berlino Wil non disse una parola. A cosa pensava? La giudicava male? Per Anna era stato molto imbarazzante vedere la memoria di suo nonno infangata in quel modo. Arrivata all'hotel, scese dall'auto senza dare a Wil il tempo di salutarla.

«Anna», la chiamò lui affacciandosi al finestrino.

Ma lei scosse la testa.

Allora Wil scese e la rincorse fin dentro all'hotel.

«Devo pensare», sbottò lei, voltandosi. Poi si rese conto che doveva spiegarsi meglio. «Non ha alcun senso».

«Lo so», disse lui.

Max aveva fatto dannatamente bene a non tornare mai più. Solo lei lo conosceva davvero. «Devo andare», disse. Stava per piangere e non voleva che Wil la vedesse così.

Doveva risolvere le cose da sola, come aveva sempre fatto.

«Non devi per forza affrontare tutto da sola», obiettò Wil leggendole nel pensiero.

Ma Anna si ritrasse. «Quello non era Max. Non credo a una parola della storia di Ingrid».

«Pensaci su. Prenditi il tempo necessario», disse Wil. «Nel caso, io sono qui».

Lei annuì. «Grazie per l'aiuto», mormorò.

Ma mentre attraversava la reception, la stessa domanda continuava a girarle nella testa come un corvo che volava in cerchio. Cosa doveva fare? Sembrava essere l'unica persona al mondo a essere rimasta dalla parte di Max.

Si voltò a guardare la macchina di Wil che si allontanava.

Max era morto. Non c'era modo di scoprire la verità sul suo passato.

Quindi ecco la sua situazione: aveva una vita a San Francisco a cui avrebbe dovuto tornare immediatamente e una tumultuosa storia di famiglia che non riusciva a dimenticare.

Capitolo sedici

Parigi, giugno 1940

Camille aveva preso in mano la situazione. La ragazza conosceva a menadito i vicoli della Rive Gauche e aveva insistito per portare la valigia di Isabelle, riscendo nello stesso tempo a evitare ogni incontro sgradito lungo il percorso.

Isabelle non era costretta a pensare, e di questo era grata. Aveva le labbra contratte in un'espressione dolorosa e tutto il suo corpo era rigido per l'angoscia. Le preoccupazioni non le davano pace. Max era al sicuro? Le cose di Marthe… i nazisti avrebbero rubato tutto? Era riuscita a metterne al sicuro abbastanza? O avrebbe dovuto nasconderle meglio?

Osservò la schiena dritta e forte di Camille, davanti a lei. La ragazza sembrava un'esploratrice nelle strade buie: gli occhi della cameriera scrutavano i vicoli prima di imboccarli. Era come se Parigi custodisse segreti oscuri che Isabelle non aveva mai immaginato prima. Quella era una città diversa, sconosciuta. Estranea.

Isabelle si accorse di essere immensamente grata a quella strana ragazza bruna che la serviva fedelmente senza mai lamentarsi per il peso delle valigie. La cameriera guadagnava poco e non aveva una vita al di fuori della casa. Non aveva mai conosciuto i divertimenti di Isabelle e Virginia. Eppure, in quel momento, c'era Camille al comando.

Dopo aver raggiunto Honfleur, la città di origine della cameriera, avrebbero trovato il modo di raggiungere la Spagna.

«Mademoiselle». La voce di Camille la raggiunse attraverso l'aria tiepida.

Isabelle si fermò.

«Abbiamo due possibilità». Gli occhi neri della ragazza scandagliavano la strada.

«Camille, tu sei dieci volte più sveglia di me. Non so che cosa avrei fatto, da sola».

Per un momento lo sguardo di Camille si illuminò. Isabelle sentì la mano della cameriera stringere la sua.

«Per di qua allora», disse Camille, imboccato un vicolo buio di sampietrini. «Questa è la strada più veloce, Mademoiselle».

Il vicolo era molto più stretto di quello che sembrava e gli edifici incombevano alti come una specie di volta nel cielo nero. Tutto era silenzioso e deserto.

Camille non le aveva lasciato la mano. Poi si fermò di colpo. «Non dica una parola», sussurrò.

Le ragazze rimasero impietrite.

C'era qualcuno. In fondo al vicolo si sentiva un fruscio. Debolissimo, ma chiaro.

Poi comparvero due uomini in divisa. Isabelle sussultò ancora prima di Camille e lasciò andare la mano della cameriera. Era un sogno? Il lieto fine era finalmente arrivato? Isabelle fece un passo avanti. Era lui. Era lui senza dubbio. Era arrivato a salvarla dall'incubo.

Lo avrebbe riconosciuto a qualunque distanza, il suo profilo, l'andatura, la forma della testa, ogni dettaglio. Grazie al cielo. Isabelle fu travolta dal sollievo. Max avrebbe portato al sicuro sia lei, sia la sua fedele Camille. Voleva correre da lui, stringerlo tra le braccia e accarezzargli il viso. Era arrivato.

Era venuto a prenderla.

Fece un altro passo avanti.

«Camille Paget?», chiamò una voce. Aveva un accento tedesco e non era per niente amichevole, ma quello forse non voleva dire nulla.

«Sanno il tuo nome?», chiese confusa a Camille.

«Scappi», sussurrò la ragazza. «Stanno cercando me. Vada via, scappi!»

Camille la spinse via.

«Di cosa parli?» Isabelle stava per scoppiare a ridere. Sentiva già lacrime di sollievo premerle agli angoli degli occhi. «Andrà tutto bene», sussurrò. «Max è qui».

Fece un altro passo avanti. Poi qualcuno iniziò a gridare.

Quando partì lo sparo e il dolore le esplose nel petto, Isabelle smise di respirare. Poi si voltò verso Camille.

«Cosa…?», rantolò. Ma le parole facevano male. Non riusciva a pensare. Guardò verso l'alto. Il cielo era ancora lì.

«Oh, mio dio». Camille la sostenne tra le braccia. «Bastardi!», urlò.

Isabelle guardò la ragazza, la sua amica più fedele, l'unica che le rimanesse. Era la cosa più importante, alla fine, l'amicizia. Ormai Isabelle stava ansimando.

«Correte», sentì. Era una voce maschile. Max?

Isabelle cercò di alzare la testa per vederlo. Se fosse riuscita a raggiungerlo, tutto sarebbe finito bene…

Capitolo diciassette

Berlino, 2010

Il mattino dopo l'incontro con Ingrid, il sole luminoso e implacabile gettava lame di luce attraverso gli spiragli delle tende sul letto di ottone di Anna. Dopo un po' la ragazza si sedette, mentre i pensieri le vorticavano confusi nella mente in quello stato indefinibile tra veglia e sonno.

Doveva prendere delle decisioni, quindi fece una lista dei fatti certi. Aveva trovato l'anello di Max. La situazione dello Schloss era disperata. Non poteva sfidare certo una dei più grandi proprietari terrieri della regione. E nemmeno Wil, che avrebbe rischiato il lavoro e tutto ciò che aveva conquistato a fatica.

Quindi cosa le restava da fare? Forse solo lasciar perdere. Lasciare Wil alla sua vita, Ingrid al suo castello e che tutti pensassero quello che volevano di Max. Lei sapeva la verità e quella era l'unica cosa che contava.

Lei sarebbe tornata alla vita che si era costruita, la vita che le consentiva sicurezza e tranquillità. Le cose avrebbero potuto essere molto peggiori.

In realtà avrebbe fatto volentieri a meno di tutti quei sentimenti che la confondevano. Avrebbe fatto ciò che sapeva fare, si sarebbe fidata solo di se stessa.

Scese dal letto e andò in bagno per guardarsi nello specchio elaborato. Chi voleva prendere in giro? Non era piombata in una favola in cui avrebbe salvato il castello di famiglia dalla rovina, per poi galoppare verso il tramonto con il suo bel cavaliere tedesco dall'armatura lucente.

Iniziò a canticchiare un motivetto forzato, preparando le valigie per tornare a San Francisco. Era stata fortunata: c'era ancora qualche posto libero sul volo del pomeriggio.

Anna gettò un ultimo sguardo alla stanza prima di chiudere la porta e uscire in corridoio. Aveva lo stomaco contratto per la nausea. Nonostante tutta la sua risolutezza, non poteva fare a meno di pensare in continuazione alle parole di Ingrid.

Anna scosse la testa e trascinò il trolley verso il piccolo ascensore, un passo alla volta, un piede dopo l'altro.

* * *

Due mesi più tardi, Anna era ormai convinta di aver messo da parte il passato. Era tornata alla sua routine, alla sua casa, e la storia della sua famiglia era rimasta dove doveva stare. Era una mattina fresca e nebbiosa d'autunno e le foglie secche color ambra ricoprivano le strade. Il clima si accordava all'umore di Anna: calava il sipario, era il momento di chiudere.

Ma in quel momento c'era un ragazzo davanti al bancone del caffè, un ragazzo che aveva ripetuto il suo nome dopo aver ordinato. E mentre lei lo scriveva sul bicchiere di carta, la sua testa aveva iniziato a girare.

Hans. Il ragazzo si chiamava Hans. Era il nome del padre di Ingrid, il valletto di Max. E se fosse stato ancora vivo?

In fondo Max era morto da così poco… Hans Kramer era stato l'amante di Nadja e il suo nome si era impresso nei ricordi di Anna.

Hans era stato molto più di un servitore.

Era stato l'uomo di fiducia di suo nonno.

Dopo aver finito col caffè, facendo cadere il coperchio del bicchierino con le mani tremanti, Anna chiamò una cassiera a sostituirla e corse nel suo ufficio, evitando per un pelo di scontrarsi con un altro dei suoi dipendenti. Si strappò di dosso il grembiule nero e si sedette al computer.

Avrebbe potuto scrivere a Wil di chiedere a Ingrid la verità sul suo vero padre, ma sarebbe entrata in un campo minato. La seconda opzione era cercare il valletto su Google.

Anna scelse l'opzione due.

Trovò un uomo d'affari, un attore e un professore universitario. Max era nato nel 1916, Nadja era un po' più grande e tutti e tre erano cresciuti insieme, quindi era probabile che Hans fosse nato intorno al 1913. Anna passò mezz'ora a cercare, senza trovare nulla di esaustivo in rete. L'uomo d'affari aveva solo ventisette anni, l'attore trentadue e il professore viveva a Hong Kong ed era vicino alla cinquantina.

Erano tutti vicoli ciechi e Anna non sapeva più dove cercare.

Poi sullo schermo del computer comparve una pubblicità. Anna scosse la testa. Ma a che cosa servivano poi quelle pubblicità?

Eppure non riusciva a chiudere il pop up. Rimaneva lì, e lei si ritrovò a fissarlo.

Ancestry.com. I computer erano davvero così intelligenti?

Un'ora più tardi Anna aprì un certificato di nascita a tutto schermo. Hans era nato nel villaggio di Siegel nel 1914.

Quando Anna trovò una foto si lasciò ricadere indietro sulla sedia. Biondo, bello, lineamenti regolari. Non c'era da stupirsi che Nadja avesse perso la testa. Anna trovò anche i registri militari. Era stato nell'esercito? Sì...

Cercò tra i matrimoni e i decessi. Era morto nel 1989 a settantun anni.

E aveva lasciato un solo figlio maschio.

Un certo Gabriel Kramer.

Anna lo cercò in rete e dieci minuti dopo prese il telefono. Poi lo rimise giù. Era mezzanotte ad Amsterdam, ma l'uomo che aveva trovato doveva essere proprio il figlio di Hans.

Anna spense il computer e prese la giacca, se la gettò su una spalla, poi spense le luci e lasciò il caffè. Ormai il locale era chiuso. Cass non c'era, ma qualche tempo prima si era affacciata alla porta dell'ufficio per salutare Anna.

Anna andò a letto senza smettere di pensare. Si girò e rigirò per ore, insonne, poi si alzò e tornò al computer per leggere ancora un po'. Gabriel possedeva una galleria d'arte ad Amsterdam, somigliava a suo padre e aveva l'età giusta per essere nato negli anni '60. La biografia sul sito diceva che si era trasferito da Berlino in Olanda negli anni '80. Anna cercò di non saltare a conclusioni affrettate, concentrandosi invece su quello che avrebbe dovuto chiedergli. Come sarebbe riuscita a spiegargli di cosa aveva bisogno?

Mentre lavorava, Anna mordicchiava una penna succhiano il freddo tappino di plastica. Era una pessima abitudine che non riusciva a perdere. Sorrise al pensiero di Wil che faceva ballare la penna mentre pensava.

Wil. Spesso le capitava di incrociare qualcuno per strada a San Francisco che glielo ricordava. Un paio di volte aveva sbirciato dentro a una BMW simile alla sua per vedere se per caso il guidatore fosse lui. Era una cosa stupida. Eppure non poteva fare a meno di ripensare che lui in fondo avrebbe potuto essere quello giusto. Il modo in cui sapeva ascoltare, il senso dell'umorismo, l'aiuto che le aveva dato, i suoi amici… Ma non si era fatto risentire. Era tutto finito da un paio di mesi.

Anna tornò allo schermo.

Erano quasi le tre del mattino in California, ma ad Amsterdam ormai la galleria doveva essere aperta. Anna aveva provato un discorso. Sapeva cosa dire. Prese il telefono e compose il numero.

«*Met Gabriel Kramer*».

Anna si alzò e iniziò a camminare. Si era preparata. *Met* voleva dire "con", "sta parlando con". Toccava a lei presentarsi.

Si fermò davanti al salotto. «Anna Young», disse. «Chiamo dall'America. Lei parla inglese?»

«Sì». Sembrava rilassato e abbastanza amichevole.

Anna continuava a pensare freneticamente. Gabriel l'avrebbe creduta una possibile acquirente? Ridicolo ma logico. Anna scosse la testa.

Doveva concentrarsi.

«Mr. Kramer...».

«Gabriel».

«Grazie. Senta, io… chiamo per motivi personali».

«Davvero?» Sembrava ancora rilassato.

«Sì, dovrei presentarmi per bene». Aveva letto in rete che le presentazioni erano una parte importante dell'etichetta olandese. «Mio nonno era Max Albrecht. So che suo padre, Hans Kramer, era...».

«Mio padre era il suo valletto».

Un momento di silenzio.

Anna doveva sedersi. Si accoccolò sulla sua poltrona preferita.

«Va bene… vede, le sembrerà un po' strano, ma sto facendo delle ricerche sulla storia della famiglia. Anzi, non esattamente. Sto cercando il motivo per cui mio padre non tornò mai a Siegel dopo la guerra. Andò in America e non mise mai più piede a casa. Ho tentato tutte le strade possibili e immaginabili ma non arrivo da nessuna parte. Mi rendo conto che è improbabile, ma forse suo padre Hans potrebbe averle raccontato qualcosa di Max, dopo tutto lo conosceva... molto bene. Almeno all'epoca in cui abbandonò tutto. Era il 1940, ne sono sicura».

«Anna, senta...».

Le sembrava quasi di riuscire a sentirlo pensare.

«Credo che dovremmo parlare».

«Sì». Anna chiuse gli occhi per il sollievo, si appoggiò ai cuscini e attese.

«Se è arrivata fino a questo punto, se è riuscita a trovare me, be'... credo che si meriti di parlare approfonditamente di questa storia. So che potrebbe essere complicato, ma crede di riuscire a venire ad Amsterdam per incontrarci di persona? Lei vive negli Stati Uniti?»

«Sì», ripeté Anna. Era esausta, ma pur di chiudere quella storia sarebbe andata anche su Marte.

«Sì, nel senso che può venire? Perché credo che sarebbe la soluzione migliore, Anna», continuò lui.

«Mi dica dove». Si alzò e raggiunse il bancone ordinato della cucina per prendere una penna.

Gabriel le diede in fretta altri dettagli del suo recapito e le disse di raggiungerlo in qualsiasi momento.

Dopo aver riattaccato, Anna tornò immediatamente al computer e cercò gli orari dei voli.

Capitolo diciotto

Amsterdam, 2010

Anna aveva fissato un appuntamento con Gabriel nel primo pomeriggio ad Amsterdam. Per passare il tempo nelle ore vuote dopo l'atterraggio, aveva deciso di passeggiare un po'. Ogni canale sembrava avere un'atmosfera tutta sua e l'attirava in modo irresistibile. Quella città senza tempo era piena di biciclette, studenti e appartamenti incredibilmente chic, con le finestre senza tende che rivelavano interni di design, incastonati in affascinanti edifici antichi perfettamente integrati nella modernità.

Anna scelse la strada più lunga per raggiungere la galleria di Gabriel. Quando varcò la soglia, lo trovò già in piedi ad aspettarla, dietro una scrivania nella sala dipinta di bianco. Anna si guardò intorno. Alle pareti c'erano ritratti stupefacenti, tutti illuminati a effetto per sottolineare le caratteristiche del dipinto. Se fosse stata lì per altre ragioni, le sarebbe piaciuto molto restare a curiosare un po'.

«Mr. Kramer?», chiese.

Lui inclinò la testa.

«Sono Anna Young. Spero di non averla colta in brutto momento».

Lui aspettò qualche secondo a rispondere. «Devo ammettere che non ho smesso di ripensare alla sua telefonata fin da quando ho riagganciato». Anna si accorse che l'uomo aveva un lievissimo accento americano.

Sembrava quasi sorpreso di vederla, come se si fosse materializzata nella galleria di Prinsengracht con un incantesimo e fosse stata sul punto di scomparire di nuovo come un coniglio nel cappello.

Anche lei lo guardò apertamente, cercando somiglianze con Ingrid. Non trovò nulla di definito. Forse c'era qualcosa di simile negli occhi azzurri, ma quelli di Gabriel erano molto più calorosi. I capelli grigi, che molto probabilmente erano stati biondi, erano tagliati cortissimi. Indossava una giacca di pelle scolorita sopra un maglione nero.

«Credevo che non sarebbe venuta», continuò, aprendo un cassetto della scrivania per prendere un portafoglio di pelle. «Venga, le offro un caffè. Deve assaggiare il migliore».

«Mi creda, ho già fatto il pieno», rise Anna. «Ma devo riconoscere che voi olandesi sapete fare delle ottime miscele».

«Contro il jet lag?» Gabriel sembrava un gradevole conversatore.

Anna rilassò le spalle. Se le fosse piaciuto scommettere avrebbe puntato sul fatto che fosse un gran chiacchierone.

«Non ci sono altri rimedi», gli rispose.

Gabriel disse qualcosa in olandese a qualcuno in una stanza sul retro e una voce maschile rispose. Anna cercò di concentrarsi sul discorso che doveva fare.

Ma passeggiando con Gabriel lungo l'argine stretto del canale, finì per distrarsi osservando il sole del tramonto che gettava una luce rosata sulle case, sul mercato galleggiante di fiori pieno di tulipani, sui tetti dai profili irregolari e sulle barche pittoresche ormeggiate sull'acqua.

Anna seguì Gabriel, che le tenne aperta la porta di vetro di un caffè. Sulle pareti c'erano scaffali pieni di vasi, libri e perfino lampade accese che illuminavano piacevolmente il locale.

Dopo aver ordinato, Gabriel si sedette davanti ad Anna e si prese la testa tra le mani.

«Mi scusi», chiese lei, «non si sente bene?»

«No, no, sono solo sorpreso di incontrare qualcuno che abbia un legame con mio padre».

Anna decise di non raccontargli nel dettaglio come aveva scoperto quel legame. Aspettò che fosse lui a continuare.

«Va bene, allora», disse Gabriel appena arrivò il caffè, insieme a due magnifiche fette di torta. La superficie ricordava molto un alveare. «Deve provare la nostra specialità, il *vlaai*», spiegò. «Le ciliegie in mezzo sono locali».

«Lei vive qui da molto?», gli chiese Anna, mordendo il dolce.

«Mio padre arrivò in Olanda dopo la guerra. Cercava un posto in cui poter essere... se stesso».

«Capisco».

«Che cosa sa esattamente?», le chiese Gabriel.

Anna gli raccontò di Max e scoprì che Gabriel era già a conoscenza dell'esistenza di una sorellastra, Ingrid, anche se non aveva mai avuto contatti con lei. Anna gli raccontò tutto quello che sapeva di Nadja, e parlò dell'amara visione del passato di Ingrid. Gli disse che non credeva che tutto quel risentimento fosse giustificato, che doveva esserci dell'altro dietro e che il ritratto di Max dipinto da Ingrid non combaciava affatto con il suo ricordo del nonno. Che voleva una conoscenza più equilibrata di quello che era successo.

Gabriel annuì. «La capisco. Mio padre, Hans, fece dentro e fuori dagli ospedali psichiatrici per tutta la vita. Non si riprese mai del tutto dai fatti di Parigi. Era traumatizzato. Io...».

Anna posò la forchetta e lo guardò. «Parigi?»

«Ormai è arrivata fin qui, Anna. Non ha più senso tenerla all'oscuro».

Lei annuì. Finalmente avrebbe scoperto la verità?
«Era chiaro che mio padre fosse tormentato da un segreto», spiegò Gabriel. «E alla fine, uno dei dottori riuscì a farglielo confessare».
Anna posò il mento sulle mani.
«Mio padre aveva lavorato per gli Albrecht fin dall'età di quattordici anni. Era molto amico di tuo nonno Max, quindi ottenne una promozione presto. Era un bel traguardo all'epoca».
Lei annuì.
«Prima e durante la guerra, Max aveva avuto una relazione con una ragazza francese».
«Lo so. Viveva in un appartamento di Parigi, ma non conosco altri dettagli».
Gabriel alzò gli occhi all'improvviso. «Quindi ha visto gli articoli? È per questo che ha deciso di indagare?»
«Li trovò mio nonno. La sua reazione mi stupì. Non troverò pace finché non andrò a fondo in questa storia».
«Allora è successo tutto al momento giusto».
«In un certo senso, ma non in altri».
«Molto spesso è così».
Anna aspettò.
«Sia mio padre che tuo nonno facevano parte del contingente tedesco che occupò Parigi. Vede, Anna, in realtà i nazisti cercavano la cameriera della ragazza francese. Avevano detto a mio padre e tuo nonno che la cameriera era una spia. Avevano l'ordine di ucciderla. E di uccidere anche Isabelle de Florian, la ragazza che Max doveva sposare, per aver ospitato una spia».
Anna chiuse gli occhi. Dovette posare le mani sul tavolo per sentirsi stabile.
«Tutto bene?», chiese Gabriel.
«Sì, certo».
«Era una prova di fedeltà al partito nazista. Sapevano

tutto della storia di Max e Isabelle, per questo inviarono proprio lui e non un altro. Anche mio padre ovviamente conosceva Isabelle. La ragazza aveva passato un Natale allo Schloss. Mio padre mi raccontò che tutti la consideravano parte della famiglia. Tutti si aspettavano che Max l'avrebbe sposata, dopo la guerra. Mio padre le era affezionato. Era una situazione che noi non possiamo neanche immaginare».

«Oh, no», mormorò Anna. «Povero Max».

«Esatto. E come ho detto, si trattava di un test. Fin dove arrivava la loro fedeltà alla Germania? Cosa avrebbe fatto Max in nome del partito? I suoi capi si aspettavano che mettesse da parte i desideri personali. Il partito doveva venire prima. La Germania doveva venire prima. Niente altro aveva importanza. Deve cercare di capire».

Lei annuì, anche se iniziava ad avere la nausea. «Continui», sussurrò.

Si stava quasi mordendo il labbro a sangue.

«Max dovette portare mio padre con sé in missione a Parigi. Era la vigilia dell'invasione vera e propria. Entrambi erano in grado di riconoscere Isabelle a qualunque distanza. I nazisti sapevano che non aveva lasciato l'appartamento e che quella notte sarebbe stata ancora a Parigi. E il fatto che la ragazza non fosse fuggita prima era indicativo: dava ai nazisti maggiori pretesti. Lei e la cameriera prevedevano di restare in città e piantare grane? Le spie non erano tollerate e la cameriera era molto sospetta».

«Ma come poteva essere una spia?». Anna doveva chiederlo.

«Era circolata la voce che stesse aiutando un nemico riconosciuto dei nazisti», spiegò Gabriel. «Immagino fosse il modo corrente per dire che era amica di un immigrato clandestino o di un ebreo. Succedeva spesso».

«Immagino», sospirò Anna.

«Quindi, Max e Hans seguirono Isabelle e la cameriera mentre trascinavano le valige nella notte nelle vie di Parigi, la notte dell'11 giugno 1940. Le ragazze avevano deciso finalmente di fuggire. Poi, quando imboccarono un vicolo deserto, i due uomini ebbero l'opportunità di ucciderle».

«Ma mio nonno...»

«Anna», disse Gabriel chinandosi in avanti. «Max aveva già preparato le carte per la fuga di Isabelle».

Anna iniziò a respirare più velocemente e alzò gli occhi sull'uomo di fronte a lei. Di colpo Gabriel sembrava stanco. Dimostrava tutti i suoi anni e anche di più.

«Fu mio padre che portò a termine la missione. Fu Hans, il valletto sfortunato, a uccidere Isabelle de Florian. Mio padre era sempre stato ambizioso, ansioso di dimostrare il suo valore. La sua fedeltà alla famiglia Albrecht era incrollabile. Il suo dovere era proteggere il padrone, anche andando contro lo stesso volere di Max. Lui sentiva che Isabelle sarebbe stata la fine di Max e se il padrone fosse morto, lui avrebbe mancato ai suoi doveri. E poi sarebbero stati fucilati entrambi per insubordinazione. A prescindere dall'affetto che poteva avere per Isabelle, doveva essere fedele a Max. Ma non immagina quanto quella scelta lo tormentò per tutta la vita».

Anna tacque, anche se il cuore le batteva così forte da risvegliare i morti.

«Quindi. Mio padre eseguì gli ordini. Sparò prima a Isabelle, che si era fatta avanti chiamando Max. Lei lo aveva riconosciuto. Mio padre non dimenticò mai come aveva gridato il nome di Max».

«No».

Gabriel tese una mano sul tavolo e la posò vicino a quella di Anna.

«Max corse da Isabelle e passò di nascosto i documenti a Camille, mentre erano entrambi chini sul cadavere. Hans non poteva sparare con Max sulla linea di fuoco. Non poteva rischiare di uccidere il padrone per sbaglio».

La ragazza annuì, ansimando.

«La colpa distrusse la vita di mio padre. Lo consumò. È così che funziona la colpa. Aveva ucciso una ragazza innocente, la donna che il suo padrone amava, una persona che gli era simpatica, e per che cosa? Con ogni probabilità Isabelle de Florian non era nemmeno al corrente delle attività della cameriera. Quella poveretta voleva solo fuggire. Era molto dolce, raccontava mio padre».

«Dio». Anna sentì la sua stessa voce.

«Chiaramente Max non si fidò più di mio padre dopo quello che aveva fatto. Non poteva restare. L'unica possibilità che gli restava era sparire. Abbandonò l'uniforme, che fu trovata a poca distanza. Mio padre non seppe mai dove andò, all'epoca. Tuttavia mi raccontò che erano stati i genitori Max a spingerlo nel partito. Lo avevano convinto ad aderire per il bene della tenuta, per tenere tutti al sicuro. Max aveva confidato a mio padre il terribile conflitto interiore che aveva avuto prima di unirsi ai nazisti. Erano amici e Max aveva molti dubbi. In sostanza, la sua famiglia lo aveva messo in una pessima posizione e questo aveva portato alla morte la donna che amava. Forse non li avrebbe mai perdonati. O forse non poteva semplicemente tornare a casa. Io credo di più a questa seconda ipotesi. Erano successe troppe cose e gli anni non potevano che peggiorare la situazione. Max probabilmente immaginava che i suoi fossero morti e i fratelli uccisi in guerra. Quindi erano rimasti solo lui e Nadja e mio padre aveva ucciso Isabelle».

Anna gli toccò la mano, ancora appoggiata sul tavolo. Il caffè era diventato silenzioso e lei doveva pensare.

«Grazie», disse. «La ringrazio davvero, Gabriel».

«Se avesse altre domande da farmi deve solo chiedere», rispose lui. «Io sono sempre qui».

«Grazie».

«Quindi era molto legata a suo nonno Max?»

«Sì», rispose Anna. «Moltissimo».

«Vorrebbe restare un po' da sola?», chiese lui.

«Penso di sì».

L'accompagnò fuori. Anna tornò all'hotel, schivando bici e turisti e persone del luogo col pane sotto braccio come se fossero stati miraggi. Non cose reali.

Era a Parigi. In quel vicolo. Quante volte Max aveva rivissuto quel momento? Cosa sarebbe accaduto se Hitler non avesse conquistato la Germania e portato la rovina sul resto del mondo, se non avesse impedito a Max di sposare la donna che amava e vivere con lei nella proprietà che gli apparteneva di diritto?

* * *

Anna si fermò sul ponte che attraversava il canale Herengracht. Max aveva cercato di dirle di non fuggire dalle cose per paura, non se quelle cose erano giuste. Ma se la soluzione era tanto facile perché non riusciva ad affrontare i suoi sentimenti e i suoi timori? Cosa provava per Wil? E cosa avrebbe fatto adesso per Siegel?

Capitolo diciannove

Ventiquattro ore dopo, Anna trascinava il trolley nell'aeroporto Schiphol di Amsterdam. Si fermò subito dopo le porte di vetro, con la valigia al suo fianco, il passaporto nel portafoglio e il biglietto per San Francisco stretto in mano.

Fissò il biglietto e lo rigirò. Era solo un pezzo di carta che avrebbe consegnato al check-in, passato a una hostess e scambiato con una carta di imbarco. Poi un aereo l'avrebbe riportata a casa. Alla sua routine. Fine.

Ma dentro di sé era disperata per Max e Isabelle e quando la sera prima era tornata in albergo aveva osservato ogni coppia che incrociava nelle strette vie di Amsterdam, mano nella mano sui ponti, e aveva ripensato a suo nonno e a quel grande amore perduto.

Per anni Max aveva tenuto il ricordo di Isabelle e il suo amore per la ragazza di Parigi interamente per se stesso. C'era una strana bellezza in tutto ciò.

Era ora di tornare a casa. Iniziò a trascinare il trolley sulle piastrelle dure dell'aeroporto, sforzandosi di concentrarsi sulla ricerca del banco per il check-in del suo volo Amsterdam-Los Angeles, prima e Los Angeles-San Francisco, poi.

No.

Anna si fermò e scosse la testa a quel pensiero stupido. Era ridicola. Non poteva fare nulla per salvare Schloss Siegel. Non poteva e non doveva tornare indietro per affrontare la figlia di Nadja.

Poteva immaginarsi perfettamente la conversazione. Ingrid doveva essere bravissima nei litigi. Era una dura donna d'affari abituata a prendere decisioni difficili. Una donna che aveva lasciato andare in rovina una tenuta bella come Siegel per chissà quale punto d'onore e che non si curava affatto delle condizioni degli abitanti del villaggio, difficilmente si sarebbe commossa per una qualche storia d'amore parigina.

Poi però Anna si fermò di nuovo. Anche lei sapeva essere forte. Aveva messo in piedi un'attività da sola proprio come Ingrid, anche se in scala più piccola.

Perché doveva rinunciare all'impresa ancora prima di intraprenderla?

Schloss Siegel faceva parte di lei. Non era una prerogativa di Ingrid.

Anna guardò il biglietto.

Poi si voltò e andò nella direzione opposta al suo check-in, verso un bancone dove avrebbe potuto comprare un altro biglietto.

Sarebbe tornata all'altra sua casa.

«Devo andare a Berlino», disse all'impiegata dietro il bancone.

Lei non fece commenti e si limitò a digitare dati sul suo computer, per poi stampare un biglietto.

* * *

La luce del tardo pomeriggio era come una coperta dorata sopra Berlino. Mentre il taxi si muoveva nella caotica città, Anna si sentì più a casa che mai.

Guardò fuori dal finestrino la porta di Brandeburgo, risoluta e impassibile di fronte a tutto ciò che accadeva ai suoi piedi.

Ovviamente era un simbolo di speranza e libertà, libertà dal passato. Libertà dall'odio e dalle divisioni. Anche

Anna voleva liberarsi. A essere del tutto onesta, non era solo la memoria di Max che voleva riabilitare: voleva anche aiutare sua cugina. Voleva aiutarla a capire che esisteva un'alternativa, che non era costretta a lasciare tutto in malora né a essere amareggiata e inacidita.

Non sarebbe stato facile e Anna lo sapeva bene. Tuttavia, mentre pagava il tassista davanti all'albergo vicino a casa di Wil, lo stesso dell'ultima volta, si rifiutò di crogiolarsi nel dubbio.

Una volta presa la stanza, si rinfrescò un po' e uscì. Poi compose il numero di Ingrid, che aveva scoperto facilmente in rete e camminò come una qualunque berlinese, superando decisa negozi e bar, con la testa alta anche quando facevano solo il giro dell'isolato.

Dopo pochi secondi Ingrid rispose.

«Anna», disse in tono pratico.

Anna rispose allo stesso modo. «Spero vada tutto bene».

«Certo».

Anna continuò a camminare. «Mi chiedevo se potessimo incontrarci di nuovo. C'è una cosa di cui devo parlarti».

Ci fu una pausa prima che lei rispondesse. «Al momento non sono a Siegel. Tu dove ti trovi?»

«A Berlino», rispose Anna.

«Domani sarò in paese quasi tutto il giorno», disse la donna.

Anna si fermò. «Quindi possiamo incontrarci a Siegel, domani?».

L'altra donna aspettò un secondo prima di replicare. «Molto bene. Sì. Ho degli affari da sbrigare, ma se venissi verso le nove potrò trovare un po' di tempo per te».

Anna accettò. Andava benissimo. Poteva incontrarla e soprattutto poteva tenere testa all'approccio da donna d'affari di Ingrid.

* * *

Il giorno dopo, durante il viaggio in treno, rifletté su quello che doveva dire arrivata a Siegel. Poi, scesa alla minuscola stazione, si incamminò verso lo Schloss.

Era una splendida mattina d'autunno e gli uccelli cantavano tra gli alberi color ambra. Anna superò i primi edifici vuoti e si portò il telefono all'orecchio.

«Sono seduta in terrazza», disse Ingrid. «Mi troverai qui».

Anna la ringraziò. Che posto strano per incontrarsi. Anche se in effetti, la casa, così vuota e polverosa non sarebbe stata un'ottima scelta.

Quando Anna fece il giro dello Schloss, assorta nei suoi pensieri senza lasciarsi distrarre dalla vista del lago in lontananza, si fermò come pietrificata.

La scena che aveva davanti era surreale.

Sulla terrazza era stato sistemato un grande tavolo rotondo coperto da una tovaglia rossa. Intorno a esso sedevano Ingrid e alcuni uomini.

Come aveva potuto?, pensò Anna. Si indurì.

«Anna», disse Ingrid tendendole la mano. «Vorrei presentarti Mr. Wong, Mr. Chen e Mr. Li».

Anna rimase immobile.

Ingrid le fece segno di accomodarsi.

«Ingrid, potrei parlarti un secondo in privato?», chiese invece Anna, senza sorridere, guardando la cugina dritta negli occhi.

Ingrid sistemò la giacca blu scuro. I capelli biondi erano raccolti nel consueto chignon. Gli occhi azzurri brillavano.

Si aprono le danze, pensò Anna. Non si mosse di un millimetro.

Ingrid sorrise all'improvviso. «Ma certo. Signori, scusate, ci vorranno solo pochi minuti. Farò una passeggiata con mia cugina fino al lago e vi lascerò chiacchierare».

In quel momento apparve un cameriere in un uniforme come per magia, con un vassoio di caffè e pasticcini. Anna iniziò a vedere fotogrammi di Schloss Beringer. Orrendi tappeti, un albergo freddo e impersonale. Cibo pessimo…

Chi poteva impedire tutto ciò?

Anna si morse la lingua per non dire qualcosa di cui si sarebbe pentita. Si allontanò invece dal gruppo, diretta al lago.

«Sono stata ad Amsterdam», disse a Ingrid.

«Davvero?», la domanda della suonava molto come un "e allora?"

Quindi non sapeva nulla. Non aveva idea di avere un fratellastro.

Anna si fermò sulla riva del lago, fissando l'albero sotto il quale lei e Wil avevano fatto quel picnic. Picnic, vita, famiglia e amore: ecco di cosa aveva bisogno lo Schloss.

Si voltò verso la cugina. Anche Ingrid sembrava guardare l'isola.

«Cosa stai facendo?», chiese Anna.

«Sto pensando di vendere lo Schloss», rispose lei a voce bassa. «Credevo ti avrebbe fatto piacere. Loro lo restaureranno e io uscirò dai giochi. Alla fine il castello verrà salvato, Anna».

Anna stava per scoppiare a ridere, ma trattenne la risata amara e tentò un'altra strada. «E se fossero ancora vivi?», chiese a bassa voce. «Cosa avrebbero voluto secondo te?»

«Chi?», sbottò Ingrid. «Di cosa parli?»

«Didi, Jo… Isabelle», rispose Anna.

«Se ti riferisci alla donna con cui Max aveva una tresca...».

«Non si trattava di una tresca», ribatté Anna. «Volevano sposarsi, costruirsi una vita insieme». Non cambiò tono, reputò giusto continuare semplicemente a raccontare. «Ma Isabelle fu uccisa. Max aveva avuto ordine di eliminarla perché la sua cameriera era sospettata di spionaggio, ma ovviamente non ci riuscì. Non poteva uccidere la donna che amava».

Ingrid la fissò con occhi di fuoco.

Anna non indietreggiò. «Erano stati i genitori di Max, i tuoi nonni, a costringerlo a unirsi al partito. Lui voleva solo fare la cosa giusta per la famiglia, per Siegel e per la Germania. Sempre. Ma quando trasgredì all'ordine di uccidere la sua fidanzata, qualcun altro lo eseguì al suo posto. Qualcuno che riteneva suo dovere proteggere Max e la sua famiglia, la proprietà, il villaggio, fin da quando aveva iniziato a lavorare a Siegel e anche dopo aver accompagnato Max in guerra. Era stato addestrato a obbedire e a proteggere il padrone a tutti i costi...».

«No!»

Anna se lo aspettava, ma l'urlo di Ingrid interruppe la quiete mattutina e fece sussultare gli uomini in terrazza. Si erano girati tutti a guardarle.

Ingrid si diresse verso la casa a grandi passi.

«Aspetta!». Anna afferrò la cugina per un braccio e la trattenne.

«Perché dovrei starti a sentire?», ruggì Ingrid. Avevano già percorso metà del prato. «Come osi?»

«Fermati», sussurrò Anna, estraendo la scatolina che aveva in tasca.

Ingrid si fermò e fissò il velluto consunto. Gli occhi che fino a poco prima erano infiammati dalla rabbia di generazioni passate, o luccicavano in cerca di una qualche consolazione. Se Anna avesse voluto scommettere, avrebbe scommesso che Ingrid stava trattenendo lacrime di rabbia.

«Era il loro anello di fidanzamento. Max l'aveva nascosto nello Schloss. È quello che mi aveva chiesto di riportargli prima di morire, l'unica ragione per cui mi ha implorata di tornare qui. Mi aveva rivelato che perdere Isabelle era stato il più grande rimpianto della sua vita. Si era tenuto tutto dentro fino a novantaquattro anni».

Ingrid allungò la mano ben curata, prese la scatola, estrasse l'anello e lo rigirò tra le dita.

«Perché dovrei crederti?». Era di nuovo piena di amarezza. Le restituì l'anello. Poi tornò verso la terrazza.

Anna la seguì fino ai gradini.

Ingrid stava tornando dagli uomini d'affari, ma prima di raggiungerli si voltò di nuovo, gelida come l'acciaio. «Ormai ho deciso. Voglio dimenticare il passato. Adesso devo tornare alla riunione. Grazie, addio».

«Ingrid», ritentò Anna.

La cugina la fissò come per sfidarla a dire un'altra parola.

«Mi dispiace», si scusò Anna rivolta ai cinesi, che la stavano fissando come se fosse stata una specie di parente pazza. Bene. Lo sarebbe stata fino in fondo.

«Ingrid», ripeté. «Mi hai detto che la famiglia non conta niente, che esiste solo il duro lavoro. Ma tu hai una famiglia».

«Non essere ridicola».

«No, tu hai un fratellastro. Gabriel. Ad Amsterdam. È figlio di Hans Kramer, proprio come te».

Ingrid non si mosse. Uno degli uomini tossì.

«E poi ci sono io», continuò Anna in tono calmo. «Nemmeno io ho nessun altro, sai, ora che Max è morto. Resto solo io, proprio come qui sei rimasta solo tu. Ma ora ci siamo trovate e io vorrei... conoscerti meglio».

Ingrid le voltò le spalle di nuovo.

Uno degli uomini di affari si alzò. «Chiedo scusa», disse. Gli altri lo imitarono.

Ingrid allora tornò a guardare Anna. «Quindi dovrei accogliere te e il mio fratellastro a braccia aperte? Adesso?»

«Sì», rispose Anna semplicemente. «Perché siamo una famiglia».

Gli uomini si allontanarono verso un minivan parcheggiato sul vialetto. Anna non l'aveva notato prima. «Credo che sarà meglio lasciarvi sole, Frau Hermann», disse uno di loro.

«Finirò tra un minuto», borbottò Ingrid. Ma loro se ne andarono in ogni caso.

Anna fece un passo verso la cugina. «So che è dura. Io, te, Max, Nadja… i fratelli minori uccisi. E tuo padre, respinto quando avrebbe dovuto essere accolto».

Ingrid tacque ancora.

«Ma qualcosa è rimasto», insistette Anna. «Schloss Siegel. E tu puoi ancora scegliere. Sai cosa vorrei fare io. Sono pronta a lavorare al tuo fianco».

La donna anziana rimase immobile, rigida.

Anna non cedette terreno. «L'hai protetto fino a oggi. Non hai permesso che venisse distrutto. Credo che tu stessi solo aspettando. Ed è già qualcosa, credo. Non ti sei arresa».

Ingrid incrociò le braccia e fissò il parco.

Il sole si aprì all'improvviso, riscaldando la vecchia terrazza e illuminando il lago. Anna immaginò feste, gite in barca, ombrellini e persone, una famiglia, gente che prendeva il tè in una giornata di sole, i bambini che correvano nel giardino verso l'acqua. Le zie venivano a trovarli, i cuginetti giocavano e a Natale arrivavano parenti da Amsterdam, dall'America o da qualunque posto in cui la famiglia si fosse allargata. La casa sul lago sarebbe tornata a vivere.

Era il suo sogno.

«Puoi farlo. E io posso farlo con te», insistette Anna.

«Ma chi ci vivrebbe?», chiese Ingrid, guardandola con un'espressione indefinibile negli occhi azzurri. Stava pensando alla famiglia? All'amore?

«Non so chi ci vivrà», ammise Anna. «Ma dobbiamo iniziare ad agire, riportare tutto com'era un tempo. Poi chissà cosa accadrà?»

Ingrid guardò il lago per un momento. Il cinguettio di un uccello risuonò nel silenzio.

Poi le spalle della donna anziana si rilassarono e il suo viso si distese. Ora sembrava bellissima.

«Sarebbe un'impresa epocale», disse guardando dritta davanti a sé. «E tu hai una vita a San Francisco».

«Potrei crearmi un piccolo appartamento nello Schloss, trasferirmi qui e controllare il lavoro. Ho bisogno di un progetto. Il mio locale può sopravvivere da solo per un po'».

«Dovremo muoverci con grande attenzione. Fare le cose con gusto».

«Assolutamente».

«Bene», disse Ingrid. «Allora dovremmo metterci al lavoro».

Capitolo venti

Anna si stiracchiò nel letto dell'albergo e, con un gesto automatico, prese il telefono. Era sempre la prima cosa che faceva ogni mattina: controllava se c'erano notizie dal caffè. Ma quella mattina Anna trovò un messaggio diverso.

Un messaggio di Ingrid. Tornate in città con il minivan, insieme ai delusi acquirenti cinesi, lei e la cugina si erano chiuse nell'ufficio di Ingrid parlando fino a tarda notte come due scolarette a un pigiama party. Avevano fatto piani sulla mappa di Siegel.

Anna aggrottò la fronte e premette il pulsante. La voce di Ingrid risuonò nella stanza. «Non riesco a credere di non avertelo detto ieri. Mi dispiace, Anna. Il fatto è che il mio avvocato… lui sembrava dalla tua parte».

Anna scattò seduta coi sensi tutti all'erta. «Vedi, l'ultima volta che ci siamo incontrate, Wil Jager mi aveva portato molte lettere. Lettere degli abitanti di Siegel. Era stato al villaggio, aveva parlato con tutti e li aveva convinti a scrivermi per spiegarmi che il villaggio doveva essere salvato. Che lo Schloss doveva essere salvato. Che avrei dovuto fidarmi di te per lavorare al mio fianco».

Anna sorrise e sentì un calore nel petto.

«Immagino che dovessi saperlo. Forse vorrai ringraziarlo. Anche lui ha… influito sulla mia decisione di ieri».

Anna riattaccò, mise i piedi giù dal letto e si alzò. Andò in bagno, ma più che camminare le sembrava di volare.

Cosa voleva dire? Ovviamente era tipico di Wil fare una cosa del genere senza dirglielo per non prendersene il merito.

Si fece la doccia, lasciando scorrere l'acqua calda sulle spalle e sul collo. Poi si vestì, si truccò e spruzzò il profumo. Scese a fare colazione. Dopo mangiato tornò in camera e prese il telefono. Poi lo rimise giù.

Invece aprì la borsa e prese una cosa, la cosa che aveva sempre desiderato e finalmente aveva. Uscì dalla stanza.

Era ancora molto presto. Di sicuro Wil non era ancora uscito per andare a lavorare. Anna si era alzata all'alba dopo poche ore di sonno agitato. Era troppo eccitata per riposare.

Prese un taxi fino a casa di Wil. Erano solo le sette, doveva essere a casa.

Il giornale era ancora sul prato, con qualche goccia di rugiada sulla plastica trasparente. Anna lo raccolse, poi andò a suonare il campanello.

Sentì un rumore di passi. Wil aprì la porta, con i pantaloni del completo e una camicia col collo slacciato. «Anna!», esclamò. «Oddio. Bene. Sei davvero tu in carne e ossa. Sono felice di vederti».

Si fece avanti e la abbracciò, poi si ritrasse leggermente imbarazzato.

«Posso entrare un attimo?», chiese Anna con un sorriso.

«Certo certo», disse lui. «È un po'… presto».

«Lo so», ammise lei, seguendolo in cucina.

«Caffè?»

«Grazie».

Wil accese la macchinetta.

«Prendo le tazzine?», chiese Anna ansiosa di rendersi utile in qualche modo.

«Certo», disse lui. «Nell'armadietto».

Anna aprì l'armadietto proprio sopra il banco, poi sentì lui che si avvicinava alle sue spalle. Era dietro di lei e la sua voce era un sussurro nell'orecchio. «Queste qui», disse allungando il braccio, sfiorandole la mano e indicandole quali prendere.

«Okay», disse lei voltandosi. Lui non si era mosso.

La guardò con un luccichio negli occhi verdi. Anna aveva già visto quell'espressione. La faceva sentire nello stesso tempo rilassata ed eccitata, col respiro affannoso. Non riusciva a pensare.

«Perché sei tornata?», chiese lui sottovoce.

«Per ringraziarti». Anna sorrise, ma la sua voce era un sussurro.

Lui le accarezzò i capelli.

Anna mise una mano in tasca e prese la chiave del vecchio palazzo. «La prima volta che ci siamo visti sono venuta a chiederti questa chiave, ma adesso invece sono io a lasciartela perché tu sappia che sarai sempre il benvenuto in qualunque momento», disse, guardandolo. Non voleva distogliere gli occhi. «Ingrid e io abbiamo trovato un accordo. Incredibile, vero?».

Wil guardò la chiave e la prese delicatamente dalla mano di Anna. Poi alzò di nuovo gli occhi. «Lo sapevo già. Ingrid mi ha telefonato ieri sera. Ho dovuto gestire un paio di acquirenti infuriati. Mi è toccato intrattenerli tutta la sera».

«Oh». Anna si mise a ridere.

«Quella chiave apre un sacco di possibilità», continuò Wil, portandosi la mano di lei alle labbra. «Sai, Anna, grazie a te ho scoperto che esiste una cosa più importante di qualsiasi altra in questa vita».

Anna sorrise. Era pronta. Era il momento giusto. Lui si chinò e posò le labbra sulle sue, in un bacio leggero come una piuma. Anna chiuse gli occhi, anche se non aveva più bisogno di sognare.

Nota dell'autrice

Questo libro è ispirato a due storie realmente accadute, che ho intrecciato nel contesto narrativo di Isabelle e Max, Anna e Wil.

Come molti sapranno, un appartamento di Parigi è rimasto davvero abbandonato per settant'anni dopo che la proprietaria, una certa Mme de Florian, fuggì alla vigilia dell'invasione nazista. Non c'era nulla di insolito nel fatto che quella donna avesse abbandonato la sua casa parigina, se non che il suo straordinario retaggio ha stregato l'opinione pubblica fin dal suo ritrovamento nel 2010.

La casa di Mme de Florian era un vero scrigno del tesoro. Si scoprì che era appartenuto a sua nonna, la famosa attrice e cortigiana degli anni '90 dell'800, in piena Belle Époque, Marthe de Florian. Marthe aveva intrattenuto un'incredibile lista di gentiluomini in quell'appartamento, tra cui primi ministri francesi, ricchi uomini d'affari e aristocratici inglesi.

Tutto ciò venne alla luce grazie alle lettere d'amore che gli esecutori testamentari trovarono nell'appartamento. Uno di loro dichiarò che entrare nella casa di Marthe era stato come esplorare il castello della Bella Addormentata.

La storia, oltre alle suggestive fotografie degli interni, fu riportata da molti giornali internazionali, oltre che da blogger, e divenne virale.

Ma forse la scoperta più straordinaria fu che il dipinto appeso nell'appartamento si rivelò essere opera di un famosissimo artista della Parigi dell'epoca, il ritrattista italiano Giovanni Boldini. Il quadro fu battuto all'asta per la cifra record di 2,1 milioni di euro, dopo un'accesa lotta tra vari acquirenti innamorati del dipinto.

A parte queste poche notizie che sappiamo di Marthe, tutti i personaggi e gli eventi contenuti in questo libro sono fittizi, un prodotto della mia immaginazione.

Anche Schloss Siegel è ispirato a una storia vera. Ho un'amica che ha una fotografia appesa in casa sua. Ogni volta che vado a trovarla, rimango irrimediabilmente ipnotizzata da quell'immagine, dai dettagli di quello che un tempo doveva essere stato un magnifico palazzo. Ma più guardavo la foto, più notavo qualcosa di disturbante: i muri erano crivellati di segni di pallottole e i giardini erano abbandonati. Eppure c'era anche una grande, dolorosa bellezza. Un mistero, quindi?

Così lessi le memorie della madre della mia amica, *I Close My Eyes and Dream*, nelle quali Isa Mitchell descriveva con grande chiarezza la sua infanzia passata nel castello di famiglia alle porte di Berlino, negli anni '30, prima che la famiglia fosse costretta ad abbandonare la tenuta alla vigilia dell'invasione sovietica.

Tuttavia, anche i personaggi tedeschi della storia sono interamente frutto dell'immaginazione e non sono ispirati a nessuna persona vivente o defunta. Il rapporto complesso di Max col nazionalsocialismo si è ispirato ai miei viaggi a Berlino e non riguarda minimamente la famiglia che viveva nel vero Schloss di Isa fino alla fuga del 1946.

Ringraziamenti

Sono incredibilmente fortunata per tutte le persone meravigliose che ho accanto e, senza le quali, questo libro non esisterebbe. Grazie a Jodi Warshaw, la mia editor di Lake Union: è stato un piacere lavorare con te. Condividiamo la stessa visione creativa e ho apprezzato molto il tuo approccio pratico e riflessivo che ha permesso di portare a termine il progetto senza interruzioni. Grazie anche alla mia editor Christina Henry de Tessan. Adoro lavorare con te. Sono stata felicissima di riaverti al mio fianco per questo nuovo libro. Grazie a Gabriella Dumpit, la mia meravigliosa e disponibile PR, al mio responsabile marketing Tyler Stoops per il supporto, e a Brent Fattore, il mio production manager che ha coordinato l'intero progetto.

Ringrazio anche Shasti O'Leary-Soudant per la splendida copertina che ha reso alla perfezione la grandiosità dello Schloss, Amanda Gibson per il suo attento copyediting e Ramona Gault per aver dato l'ultima lettura al romanzo.

Grazie al mio agente, Peter Giagni: sei un grande mentore, con un senso innato della narrazione che ammiro e rispetto. Alla mia marketing manager, Tracy Balsz: averti intorno mi fa bene, perché riesci ad avere idee semplici e ottime. Grazie anche a Nas Dean, per l'assistenza virtuale e per aver organizzato i miei impegni.

Grazie alla mia amica Denita Mitchell per avermi fatto leggere le memorie della defunta madre, Isa Mitchell, e della sua infanzia in Germania degli anni '30. Denita, la storia di tua madre mi ha colpita profondamente e le foto del tuo vecchio Schloss mi commuovono ogni volta che le vedo. È stato questo che mi ha spinto a scrivere il libro.

Non posso ringraziare abbastanza le mie amiche più strette per il loro sostegno nell'ultimo anno, non so dirvi cosa significhi per me avervi accanto: Kelli Jones, Melanie Milburne e Fiona Calvert.

Grazie a Miriam Connor per aver letto il libro prima che fosse spedito: lo apprezzo moltissimo. Grazie a tutti i miei altri amici: voi sapete a chi mi riferisco. In particolare grazie a Alison Imbriotis, Jo Carnaby e Tracy Walls per avermi tenuto i bambini quando dovevo viaggiare per lavoro.

Grazie a Harry e Val Stanton per il sostegno dell'ultimo anno. Grazie a Jasmin Emerson e Graig Keane: so che per me fareste di tutto. E grazie a Frances di Giovanni per gli eccellenti consigli.

Grazie ai blogger che hanno recensito *Paris Time Capsule,* ai lettori, a ciascuno di loro, e in particolare a Helen Sibritt. Grazie in particolare ai lettori che mi hanno contattata per raccontarmi le loro storie. Leggo tutti i vostri messaggi, anche se non riesco a rispondere subito. Adoro sapere quello che pensate.

Grazie a Margie Lawson: stare con te è stato un piacere. Spero di poter lavorare di nuovo insieme in futuro.

A mia sorella Jane: sei una vera ispirazione. Grazie.

Ma soprattutto grazie a Ben e Sophie, per avermi dato il tempo di scrivere. L'ho fatto per voi e lo farò sempre.

Indice

3.0

Stefano Baldi, *Sia fatta la tua volontà*
Roberta Gately, *La Pakistana*
Catharina Ingelman-Sundberg, *La banda degli insoliti ottantenni*
Ellen Marie Wiseman, *La stagione dei ricordi perduti*
Qais Akbar Omar – Stephen Landrigan, *Leggere Shakespeare a Kabul*
Maurice Bigio, *La ragazza di Teheran*
Kenneth Macleod, *Le conseguenze*
Muriel Zagha, *Esprimi un desiderio*
Dinah Jefferies, *La separazione*
Lorenza Ghinelli, *Con i tuoi occhi*
Rosa Ventrella, *Il giardino degli oleandri*
Slash Coleman, *L'amore ha la febbre alta*
Danielle Hawkins, *La cena delle bugie*
Margherita De Bac, *Per fortuna c'erano i pinoli*
Janet MacLeod Trotter, *La figlia del mercante di tè*
Dora Levy Mossanen, *Il silenzio delle farfalle*
Chamed, *Mi si è fermato il cuore*
Najat El Hachmi, *La casa dei tradimenti*
Emmanuelle Urien, *Una donna ideale*
Anne Berry, *La bambina segreta*
Susanna Quinn, *Il fascino della geisha*
Charles Belfoure, *Il nascondiglio segreto di Parigi*
Maria Duffy, *La piccola strada delle cose perdute*
Sue Gee, *Passaggio a Bombay*
Yvette Manessis Corporon, *Dove sussurra il mare*
Christopher Castellani, *Tutto quello che pensiamo quando parliamo d'amore*
Parnaz Foroutan, *La ragazza del giardino di fronte*
Isabella Spinella, *Promettimi che accadrà*
Alyssa Sheinmel, *Beautiful*
Barbara Claypole White, *Il figlio perfetto*
Susan Bloomberg-Kason, *Una brava moglie cinese*